KB262865

서정주 시의 판타지와 이데올로기

정 형 근

1970년 충남 장항에서 출생. 1990년 서강대학교 국어국문학과에 입학하여, 2005년 동대학원(석·박사)을 졸업하였다. 현재 서울정원여자중학교 교사와 이화여자대학교 국어교육과 겸임교수로 재직하고 있다.
논문으로는 〈전통 계승시의 유형과 교육 방법〉, 〈생태시 교육의 문제점과 개선 방법〉, 〈학교 글쓰기 교육의 문제점과 개선 방안〉, 편저로는 《국어선생님의 시 배달》(창비, 2010), 《중학생을 위한 시 교과서》(교학사, 2010) 등이 있다.

서정주 시의 판타지와 이데올로기

초판 제1쇄 인쇄 2012. 2. 24.
초판 제1쇄 발행 2012. 3. 2.

지은이   정 형 근
펴낸이   김 경 희

경   영   강 숙 자
편   집   최 윤 정
영   업   문 영 준
관   리   문 암 식
경   리   김 양 헌

펴낸곳   (주)지식산업사
         본사 ● 413-832, 경기도 파주시 교하읍 문발리 520-12
              전화 (031) 955-4226~7 팩스 (031)955-4228
         서울사무소 ● 110-040, 서울시 종로구 통의동 35-18
              전화 (02)734-1978 팩스 (02)720-7900
         한글문패   지식산업사
         영문문패   www.jisik.co.kr
         전자우편   jsp@jisik.co.kr
         등록번호   1-363
         등록날짜   1969. 5. 8.

책값은 뒤표지에 있습니다.

ⓒ 정형근, 2012
ISBN 978-89-423-4058-3 (93810)

이 책을 읽고 저자에게 문의하고자 하는 이는
지식산업사 전자우편으로 연락바랍니다.

솔벗한국학총서 16

서정주 시의 판타지와 이데올로기

정 형 근

지식산업사

머리말

　10년 전 질마재 일대를 답사할 때, 서정주 시인과 방옥숙 여사가 함께 묻혀 있는 질마재에서 줄포로 넘어가는 언덕에서 바라본 줄포 만의 아련한 모습을 지금도 잊을 수가 없다. 질마재에서 만을 바라 보았을 때 내 눈에 들어온 것은, 탁 트인 바다가 아니라 병풍처럼 둘 러싼 거대한 산들이었다. 순간 나는 미당이 어린 시절 혼자 집에 남 아 벽을 파먹으며 느꼈을 외로움과 두려움의 근원을 알았다. 지금은 밭으로 개간되었지만, 해일이 외할머니의 집 마당까지 차올랐던 것 을 떠올려 보면, 미당 생가에서 그리 멀지 않은 곳까지 바닷물이 차 올랐을 것이다. 집에 홀로 남겨진 어린아이가 밀려오는 파도를 보면 서 느꼈을 감정이 나에게까지 밀려온다. 그 아이가 질마재에서 줄포 까지 걸어 다니며 보았을 줄포만의 풍경이 아련하게 그려진다.

　많은 논자들이 지적했듯, 미당의 문학적 뿌리는 고향인 질마재에 있다. 미당에게 질마재는 시원詩原이자 정신의 근거이다. 미당의 시 는 질마재에서 시작하여 세계를 돌아 다시 질마재에서 끝난다. 그는 세계를 돌아다니면서도 단 한 번도 질마재를 떠난 적이 없다. 몸은 전 세계를 떠돌았지만 정신은 늘 질마재에 머물렀던 셈이다.

　이 책은 10년 전 느꼈던 아련함에 대한 내 나름의 해명이다. 책을 쓰고서야 비로소 느낀 점은, 시가 만들어 내는 판타지phantasy가 일종의 서사敍事라는 것이다. 시의 판타지는 마치 꿈속의 이야기와 같다. 이러한 시의 판타지가 꿈과 같은 개인 서사에 머물지 않는 것은 당대의 역사적 이데올로기와 관련되기 때문이다. 작가의 시적 상상력이 당대의 역사적 이데올로기와 만날 때, 시는 개인적 예술품이 아니라 사회적 텍스트가 된다.

이 책은 총 4장으로 구성되어 있다. 제1장에서는 문학 연구의 방법 측면에서 미당의 연구사를 검토하고 연구 대상과 범위를 설정하였다. 더불어 시를 개인적 창작물이 아닌 사회적 판타지로 바라보아야 하는 이유를 밝혔다.

제2장에서는 미당의 초기시인《화사집》과《귀촉도》의 일부를 다루었다.《화사집》에 드러난 대상들은 완전한 육체가 아닌 '폐', '발톱', '코피' 등과 같이 파편화한 육체로 나타난다. 더욱이 '코피'는 육체의 파열을 보여 주는 기표signifiant인 동시에 성적 욕망과 결합되면서 야수성을 가진 인간의 모습을 드러낸다. 거울 단계 이전의 세계에서 육체가 파편화되어 있다고 느끼는 환상은 자아로 하여금 파멸에 이를 수 있다는 인식에 다다르게 하면서, 죽음의 공포와 맞닥뜨리게 한다. 자아는 파멸의 공포에서 벗어나기 위해 다른 대상과의 결합으로 자신의 생명을 이어가려는 욕망을 보이는데, 그 결과로 생겨난 것이 성적 판타지이다.

이러한 육체의 파편화와 성적 판타지는 당대의 이데올로기와 만나면서 초월적 에고ego의 회피라는 이데올로기적 의미를 갖게 된다. 이는 〈자화상〉에서 가부장적 아버지의 부재로, 〈화사〉에서는 신의 부재로, 〈문〉에서는 유교적 이데올로기의 거부로 드러난다.

제3장에서는《귀촉도》에서《동천》에 이르는 시편들과 후기의 몇몇 시집들을 연구 대상으로 삼았다. 이 시기의 시적 주체는,《화사

6

집》에서 볼 수 있었던 분열과 파편화의 세계에서 오는 긴장과 불쾌감을 해소하기 위해, 세계와 자아 사이의 봉합을 시도한다.

이러한 상상적 통합은 전쟁으로 파괴되어 버린 존재들의 절대적인 죽음을 회피하게 하며, 모든 존재는 불멸하는 생명을 지닌 것으로 상상하게 한다. 아울러 이 시기 지배계급은, 당시의 분리와 단절을 치유할 봉합 이데올로기가 절대적으로 필요했다. 이 당시 서정주는, 당대 지식인과 더불어, 옛 신라를 통해 공적인 분리를 통합할 수 있는 원리인 '신라 담론'을 구축하는 동시에 문학적 텍스트들을 생산한다. 이데올로기적 차원에서 볼 때, 이러한 일련의 행위는 '부권 상실의 회피'라는 의미를 갖는다.

제4장에서는《질마재 신화》를 중심으로 하면서 그 뒤의 몇몇 시편들을 다루었다. 여기에서 시적 주체는 애초부터 어떠한 분리도 존재하지 않는 원초적 상태를 상상한다. 이러한 1차적 나르시시즘의 세계에서 자아와 타자는 원초적으로 통합되어 있기에 어떠한 갈등도 존재하지 않는다. 이 세계에서 '남과 여', '성과 속', '생과 사' 등은 어떠한 차이도 갖지 않고 통합적으로 존재하게 된다.

이러한《질마재 신화》가 보여 주는 원초적 통합의 세계는 시대 상황과 맞물리면서, 부권 강화로 경제 발전을 꾀하고 자신들의 정치권력을 공고히 하려 했던 당대의 지배 체제에 대한 저항의 의미를 갖는다. '질마재 신화'의 세계가 1970년대 경제개발로 파괴되어 버린 전통과 농촌공동체의 회복, 그에 대한 가치 부여와 관련되기 때문이다. 아울러 당시 지식인들이 대학가를 중심으로 널리 퍼진 판소리나 탈춤 등 전통 예술에 대한 현대적 해석으로, 전통 예술에서 지배 체제의 공고화에 맞서는 저항 담론을 찾았다는 사실과, 일종의 상동관계에 있다.

　이 책이 나오기까지 가르침을 주신 많은 분들을 잊을 수가 없다. 우매한 제자에게 학문의 첫 걸음을 떼게 해 주신 박철희 선생님, 박사 논문 지도 과정에서 많은 격려와 가르침을 주신 김현자 선생님, 항상 학문에 대한 치열한 고민과 열정을 보여 주셨던 송효섭 선생님, 늘 날카로운 지적과 감수성으로 제자를 깨어있게 만드신 김승희 선생님, 부족한 제자를 늘 격려하시고 학자가 걸어갈 길의 모습을 보여 주신 김학동 선생님, 총서 선정 과정에서 과분한 평가로 격려해 주신 류양선 선생님께 감사의 마음을 올린다. 부족한 논문을 읽고 솔직한 조언을 아끼지 않았던 선후배 여러 선생님들께도 감사의 말씀을 드린다. 특히 논문을 꼼꼼히 읽고 조언을 해 준 노지영에게 감사의 마음을 전한다. 또 걸어왔던 길을 벗어나 아예 다른 길로 빠져들었던 시기에 힘을 보태주신 솔벗재단 이사장님과 지식산업사 관계자 여러분들께도 감사를 드린다.

2011년 겨울
백련산 자락에서
정 형 근

머리말/ 4

제1장 시적 판타지와 이데올로기 11

1. 언어의 투명성에 대한 믿음 · · · · · · · · · · · · · · · · ·　12

2. 결정론과 언어학 중심주의를 넘어 · · · · · · · · · · ·　23

3. 사회적 판타지로서의 시 · · · · · · · · · · · · · · · · · ·　27

4. 연구 방법과 대상 ·　37

제2장 분열된 세계와 이데올로기의 거부 51

1. 파편화한 육체와 거울 단계 이전으로 도주 · · · · · ·　53

　　1) 비천한 것들과 부분 대상의 욕망_55
　　2) 주체의 분열과 타자의 거부_62

2. 파멸의 두려움과 성적 욕망 · · · · · · · · · · · · · · · · ·　77

　　1) 성적 충동과 희열의 탐닉_80
　　2) 생명 본능과 죽음 충동_86

3. 성적 판타지와 초월적 에고의 회피 · · · · · · · · · · · ·　95

제3장 분열의 상상적 통합과 이데올로기의 수용 101

1. 파열된 육체의 봉합과 거울 단계로 회귀 · · · · · · · ·　106

　　1) 육체적 치유와 정신적 치유 과정의 동일화_108
　　2) 분단의 상상적 치유와 '신라 담론'_123

2. 불멸의 상상계와 대상과의 합일 · · · · · · · · · · · · · 132

  1) 절대적 죽음의 회피와 연기_134
  2) 부분과 전체의 상상적 연합과 타자와의 합일_148

3. 동양적인 것의 구축과 봉합 이데올로기 · · · · · · · 168

  1) 동양적인 것의 구축과 '대동아공영 담론'_169
  2) '한국적 미'의 발견과 '신라 담론'_182

4. 2차적 나르시시즘과 부권 상실의 회피 · · · · · · · 188

제4장 완전한 자기통합과 메타 이데올로기 193

1. 통합된 육체와 전前오이디푸스 단계로 귀환 · · · · 197

  1) 육체의 전경화와 가부장적 질서의 해체_199
  2) 비천한 것들의 카니발과 신분 질서의 전도_204

2. 신화적 세계와 유년으로 회귀 · · · · · · · · · · · · · · 209

  1) 근접 감각과 시각중심주의의 와해_217
  2) 구술성의 전경화와 문자의 소거 과정_223

3. 1차적 나르시시즘과 부권 강화의 전도 · · · · · · · 234

맺음말/ 240
참고문헌/ 251
찾아보기/ 260

제1장
시적 판타지와 이데올로기

1. 언어의 투명성에 대한 믿음

2. 결정론과 언어학 중심주의를 넘어

3. 사회적 판타지로서의 시

4. 연구 방법과 대상

1.

언어의 투명성에 대한 믿음

한국 문학에서 서정주만큼 한국 문학의 가능성과 문제성을 동시에 가지고 있는 작가도 드물다. 이런 까닭에서인지 서정주는 시 연구자와 국문학자들뿐만 아니라 인문학자들에게도 관심과 연구의 대상이었다. 그만큼 서정주에 대한 연구는 다양한 방법과 절차를 거치며 지속되어 왔다고 할 수 있다. 그렇기 때문에 서정주에 대한 연구사는 국문학 연구 방법의 다양한 전개를 엿볼 수 있게 한다. 문학 연구 방법에 대한 지식이 축적되면서 서정주에 대한 연구도 질적·양적으로 확대되어 왔던 것이다.

서정주에 대한 최초의 논의는 김동리가 《귀촉도》의 발사跋辭를 쓰면서 시작되었다. 이 글은 "서정주가 혼돈과 광기와 죽음의 세계에서 전통과 질서와 재생의 세계로 나아가고 있다는 인상을 토로한 것"이며, "연구나 비평의 측면에서 보면 다소 소박한 수준에 머무는 것"라고 평가되었다.[1]

윤재웅에 따르면, 1946년부터 1969년(《동천》이 출판되는 무렵)까지의 연구들에서 가장 주목할 점은, "비평과 연구의 경계가 명확하지 않은 글들이 주종을 이룬다"[2]는 것이다. 이들 연구는 "연구자 자신의 인상과 추정이 앞서거나, 역사적 현실과 시적 현실을 대비시켜 비판한다거나, 전통(신화·종교·사상)의 측면에서 접근하는 방식 등이 주류를 이루는데, 이것들은 문학 연구 방법론에 대한 자각과 반

---

1) 윤재웅, 〈미당 연구사 개관〉, 《시와 시학》 1996년 가을, 204쪽.
2) 윤재웅, 위의 글, 205쪽.

성이 광범위하게 동반되지 않는 토대 위에서 이루어진 것"이어서 "인상적인 단평이 주종"[3]을 이루었다.

이 시기를 지나 1970년대 이후 대학원 제도가 실질적으로 운영되면서, 문학 연구에 대한 체계적인 훈련이 일반화되기 시작하였다. 아울러 다양한 연구 방법론이 도입되어 서정주에 대한 연구의 성격과 방향도 섬세해지고 다면화되었다.[4] 특히 1970년대 이후에는 이전의 인상주의적이거나 역사주의적인 시각에 바탕을 둔 논의들을 비판하는 글들이 많다.

서정주에 대한 논의는 특정한 시에 대한 논의부터 개별 시집에 관한 논의, 시 전체를 다룬 논의 등으로 나누어 볼 수 있다. 그 가운데 특정시에 대한 논의와 개별 시집에 관한 논의는 서정주의 전체 시세계를 조망하는 데 일정 정도의 한계가 있다고 판단된다. 다루어진 부분들이 전체 시세계를 관류하고 있다고 전제할 수도 있지만, 그렇지 않을 수도 있기 때문이다. 부분을 통해 전체를 조망하는 것이 예술적 인식의 한 방식이기도 하지만, 1천 편이 넘는 작품들과 60년이 넘도록 지속되어 온 서정주의 시력詩歷을 감당하는 데는 조금 무리가 있다고 생각된다. 이런 측면에서 이 글은 서정주의 시 전체를 대상으로 한 논의들에 초점을 맞추어 살펴보고자 한다.[5]

서정주의 전체시에 대한 논의는 1970년대 이후 다양한 전개를 보이고 있다. 신비평新批評이 대학 강단에 도입되면서 텍스트에 대한

---

3) 윤재웅, 위의 글, 205쪽.

4) 윤재웅, 위의 글, 209쪽.

5) 그렇다고 해서 특정시와 개별 시집에 관한 논의들을 넘어가고자 하는 것은 아니다. 이들 논의들은 텍스트를 구체적으로 분석할 때 참조할 것이다. 그리고 서정주의 전체시를 대상으로 한 논의 대부분은 《질마재 신화》까지를 분석 대상으로 삼았다는 점을 미리 밝혀 둔다.

형식적인 연구가 활발해졌지만, 여전히 작가의 개인사나 시대적 상황에 기댄 역사적 연구 또한 지속적으로 나오고 있었다.

역사주의적 연구는 대표적으로 김학동의 논의를 들 수 있다. 여기에서는《화사집》,《귀촉도》,《서정주시선》,《신라초》를 분석 대상으로 삼았다. 그는 서정주의 시가 1920년대 주류를 이루었던 김기진·임화·박영희 중심의 카프 계열의 시나, 1930년대 초의 정지용·김영랑·박용철 등이 중심이 되었던 '시문학파'의 감각적 기교, 1934년 무렵에 보여 준 김기림의 주지주의적 태도, 이상의 초현실주의 시와는 달리, 시의 문학적 중심 과제를 인간의 생명 자체에 집중 심화시킴으로써 새로운 문학적 자리를 마련하였다고 평가하였다. 구체적으로 서정주가 〈자화상〉이나 〈문둥이〉 등의 시를 통해 자신의 생명을 정열과 야수적 정욕으로써 백열상태로 끌어올려 서구적인 표현 형태를 시험하고 있다고 평가하였다. 또《귀촉도》와 〈국화옆에서〉까지의 몇몇 시편들은 민족적 정서를 자기 안에 소화시키려고 노력했으며,《신라초》에 이르러 신라 정신을 우리 문학의 정신적 광맥으로 개발, 신라의 영원주의 사상을 우리에게 제시하고[6] 있는 점에서 긍정적으로 평가하였다.

이와 달리 최두석은 〈서정주론〉에서, 서정주 초기시의 특징이라고 할 수 있는 강렬한 관능과 대담한 리얼리즘 정신이 어째서《귀촉도》이후에는 일원적 감정주의로 후퇴하여 자위적인 자기만족의 시가 나왔는지를 규명하는 데 초점을 맞추었다. 다시 말해, 리얼리즘의 관점에서 서정주의 시에 드러난 순응주의를 밝히고 있다. 이러한 순응주의는 역사의식의 부재와 '근대'에 대한 안목의 결여에서 비롯

---

6) 김학동, 〈現代詩人論(其十)—서정주의 시를 중심으로〉(上), 《東洋文化》 5, 대구대 동양문화연구소, 1966, 127쪽.

된 결과이기 때문에, 서정주의 전통 탐구는 반근대주의적이고 복고적[7]이라는 부정적인 평가를 내놓고 있다.

이러한 작가의식이나 역사의식이 아닌 텍스트 자체에 드러난 특성을 중심으로 논의한 연구는 그 접근 방법에 따라 다양하다. 더욱이 1970년대 이후 상당수 논의들은 텍스트 내부의 문제에 국한하여 가치중립적인 연구 성향을 가진다.[8] 다시 말해, 호오好惡나 당위當爲의 문제에 매달리기보다는 언어의 심미적 질서가 어떠한 원리로 형상화되는가의 문제에 관심을 기울이고 있다는 점이 그 특징이라고 할 수 있다.[9]

이러한 연구의 대표적인 성과로는 천이두(1972),[10] 김현(1973), 김화영(1984),[11] 유종호(1994)[12] 등의 논의를 들 수 있다. 김화영의 〈미당 서정주의 시에 대하여〉는 서정주 시의 이미지 변화 과정을 고찰한 것으로, 미당의 시세계를 '무의 미학'이라는 관점에서 정밀하게 조명한 글이다.

천이두의 〈지옥과 열반〉 또한 서정주 시를 이미지의 측면에서 분석한 뛰어난 글로 평가받아, 오래도록 사람들의 입에 오르내렸다.[13] 그는 서정주의 시세계(《화사집》에서 《동천》까지)를 '지옥에서 열반으로' 이르는 구도求道의 과정으로 보았다. 이것이 유기체적인 진화를 이루어 냄으로써 마침내 구도를 완성했다고 평가하였다.

---

7) 최두석, 〈서정주론〉, 조현연 외, 《미당연구》, 동화출판공사, 1975, 254~280쪽.

8) 윤재웅, 위의 글, 210쪽.

9) 윤재웅, 위의 글, 210쪽.

10) 천이두, 〈지옥과 열반〉, 박철희 편, 《서정주》, 서강대 출판부, 1995.

11) 김화영, 〈미당 서정주 시에 대하여〉, 박철희 편, 《서정주》, 서강대 출판부, 1995.

12) 유종호, 〈소리지향과 산문지향〉, 박철희 편, 《서정주》, 서강대 출판부, 1995.

13) 윤재웅, 위의 글, 210쪽.

김현은 〈서정주 혹은 불교적 인생관의 천착〉에서 서정주의 '정신주의'와 일종의 '비켜서기'를 읽어 낸다. 이러한 관점은 '시인부락의 족장'으로 미당을 평가하는 유종호의 입장과 비슷한 것이다.

이들 세 비평가는 공통적으로 서정주에게서 현실주의와 긍정의 정신을 발견했다. 이 논의를 필두로 하여 1980년대 이후의 서정주에 대한 논의는 '시대착오적 현실도피'나 '신비주의적 유산에의 함몰'이라는 부정적 시각에서 '달관과 긍정의 정신'이라는 미덕이 부각된다.[14] 이 논의들은 구체적이고 체계적인 방법론을 통해 서정주의 시를 평가한 것이라기보다는, 서정주의 시에 드러난 이미지의 추적을 통해 서정주의 시세계를 평가하고 있다는 데 그 특징이 있다.

이 밖에도 이미지 측면에서 서정주의 시를 고찰한 논문으로는 김재홍의 〈미당 연구〉,[15] 유혜숙의 〈방향 이미지의 변이양상에 나타난 초월성〉,[16] 정금철의 〈원형의 현상학과 시적 심상〉,[17] 정효구의 〈서정주 시의 거울 이미지 고찰〉[18] 등을 들 수 있다.

김재홍은 《화사집》에서 《동천》으로 이어지는 미당의 시세계를 육신의 무게와 운명의 조건들을 극복하려는 치열한 몸부림과 고통의 과정으로 보았다. 또한 이 시기는 고통에서 벗어나려 하는 예술적인 상승의 몸짓을 보여 주었다고 평가하면서, 이러한 시적 변모 과정을

---

14) 윤재웅, 위의 글, 211쪽.
15) 김재홍, 〈미당 연구—대지적 삶과 생명에의 비상〉, 조연현 외, 《미당 연구》, 동화출판공사, 1975.
16) 유혜숙, 〈방향 이미지의 변이양상에 나타난 초월성〉, 《서정주 시의 이미지 연구》, 시문학사, 1996.
17) 정금철, 〈원형의 현상학과 시적 심상〉, 《강원대 인문학 연구》, 강원대학교, 1983.
18) 정효구, 〈서정주 시의 거울 이미지 고찰〉, 《인문학지》, 충북대 인문과학연구소, 1994.

‘하늘과 땅의 변증법’이라는 구도로 파악하였다.

유혜숙은 방향은유의 측면에서 미당 시의 주요 심상에 나타난 정신세계를 ‘해리解離’에서 ‘통합統合’의 과정으로 파악하였다. 이를 방향성과 결부시켜 해리되었던 원이 통합되는 과정으로 보는데, 이러한 과정을 무의식과 의식으로 이분된 자의식이 화해를 이루는 과정으로 설명하고 있다. 이 논의는 이후 서정주 시를 정신분석학적으로 논의하게 되는 시발점이 된다고 평가할 수 있다.

정금철의 논문은 동양의 ‘만다라’, ‘태극’의 원리와 바슐라르의 ‘원형의 현상학’이라는 방법론을 도입하여 시를 분석한 현상학적이면서 비교문학적인 논의이다. 그는 서정주의 초기시가 수평축과 수직축의 존재론적인 갈등에서 출발하다가 나중에는 수평과 수직의 종합적 원형지향을 보여 주고 있다고 평가하였다.

정효구는 서정주 시에 드러난 거울 이미지가 우리 시사詩史에서 탐구된 거울 이미지의 영역을 확대시키고 있다고 평가하였다. 또한 시에 드러난 거울의 이미지를 탐구하는 것은, 서정주의 정신세계를 밝히는 데 중요한 계기를 마련한다고 주장하였다.

이 밖에 서정주에 대한 현상학적인 연구의 중요 결과물로 손진은의 학위 논문인 〈서정주 시의 시간성 연구〉를 들 수 있다.[19] 그는 서정주의 시가 근본적으로 베르댜예프N. Berdyaev가 말하는 수평선으로 상징되는 선형적 시간, 일직선적인 시간에서 벗어나 순환·원으로 상징되는 신화적 시간과, 점 또는 수직선으로 상징되는 수직적 시간으로 초월하려는 몸짓으로 읽힌다고 평가하였다. 이 논문은 서정주의 시가 현실적이고 역사주의적인 관점만으로는 이해하기 어렵다

---

19) 손진은, 〈서정주 시의 시간성 연구〉, 경북대 박사 논문, 1995.

는 문제를 구체적으로 보여 주고 있는 점에서 의미가 있다. 그러나 최현식이 밝혔듯이, 방법론적인 전제가 되었던 베르댜예프의 시간론에 대한 오해가 있었던 듯하다.[20]

서정주에 대한 연구에서 이미지의 연구와 더불어 가장 많은 분량을 차지하는 것은 바로 구조주의·기호학적인 연구이다.

이어령[21]은 〈피의 해체와 편형 과정〉에서 서정주 시의 언어가 "개별성과 보편성, 토착적인 것과 서구적인 것, 비속한 것과 고매한 것, 징그러운 것과 아름다운 것 등 온갖 모순적인 것의 경계 위에 있다"고 평가하면서, 이를 '문지방의 언어'라고 이름붙였다. 그의 논의에서 눈여겨볼 만한 것은 서정주의 시적 공간을 흙의 공간인 '땅', 물의 공간인 '바다', 그리고 공기와 바람의 공간인 '하늘'로 분류하여, '피'가 해체되고 변형되는 순환의 과정으로 '미당의 시적 우주'를 설명한다는 점이다.

서정주 시에 대한 본격적인 기호학적 논의는 송효섭의 〈질마재 신화의 서사구조 유형—'삼국유사'와의 비교를 통한 시론〉[22]이다. 이 글에서는 《질마재 신화》의 시편들이 갖고 있는 '줄거리'라는 보편적 구조에 착안하여, 《질마재 신화》의 서사구조 유형을 고찰하고 있다. 그가 원용하고 있는 서사 모형은 그레마스A. J. Greimas의 기호학적 정방형인데, 이 논문의 부제가 말해 주듯이 《질마재 신화》에서 추출한 서사 모형과 《삼국유사》의 서사 모형과의 유사 관계를 증명하여 서사구조의 연속성과 그 유형들이 갖고 있는 문화적인 의미를

---

20) 최현식, 《서정주 시의 근대와 반근대》, 소명출판, 2003.

21) 이어령, 〈피의 해체와 변형 과정〉, 《시 다시 읽기》, 문학과 사상사, 1995.

22) 송효섭, 〈질마재 신화의 서사구조 유형—'삼국유사'와의 비교를 통한 시론〉, 《삼국유사와 한국문학》, 학연사, 1985.

밝히고 있다.

황인학[23]의 논문 또한 그레마스의 기호학적 정방형을 바탕으로 하여, 《화사집》에서 《동천》에 이르는 서정주의 시세계를 갈등과 도피의 구조로 파악하고 있다. 여기에서 갈등과 도피는 반대관계를 형성하고 있지만 완전한 도피나 극복이 아닌 소극적인 방식으로 이루어져 갈등의 지속과 극대화를 가져왔다고 평가한다. 그렇지만 이 논의의 타당성을 떠나, 방법론적 중추로 삼은 정방형의 모델이 정확하지 않은 점은 반론의 여지를 남기고 있다.

김현자의 〈서정주 시의 은유와 환유〉[24]는 서정주의 시를 시어詩語 차원이 아닌 언술言述 차원의 은유라는 입장에서 논의하고 있다. 더욱이 그는 한 측면에서 흐루쇼브스키Hrushovski B.의 '지시틀 이론'을 바탕으로 서정주 시의 은유적 측면을 밝히고, 또 다른 측면에서 설화 텍스트와 환유적 관계를 맺고 있다고 주장한다. 이 논문에서 눈여겨볼 만한 점은 어휘 단위가 아닌 문장 단위의 언술 은유 문제와 상호텍스트적인 관계에 있는 설화와의 상관성 문제를 수사학적인 차원에서 거론하고 있다는 것이다.

이러한 언술 은유를 욕망 구조와 연관시킨 김용희의 〈서정주 시의 욕망구조와 그 은유의 정체—'서정주시선'을 중심으로〉는 주의를 끄는 논문이다. 비록 서정주의 시 전체를 대상으로 한 논의는 아니지만, 서정주가 자연과 인간 사이의 은밀한 관계를 은유적으로 결합시켜 인간의 자연적 생명력과 욕망의 구조를 표현해 냈다고 평가했다. 이는 미당 자신의 정신적 내면의 한을 육체적 곡선으로 풀어내

---

23) 황인학, 〈서정주 시의 기호학적 연구〉, 중앙대 석사 논문, 2000.
24) 김현자, 〈서정주 시의 은유와 환유〉, 《은유와 환유》, 문학과 지성사, 1999.

려는 미당 특유의 존재론적 해결방식이라고 할 수 있다.[25] 또한 서정주 시에 드러난 음상音像들이 그에게 진정되지 않은 운명의 조건, 다시 말해 화해와 갈등의 국면을 이중적으로 환기시키고 있다고 평가한다.

이 밖에도 새로이 확대된 방법론의 측면에서 접근한 논의들이 있다. 그 가운데 김유중[26]은 정신분석학의 측면에서 〈화사〉를 논의하고 있다. 그는 그동안 〈화사〉에 대한 논의가 관능적·위악적 성격에 한정되거나 원형적 의미 탐구를 반복적으로 강조해 왔다고 주장하면서, 텍스트에 등장하는 각 개체들 사이의 상관관계를 재검토하였다. 이들 사이의 구체적 관계를 중심으로 욕망의 본질을 파악한다는 측면에서 정신분석학적 비평의 적용 가능성을 조심스럽게 주장하고 있다.

지금까지의 고찰에서 볼 수 있듯이, 서정주에 대한 연구는 한국 문학의 연구사와 길을 같이한다. 그렇지만 이 연구들을 종합한다고 해서 서정주에 대한 연구가 마무리되고 정리되는 것은 아니다. 텍스트가 끊임없이 해석되고, 재해석이 요구되고 있다는 측면도 그렇지만, 그동안의 문학 연구가 필연적으로 안고 있는 문제에서 자유롭지 못하기 때문이다.

역사주의적인 연구의 문제점은 작가의 삶이나 의식, 시대 상황이 텍스트에 그대로 드러난다고 생각하는 점이다. 이는 작가의 삶이나 시대가 텍스트와 인과론적으로 맺어져 있다고 판단하는 것과 같다.

---

25) 김용희, 〈서정주 시의 욕망구조와 그 은유의 정체―'서정주 시선'을 중심으로〉,《이화어문논집》, 1992.

26) 김유중, 〈화사'의 정신분석적 연구―작품 '화사'에 잠재하는 외디푸스적 양상에 대한 고찰〉,《서울사대 선청어문》23, 1995. 4.

그렇지만 문학이 언어 예술이라는 점을 전제한다면, 작가가 써 놓은 언어가 직접적이고 있는 그대로 작가의 의식이나 시대를 담을 수 있다는 것은 일종의 환상이다. 왜냐하면 언어라는 것은 매우 불투명한 것으로, 작가의 의도에서 벗어나거나 작가가 의식하지 못하는 어떤 요소까지 덤으로 전달하고 왜곡하기 때문이다. 또한 모든 작품이 작가의 손을 거쳐 만들어지지만 텍스트의 의미는 작가의 의도와 상관없이 읽힐 수도 있다.

이렇게 작가의 의도나 시대가 텍스트에 그대로 드러나 있으며, 텍스트를 분석하여 작가의 의도를 찾아내는 것을 목적으로 하는 연구는 일종의 결정론이라고 볼 수 있다. 텍스트의 의미는 작가가 텍스트에 심어 놓은 의미에 국한된다. 다시 말해서 텍스트의 의미는 이미 결정되어 있는 것이며, 연구자는 작가가 결정해 놓은 의미를 찾아내는 것이다.

이러한 인과론이나 결정론에 의문을 품으면서, 확대된 서정주 시에 대한 연구가 다양한 결과들을 나오게 했다는 점은 긍정적으로 평가할 수 있다. 그렇지만 이러한 연구들은 연구자들이 가설로 세운 작품의 내적 구조에, 각기 다른 작품들을 환원시킨다는 비판을 받아 왔다. 또한 텍스트의 의미가 왜 그런지에 대한 설명이 빠져있기 때문에, 텍스트에 드러난 현상 기술에만 치우쳤다는 비판을 받았다. 한마디로 이러한 연구들은 텍스트의 의미를 텍스트 자체의 요소들 사이의 관계에서만 추출하기에 다분히 환원론적이다. 또한 역사와 작가의 삶을 배제시켰기에, 총체적으로 한 작가의 작품 세계를 규명하는 데는 미흡하다는 비판에서 자유롭지 못하다고 볼 수

있다.[27]

그러나 이 모든 논의들이 공통적으로 갖고 있는 근본적인 문제점은, '언어의 투명성'에 대한 믿음을 전제하고 있다는 것이다. 다시 말해서 역사주의적인 연구든 형식주의적인 연구든, 우리의 문학 연구는 언어의 투명성에 대한 믿음을 바탕으로 해서 텍스트의 통일성 규명에 초점이 맞추어져 왔다고 볼 수 있다. 역사주의적 연구가 작가나 시대와 같은 텍스트 외적인 요소와 텍스트의 연관성을 규명하는 데 초점을 맞추어 왔다면, 형식주의적 연구는 텍스트 내적인 요소들 사이의 형식적이고 의미론적인 통일성 규명에 초점을 맞추어 왔다고 볼 수 있다. 더욱이 1990년대 이후의 형식주의적 연구들은 텍스트에 드러난 애매하고 모호한, 규정할 수 없고 불확정적인 요소들을 다시 읽기의 차원에서 복원시키려고 노력해 왔으며, 일정한 성과를 내기도 했다고 판단된다.

그러나 텍스트는 이질적이고 모순된 것들로 가득 차 있어서, 한쪽의 시각에서 통일된 것으로 읽어 내려는 것은 문제가 있다. 그것은 언어의 불투명성 때문이다. 당연히 한국의 현대시, 그리고 서정주의 많은 시들에 어떤 모호하거나 불확정적인 요소가 존재하지 않는 경우도 있다. 또한 우리가 텍스트에서 읽어 내는 의미의 명확성과는 별도로, 언어 그 자체가 우리의 기대를 배반하는 모순적이고 정돈되지 않은 존재론적인 성격을 갖고 있다는 점에서, 의미가 명확해 보이는 시들조차 다시 읽힐 가능성은 존재한다.

---

27) 이러한 인과론과 환원론의 입장은, 르네 웰렉의 시각에서, 외재적 접근 방법과 내재적 접근 방법으로 나누어 살필 수도 있다.

2.
결정론과 언어학 중심주의를 넘어

송효섭[28]은 한국의 인문학 연구가 원본 중심성을 가정하면서 언어로 이루어진 텍스트의 언어적 특성을 무시해 온 '결정론'과, 텍스트를 언어적 자질〔文〕의 확대로 보면서 우연적이고 돌발적인 현실적 상황의 개입을 배제한 '언어학 중심주의'라는 두 개의 축에서 전개되어 왔다고 말한다. 아울러 이 두 관점은 텍스트를 고정된 것으로 보는 폐쇄된 관점이라고 규정하면서, 이런 전통적인 텍스트 개념을 해체하고 더 열린 상태의 상대적이면서 유동적인 텍스트 개념이 요청된다고 주장하였다.

이는 그동안의 인문학 영역에서 이루어진 연구들이 갖고 있는 언어 문제를 무시하는 것이다. 언어 외적인 문제로 언어로 이루어진 텍스트를 규정하는 태도와 언어 내적인 문제에 골몰하여 언어 외적인 상황을 무시하는 태도 모두를 비판하면서 언어적인 것과 언어 외적인 것 사이의 대화를 시도하고 있다고 판단된다. 다시 말해서 텍스트와 콘텍스트context 사이에 대화의 필요성을 주장한 것이다.

이러한 관점에서 보자면 언어 문제는 텍스트 내적인 문제와 텍스트 외적인 문제 모두에 걸쳐 있다. 그러므로 텍스트를 해석한다는 것은 텍스트 자체의 문제와 텍스트 외적인 문제 모두를 텍스트의 언어로 살펴보는 것이다. 구체적으로 말하자면 작가의 태도나 시대 상황과 같은 요소들은 모두 텍스트의 언어에 함축되어 있는데, 그것들

---

28) 송효섭, 〈텍스트의 대화성—그 기호학적 소묘〉, 시학과 언어학회 발표 논문, 2003. 4. 12.

은 텍스트의 언어에 직접적으로 투영되는 것이 아니라 언어 자체의 불투명성으로 말미암아 다른 언어와 결합하거나 구조화되면서 다른 양상을 띠게 되는 것이다. 이런 측면에서 텍스트의 의미란 규정되고 결정되는 것이 아니라 텍스트로 구축되고 구성되는, 상대적이고 잠정적인 것이라 할 수 있다.

이러한 문제의식을 기초로 하여 이루어진 서정주에 대한 연구로는 최현식,[29] 서지영,[30] 김승희[31]의 논의를 들 수 있다.

김승희의 〈정신분석적 기호학으로 본 서정주와 오장환의 시세계〉는 라캉J. Lacan과 크리스테바J. Kristeva의 이론에 바탕하여 서정주, 오장환 등이 1920년대의 위대한 시인들인 한용운, 김소월과는 상당히 다르게 근대적 개인으로서의 자기 분열(의식과 무의식)과, '과정 가운데 있는 주체'가 어지럽게 흔들리는 모습을 치열하게 보여 주었다[32]고 평가하였다. 구체적으로 '유교주의적 주체'에서 '근대적 주체'로의 변화, '말하는 주체'와 당대의 상징적 질서와의 갈등, 그리고 그것들이 텍스트 안에 드러나는 무의식의 의미작용 양상, 그들이 꿈꾸었던 상상계적 유토피아의 모습 등에 대해 밝히고 있다.

이 논의는 텍스트를 기표의 차원에서 치밀하게 분석하고, 또한 그 기표에서 당대의 상징체계라는 콘텍스트를 읽어 내고, 텍스트 안에 드러나는 무의식의 의미 작용을 연구하고 있다. 다시 말해 텍스트와 콘텍스트, 두 가지의 차원에서 텍스트를 분석하고 있는 것이 특징이다.

---

29) 최현식, 《서정주 시의 근대와 반근대》, 소명출판, 2003.

30) 서지영, 〈서정주 시의 산문성과 근대성〉, 《시학과 언어학》 7호, 2004.

31) 김승희, 〈정신분석적 기호학으로 본 서정주와 오장환의 시세계〉, 《현대시 텍스트 읽기》, 태학사, 2001.

32) 김승희, 위의 책, 104쪽.

　최현식은 치밀한 원전비평을 바탕으로 서정주의 영원성에 대해 논의하고 있다. 기존 논의가 대개 시학적 측면이나 역사적 측면에서 서정주의 영원성에 대해 논의하고 있는 것과 달리, 그의 논의는 시학과 역사를 아우르려는 노력의 일환으로 평가할 수 있다.

　서지영은 서정주가 한국 시적 전통 속에서 근대라는 특수한 시기를 거치며 겪은 상처와 그 이후 훼손의 역사를 증언하고 있으며, 그의 시작詩作 행위는 바로 이러한 상황의 직면과 그것의 끊임없는 극복 과정이라고 평가한다.

　이 세 논의는, 그 방법이나 내용에서 다른 부분들이 많지만, 텍스트를 매개로 하여 텍스트 내적인 문제와 텍스트 외적인 문제를 함께 연구하려 했다는 공통점을 갖고 있다. 이는 외재적 또는 내재적 연구라는 하나의 관점에서 기술되어 온 문학 연구에 일종의 문제제기를 하고 있다는 점에서 의의가 있다고 평가된다.

　결론적으로 우리의 문학 연구는, 텍스트가 언어로 구성된 것이라는 것을 무시한 채 당대의 이데올로기나 역사적인 측면에서 텍스트를 재단하는 결정론과, 문학이 언어예술임을 강조하면서 텍스트 생성에 관련된 역사적·사회적인 측면을 무시한 환원론으로 나눌 수 있다. 다시 말해 서정주에 대한 기존의 연구는 서정주의 시를 서정주 개인의 창작물로 보고 거기에서 서정주의 정신세계를 뽑아내려는 경향과 문학의 자율성을 강조하여 언어적 특성, 시의 구조만을 강조하는 경향으로 나눌 수 있는 것이다.

　텍스트는 창작자 개인의 욕망과 이데올로기적 차원의 담론이 교차하는 장소이다. 그렇지만 창작자 개인의 욕망은 텍스트에 직접적으로 드러나는 것이 아니라, 언어들의 조합으로 구성되며 이때 무의식 차원에서 판타지가 발생한다. 이때 발생한 판타지는 개인적인 환상에만 머무르는 것이 아니라, 당대의 담론과 사회적이고 역사적인 측면에 관련되면서 이데올로기적인 의미를 얻게 된다. 다시 말해서 텍스트는 창작자 개인의 무의식적인 욕망의 문제와, 그 텍스트의 산출과 연관을 맺고 있는 사회적이고 역사적인 문제가, 서로 공존하거나 투쟁하는 장소이다.

그러므로 이 글이 서정주의 시를 사회적인 판타지로 읽는 것은, 서정주 개인의 욕망구조를 다루는 정신분석학적 측면과 이때 추출된 판타지를 사회적이고 역사적인 측면에서 동시에 기술하는 데에 목적이 있다. 따라서 이는 그동안의 문학 연구가 서로 경원시하면서 개별적으로 연구해 온 서정주의 텍스트를 총체적으로 읽어 낼 수 있는 가능성을 타진하는 작업이 될 것이다.

3.

사회적 판타지로서의 시

이 글의 목적은 서정주의 시를 사회적 판타지social phantasy 측면에서 다시 읽는 것이다. 서정주의 텍스트들을 사회적 판타지로 읽는 것은, 하나의 기표를 판타지적 층위와 이데올로기적 층위, 이 두 가지 측면에서 동시에 읽어 내는 작업을 뜻한다. 이는 서정주의 시를 독창적인 개인의 창작물로 보아 시의 의미를 찾아내는 인과론과, 텍스트의 언어적 특성을 강조하면서 텍스트에 들어 있는 역사적 측면을 무시하고 텍스트의 내적 특성만으로 텍스트의 의미를 환원시키는 환원론을 경계하는 것이다. 다시 말해, 시를 사회적 판타지의 측면에서 읽는다는 것은, 작가의 욕망이 언어로 표현될 때 발생하는 판타지적 측면과 그 텍스트에 덧씌워진 사회적이고 역사적인 측면을 동시에 읽어 내는 것이다. 따라서 텍스트를 사회적 판타지로 읽는 것에는 다음과 같은 세 가지 국면이 들어 있다.

① 서정주의 시는 자신의 개인적 경험을 바탕으로 작성되었다는 측면에서 개인적 기억의 집적물 또는 개인적 욕망의 표출이지만, 그것이 텍스트화하는 순간 사회적이고 역사적인 산물이 된다. 다시 말해 서정주의 개인적인 경험이 사회적인 형식인 언어로 표현될 때 개인적인 경험은 사회적인 의미를 얻게 된다.

② 이런 측면에서 텍스트는 두 가지 층위에서 의미를 지니는데, 판타지적 기의signifie와 이데올로기적 기의가 바로 그것이다. 이 두 가지 층위는 서로 교섭하면서 텍스트의 의미를 구성한다.

③ 텍스트 내적 층위와 텍스트 외적 층위는 서로 구분되는 것이 아니며, 항상 동시에 교차하면서 텍스트의 의미를 구성한다.

(각 전제는 서로 다른 측면을 내포하고 있지만 텍스트text와 콘텍스트 context 사이의 끊임없는 대화라는 공통분모를 가지고 있다.)

첫 번째 국면은 전통적인 문학 연구 방법과 관련하여 중요한 의미를 갖는다. 다시 말해, 전통적인 문학 연구에서는 한 작가의 텍스트에 그것을 만들어 낸 작가의 사상과 감정 또는 의도가 깃들어 있다고 보았다. 따라서 텍스트를 읽는다는 것은 곧 작가의 의도를 찾아내는 것과 다르지 않았다. 그러나 이런 시각은 텍스트의 주체에 대한 문제를 심사숙고하게 만들었다.[33] 텍스트 상의 주체인 언표내용의 주체enunciated subject와 그 텍스트를 발화發話하는 언표행위의 주체 enunciating subject를 같다고 볼 수 있느냐 없느냐의 문제 때문이었다.

전통적인 연구는 의심 없이 발화된 주체와 발화하는 주체를 같다고 보았다. 텍스트는 작가의 의도가 투영된 것이기에, 작가가 숨겨 놓은 의미를 찾는 것이 연구의 중요한 목적이 되어 왔다. 그러나 이러한 시각은 많은 문제를 가지고 있다. 언표행위의 주체(여기에서는 작가)는 텍스트 속에 깃들 수 없으며, 다만 언표행위의 주체가 텍스트에 흔적을 남긴다면 자신이 선택한 언어 속에서 그럴 수밖에 없다. 그러나 언어라는 것은 작가의 의도를 곧이곧대로 전달할 만큼 투명한 것이 아니며, 그 언어에는 작가가 의식하지 못한 어떤 부분까지 내포되어 있다. 더 나아가 언어와 언어의 조합은 작가가 의도

---

33) 다음의 논문은 주체에 관해서 논점이 될 수 있는 부분들을 정신분석학적 기호학의 측면에서 잘 정리해 놓았다. 신범순, 〈해방기 시의 리얼리즘 연구─시적 주체의 이데올로기와 현실성에 대한 기호적 접근〉, 서울대 박사 논문, 1990, 23~25쪽.

하지 못한 반향을 불러일으킬 수도 있다. 작가의 의도는 텍스트에 함축될 뿐이며, 그것은 또 다른 언표행위의 주체인 독자에 의해 언제든지 다른 측면에서 새로이 읽힐 수 있기 때문이다. 심미적 텍스트란 저자에 의한 표현이 아니라 독자에 의해 공유되어야만 하는 판타지를 위한 기회로서 의미를 갖는 것이다.[34]

여기에는 문학 이론의 측면에서 또 하나의 중요한 문제가 있다. 전통적인 구조주의는 언표행위 주체의 존재에 대해 부정적이다. 다시 말해 언표행위 주체는 언어를 통해 이미 텍스트에 함축되어 있다고 보기 때문에, 실제 텍스트의 분석에서 언표행위 주체를 말하는 것을 극도로 꺼리는 것이다.

이 글에서는 작가의 의도나 사상 등이 텍스트에 함축된다는 것을 인정하지만, 텍스트에 함축된다는 사실이 언표행위 주체의 존재를 부정하는 것은 아니라고 생각한다. 아울러 텍스트에 언표행위 주체의 의도가 직접적으로 투영되었다는 전통적인 전제는 부정하지만, 우리가 텍스트에서 무의식적인 요소들을 읽어 내면서 언표행위 주체의 의도에 따라 직접적으로 투영되었다고 생각되는 것들이 어떻게 왜곡되고 달리 구성되는지는 탐구해 볼 수 있다고 생각한다.

언표행위 주체는 본래의 모습으로 존재하는 것이 아니라 텍스트로 구성된 모습으로 존재한다. 언표행위 주체의 욕망은 이데올로기나 타자의 욕망에 의해 걸러지면서 왜곡된 모습을 보여 주기 때문이다. 이런 측면에서 언표행위의 주체와 언표내용의 주체 사이에는 어떤 간극이 존재한다.

그러므로 하나의 작품은 그것이 텍스트화하는 순간 언표행위 주

---

34) Antony Easthope, *Poetry and Phantasy*, Cambridge UP, p.4

체의 의도를 벗어나 자유롭게 부유한다. 또 그것이 사회적 집적물인 언어로 구성된 순간 그 텍스트는 사회적이고 역사적인 산물이 되며, 그것은 또 다른 언표행위의 주체인 독자에 의해 구성된다. 다시 말해서, 정신분석적 전통은 충만하고도 단일화한 주체를 부정하고, 주체와 '경험'이 이미 주어진 것이 아니라 무의식적 과정의 한 효과로서 구성된 것이라고 주장한다. 아울러 정신분석은 상호 작용 속에서 중층적으로 결정된 주체, 곧 정신의 상이한 층위와 작용들 사이에서 복합적으로 결정되거나 확정되는 주체로 단정한다.[35]

첫 번째 국면에 대한 이야기는 매우 일반론적인 것이며 두 번째 국면에서 더욱 구체화될 것이다. 사회적 판타지로서의 시가 판타지적 기의와 이데올로기적 기의를 갖는다는 것은 다음과 같이 말할 수 있다.

하나의 텍스트에서 판타지적 기의를 읽어 낸다는 것은 문학적 텍스트를 개인적 판타지의 일종으로 규정한다는 전제가 깔려 있다. 문학은 일종의 꿈이라는 점에서, 많은 경우 작가에 의해 구성된 상상적 구축물이라 할 수 있다. 상상적 구축물이라는 것은 문학에 현실이 직접적으로 들어가 있는 것이 아니라 작가의 상상력에 의해 구축된 것이라는 의미가 들어 있다. 그렇게 구성된 텍스트의 세계는 현실의 세계와는 다른, 또 다른 가능성의 세계이며, 이 세계에는 현실의 논리가 아닌 문학의 논리가 개입되어 있다. 여기에서 문학의 논리란 현실세계에 이종異種적인 것으로 받아들여지는 모순·역설·환상·비유 등에 의해 구축된 논리를 말한다. 결국 텍스트를 개인적인 판타지로 읽는다는 것은 언표행위 주체의 욕망이 언어로 표현될 때

---

35) Antony Easthope, *ibid.*, p.9

발생하는 무의식적인 판타지에 주목하는 것이다. 이는 텍스트를 일종의 상상적 구축물로 여기는 것인데, 그러한 상상적 구축물에는 언표행위 주체의 욕망과 타자의 욕망이 교차하면서 현실과는 다른 세계의 모습이 구축된다.[36]

서정주를 포함한 많은 시인들의 경우에, 상상적으로 구축된 세계는 동일화되고 통일된 측면이 많다. 이때 주체가 구축한 세계는 일종의 상상이자 환상이다. 자신을 둘러싼 이질적인 세계를 마치 자신이 생각했던 세계로 잘못 인식하기 때문에 그렇게 생각되는 것이다. 여기에서 오인miscognition의 문제가 발생한다.

주체가 자신의 의도나 의지를 투명하게 전달할 수 있는 매개체로 본 언어(텍스트)에는 항상 타자의 담론이 깃들어 있다. 또한 언어(텍스트)에는 그 언어를 발화한 언표행위 주체의 지위, 태도, 입장 등의 사회적 의미도 깃들어 있다.[37] 이런 측면에서 언어는 이미 너무나 사회적이고 이데올로기적인 것이다. 따라서 주체는 사회언어학적 상호작용의 끊임없는 과정을 거쳐 형성되고 또 재형성된다.[38]

---

36) 박철희, 〈현대 한국시와 그 '서구적' 잔상〉(하), 《예술논문집》 제10집, 예술원, 1971, 14쪽; 박철희는 《귀촉도》, 《화사집》, 《신라초》 등의 일련의 시집을 떠받치고 있는 하나의 상징체계로 개인적인 언어 또는 시적 속기법으로서의 신비적 색채를 지적한다. 그에 따르면 서정주는 현실을 현실대로 표현하는 것이 아니라, 현실을 왜곡하고 어떻게 해서든지 환상을 유발하도록 한다는 것이다. 따라서 박철희는, 비록 서정주 시의 이미저리imagery가 정밀하고 정확하고 섬세하지만, 그것을 모두 환상의 이미지들이라고 지적한 바 있다.

37) Sven Daelemans and Tullio Maranhao, 'Psychoanalytic Dialogue and Dialogical Principle', *The Interpretation of Dialogue*, The University of Chicago Press, 1990, p.223; 바흐친은 이러한 언어가 갖고 있는 특징을 사회적으로 구성된 담론이라는 측면에서 '내적 발화inner speech'라 불렀다. 그는 '내적 발화'를 공식적이거나 외부적인 발화에 대해 의심하며 '공식적인 이데올로기'의 조류에 맞서 헤엄치는 어떤 것으로 비유했다.

38) Lynne Pearce, 'Dialogism and the Subject: Self-in-Relation', *Reading Dialogue*, Edward Arnold, 1994, p.89

이와 같이 텍스트란 개인적인 기억과 사회적인 기억이 만나는 장이며, 상상과 현실이 충돌하는 자리이다. 다시 말해서 언어란 이질성의 원심적centrifugal 힘과 통일화·전체화를 지향하는 구심적centripital 힘 사이의 야만적인 전투가 벌어지는 자리이다.[39] 곧 언어의 배후에서는 부동성과 변화, 헤게모니와 혁명, 총체성과 무한 사이의 투쟁이 벌어지며, 텍스트는 바로 그러한 전쟁들이 벌어지는 전쟁터가 되는 것이다.

그러므로 서정주의 시는 주체 자신을 둘러싼 세계를 자신과 동일화하려는 상상적인 욕망과 주체를 통제하고 규정지으려는 지배적 담론과의 투쟁이 벌어지는 장소라고 할 수 있다. 그 투쟁은 아래와 같은 과정을 보인다.

① 서정주는 초기 《화사집》과 《귀촉도》의 일부 텍스트에서, 파편화한 육체와 성적 판타지의 희열을 통해 로고스중심주의적인 성서적 이데올로기와 전근대적 이데올로기(유교적 이데올로기와 가족 이데올로기) 등을 거부하면서, 시인부락이 지향했던 생명 자체로서의 인간에 대한 강렬한 탐구를 보여 준다. 이때 서정주가 거부했던 공적 담론들은 모두 가부장제 사회의 이데올로기들과 관련되며, 이에 대한 거부는 아버지의 부재, 신의 부재 등으로 언표화한다. 다시 말해서 서정주는 세계가 어떤 질서 아래에서 굳건히 통합되어 있다는, 아니면 굳건히 통합되어야 한다는 이데올로기들을 거부하고 육체와 세계가 분열되어 있다고 느끼는 거울 단계 이전으로 도주한다. 이는 자신의 존재 근거에 대한 탐구이자, 자신의 생명 근원에 대한

---

39) Sven Daelemans and Tullio Maranhao, *ibid.*, p.223

탐구에서 비롯된 것으로, 공적 담론에 의해 규정되기 이전의 '나'를 찾아 나서는 것이다.

또한 서정주가 이 시기에, 보들레르C. P. Baudelaire와 비슷하게, 악마적이고 공포스러운 인간의 자연적 본능을 보여 준 것은 공적 담론에서 규정할 수 없는 인간의 본원적인 모습을 찾아 나선 것이라고 해석할 수 있다. 아울러 이러한 악마적이고 퇴폐적인 인간의 이미지와 조각난 육체의 이미지는 주체의 분열과 관련된다. 거울에 비유한다면, 거울에 비친 세계는 파편화하고 분열되어 있는 것이다.

② 《귀촉도》와 《동천》에 이르는 시적 여정에서, 서정주는 《화사집》에서 볼 수 있었던 파편화한 육체와 분열된 주체의 봉합을 시도한다. 구체적으로 자기 자신의 이미지가 아닌 타자의 이미지를 자신의 이미지로 받아들이는 상징적 동일화를 거쳐 이러한 파편화와 분열을 통합하려고 시도하며, 이는 2차적 나르시시즘에 해당된다.[40]

---

40) 나르시시즘은 통합의 문제와 관련된다. 다시 말해 《화사집》에서 볼 수 있었던, '조각난 몸', '분열된 주체' 등을 통합하려는 시도들은 나르시시즘적인 것이다. 여기에는 1차적 나르시시즘과 2차적 나르시시즘이 존재한다.

1차적 나르시시즘은 대상이 없는, 한마디로 대상이 구별되지 않은 상태로, 주체와 대상 사이에 어떠한 분열도 포함되지 않는 것을 말한다.(Antony Eastope, *Poetry and Pantasy*, p.120) 서정주의 시에서 《질마재 신화》의 세계가 바로 이러한 세계이다. 예를 들어, 6~18개월된 유아가 거울에 비친 자신의 모습을 지각하고 환호성을 지르는 것을 볼 수 있다. 이때 유아는 거울에 비친 이미지를 자기 자체로 받아들이는 일종의 자기망각Selbstvergessenheit을 경험하는데, 이는 1차적 나르시시즘의 특징이다. 이런 측면에서 1차적 나르시시즘의 세계는 주체와 대상, 신체와 거울에 비친 이미지가 구별되지 않고 통합되어 있다. 이와 관련하여 《질마재 신화》 이후의 시편들이 유년으로의 회귀와 관련이 있다는 것은 중요한 시사점을 갖는다. 그리고 유아가 갖는 이러한 자기 통합의 이미지는 육체가 부분으로 조각날 것이라는 불안을 억압한다.(Richard Feldstein, 'The Mirror of Manufactured Cultural Relation', *Reading Seminars I and II*, p.135)

그러나 시간이 서서히 지나면서 유아는 거울의 이미지가 거울을 바라보는 사람의 복사물이라는 것과 자신을 거울에 비춰 보지 않고서도 자신이 다른 사람들과 마

서정주는 '조선적인 것=신라적인 것=동양적인 것'이라는 상상의 세계를 구축하는데, 사실 그러한 세계는 실제로 존재했던 것이 아니라 역사의 어느 시점(구체적으로 1950년대)에서 구성된 세계이다. 이렇듯 구축된 세계와의 동일화에는 자기 자신의 이미지가 아닌 것을 자신의 것으로 받아들이는 오인의 문제가 있다. 아울러 이러한 오인의 과정을 거쳐, 주체는 세계라는 것이 분열되고 파편화한 것이 아니라 통합되어 있다고 주장하는 '봉합 이데올로기'의 호명 interpellation[41]에 응답함으로써, 상상의 세계를 실재하는 것으로 받아들이게 된다.[42] 다시 말해서 주체와 타자 사이에 이데올로기[43]가 개

찬가지로 육체를 갖고 있다는 것을 알게 된다. 이때 2차적 나르시시즘이 발생하는데, 유아가 자신이 아닌 타자의 이미지를 자신의 것으로 받아들이는 것이다. 이런 측면에서 자아가 행하는 종합은 본질적으로 타아alter ego와의 종합이며, 이는 주체의 소외를 뜻한다. 다른 말로 "욕망하는 인간 주체는 타자의 주변에서 구축되며, 타자와의 첫 번째 만남은 타자가 욕망하는 대상으로서의 대상과의 조우이다."(Richard Feldstein, *ibid.*, p.136) 서정주는 《귀촉도》와 《동천》에 이르는 시적 여정에서 파편화한 육체와 세계의 통합을 꿈꾸는데, 그것은 서정주 자신이 구축한 담론이나 타자들이 구축한 담론을 자기의 것으로 받아들이면서 이루어진다.

라캉은 1차적 나르시시즘에서 2차적 나르시시즘으로의 이행, 곧 상상적인 동일화의 구축 경로를 이상적인 자아ideal ego로부터 자아의 이상ego ideal으로의 이행과 결합시킨다. 간단히 말해서 이상적인 자아란 자기가 보고 싶은(상상하는) 자아의 모습이며, 자아의 이상이란 타자와의 동일화를 통해 구성된 자아의 모습이다. 이상적인 자아, 다시 말해 1차적 나르시시즘에서의 동일화는 자기 자신의 이미지를 자기 자신에게 투영하는 '내투introjection'와 관련되며, 2차적 나르시시즘에서의 동일화는 타자의 이미지를 자기 자신에게 투영하는 '투사projection'와 관련된다.

41) 루이 알튀세르, 〈이데올로기와 이데올로기적 국가장치〉, 김동수 역, 《아미엥에서의 주장》, 솔, 1991, 115~121쪽.

42) 이는 알튀세르가 이데올로기를 설명하면서 사람들이 실제 조건을 '표상하기represent' 위해서 자신들의 실재 조건들을 상상적으로 전위시키는 것과 관련된다. 루이 알튀세르, 위의 책, 108쪽.

43) 이 글에서 사용하는 이데올로기의 개념은 마르크스적인 의미에서 '인간과 사회집단의 정신을 지배하는 사고들과 표상들의 체계'이며, 알튀세르적 의미에서 '실재 관계에 대한 상상적 관계'를 뜻한다. 루이 알튀세르, 위의 책, 103~111쪽.

입하여 상징적인 타자의 담론을 주체로 하여금 실재적인 것으로 받아들이게 하는 것이다. 주체는 거울에 비친 타자의 모습을 마치 자신의 모습이라고 오인하며, 이를 통해 거울에 비친 세계가 통합되어 있다는 환상을 갖게 된다.

③《질마재 신화》와 그 뒤의 몇몇 시편들에서 서정주는 완전한 자기 통합을 꿈꾼다. 이러한 완전한 자기 통합의 세계는 자아와 타자의 경계가 사라지며, 기존의 이데올로기적 의미가 해체되고 전도되는 세계이다. 그리고 이 세계는 통합된 육체와 모든 가치가 공존하는 분절과 구분 이전의, 곧 상징화 이전의 세계이다. 아니면 사물을 판단하고 규정하고 분절하는 상징화 너머에 있는 세계이다. 이때 서정주는 거울에 비친 세계에서 타자의 모습이 아닌 자신만의 모습을 보게 되는데, 이는 1차적 나르시시즘에 해당된다. 왜냐하면 이 세계는 '자아와 타자', '여성적 요소와 남성적 요소', '성과 속', '위와 아래' 등이 혼재되어 있는, 가치분화 이전의 세계이기 때문이다. 다시 말해서 질마재의 세계는 어머니의 자궁과 같은 분리 이전의, 원초적인 통합의 세계이다.

결론적으로 사회적 판타지로서 서정주의 시는 끊임없는 개인적인 상상의 세계를 제시한다. 그 상상의 세계는 지속적인 이데올로기의 개입으로 말미암아 왜곡된 형태를 띠게 되며, 마침내 상징화 영역 너머에 있는 실재계the Real로 귀환하게 된다. 따라서 서정주의 시는 개인적인 환상의 산물로만 볼 수 없으며, 사회적·역사적인 측면과 끊임없이 소통한다는 점에서 사회적·역사적인 산물로도 볼 수 있다.

따라서 이 글에서는 서정주의 시를 개인적 욕망과 무의식적 판타지가 함축되어 있는 텍스트로 읽으면서, 동시에 그 판타지가 단순히 개인적 욕망의 표현에 그치는 것이 아니라 역사적·사회적인 측면과 관련되면서 이데올로기적인 의미를 산출하는 텍스트로 읽고자 한다. 이는 시를 판타지의 한 형식으로 이해하고자 하는 것이며, 그 판타지는 개인의 욕망 차원에 머무는 것이 아니라 상호주관적이고 사회적인 형식 안에서 다른 이들(특히 독자)에게 유용하게 구성된다는 사실을 검토하고자 하는 것이다. 결국 이 글의 목적은 시가 판타지의 역사적 형식을 구현할 것이라는 가정을 검토하려는 것이다. 왜냐하면 판타지의 사회적 형식은 이데올로기적 측면이나 판타지적 측면, 어느 한쪽에만 치우칠 경우 적절하게 이해될 수 없기 때문이다.

4.

연구 방법과 대상

　김용직은 《시인 부락》의 시사적 의의를 다음과 같이 평가하였다. "1930년대 후반기에 이르러 우리 시에는 인간과 그 생生에 대한 관심이 요구되었고 가슴으로 그것을 추구하는 집단이 필요했다. 그뿐만 아니라 정지용, 김영랑, 신석정에 이어 한국 시단에 군림할 대입상의 출현이 있어야 했다. 《시인 부락》에서 출발한 시인들 가운데 이런 문학사의 요구에 부응하는 예가 포함되어 있었다."[44] 이는 《시인부락》이 이전의 한국 시단을 담당했던 《시문학》의 언어 조탁彫琢, 김기림의 모더니즘, 이상 등의 초현실주의 등과는 다른 새로운 세계를 지향하고 있었음을 지적한 것이다.

　《시인부락》의 특징은 '인간과 그 생에 대한 관심', 그리고 그것을 '가슴으로 추구하는 집단'이라는 말에 함축되어 있다. 김승희는 이를 "유교적 이념형의 정신만을 강조한 정신주의적 인간형도 아니고 식민지적 퇴폐와 허무의 담지로서의 관능만을 추구한 육체지향적 인간형도 아닌, 이데올로기나 외래 사조의 과도한 실험을 떠나 인간 생명의 나체적 욕망을 발견한 생명 그 자체로서의 인간에 대한 강렬한 탐구의 노래를 부른 서정주와 오장환의 강렬한 생명의식"[45]으로 여겼다.

　여기에서 주목할 부분은 '생명 그 자체로서의 인간에 대한 강렬한 탐구'이다. 이는 한국 시사에서 서정주와 오장환에 이르러서야 비로

---

44) 김용직, 《한국 현대 시사》2, 한국문연, 1995, 29~31쪽.
45) 김승희, 《현대시 텍스트 읽기》, 태학사, 2001, 106쪽.

소 인간 생명 자체에 대한 탐구가 이루어졌다는 평가를 함축하고 있기 때문이다. 서정주의 인간에 대한 관심은 자신의 고향 사람들에 대한 진술에서 확인할 수 있다. 또한 질마재의 인간상들은 그가 세계를 해석하는 데에 중요한 잣대가 된다.

> 가만 있자. 마을 사람들은 대개 무슨 마음 무슨 마음으로 살고 있었던가—인제는 그것을 생각해 볼까.
>
> 인제 와 풀이해 보니, 그들의 정신을 대개 세 갈래의 유파流派로 나눌 수 있을 것 같다.
>
> 첫째는 유자儒者, 둘째는 자연주의, 셋째는 뭐라 이름을 붙였으면 좋을진 모르겠으나, 노래 잘 하고 춤 잘 추고 소고·장고·꽹과리 잘 치고 멋내길 좋아하고 또 건달패이기도 했던 사람들—일종의 심미파라고나 할까.[46]

서정주는 겉으로는 자연주의파를 지향하지만, 때로는 심미파를 지향하기도 하며, 암묵적으로는 자신이 거부했던 유자파를 받아들이기도 한다. 이렇듯 자연주의파, 심미파, 유자파 사이에서 갈등하고 부유하는 모든 모습들이 서정주의 심리를 구성하는 것이다. 어찌 보면 그가 제시한 세 가지 인물형들의 중첩이 바로 인간의 심리 자체일 수도 있다. 다시 말해서, 인간은 어느 때는 자연주의파가 되기도 하고, 또 어느 때는 심미파가 되기도 하며, 또 어느 때는 유자파가 되기도 하는 것이다. 마치 수시로 변하는 카멜레온과 같은 모습이 인간의 진정한 모습일 수도 있다.

---

46) 서정주, 《미당 자서전》 1, 민음사, 1994, 44쪽.

서정주는 글과 경제력으로 마을을 통제하는 지배계급인 유자儒者들에게 반발 심리를 갖고 있었다. 그리고 유자들의 권위와 통제에 얽매이지 않고 자연 자체와 호흡하던 자연주의파를 숭상했으며, 한편으로 유자들의 권위와 통제에 반기를 들고 있다고 생각되었던 심미파에게 심정적 동질성을 느끼고 있었다. 여기에서 유자들은 마을 사람들의 생각과 행동을 통제하는 법과 도덕을 만들어 내는 상징체계를, 그러한 상징체계에서 벗어나 자연 그 자체와 교류하는 자연주의파는 실재계the Real를, 술과 음악과 춤으로 마을에 활기를 불어 넣으면서도 도덕적으로는 점잖지 못하는 구석이 있는 디오니소스적인 심미파는 예술적인 상상계the Imaginary를 표상한다고 볼 수 있다.

이 지점에서 우리는 이중적인 주체의 분열을 읽을 수 있다. 상징질서를 거부하면서도 그 질서의 힘에 복종할 수밖에 없음을 느끼는 태도와, 의식적으로는 자연주의파를 지향하면서도 무의식적으로는 디오니소스적인 심미파와 동질감을 느끼는 태도가 바로 그것이다. 이러한 이중의 분열은 서정주의 시 전체를 관통하면서 다양한 의미를 생산해 낸다. 또한 이러한 이중의 대립현상은, 크리스테바의 용어를 빌자면, 기호계와 상징계의 대립이라고 읽을 수도 있을 것이다. 아울러 서정주는 겉으로 지배계급으로 표상되는 유자파에 거부감을 갖고 있지만 유자파의 힘과 기능을 암묵적으로 인정하는 모습을 보여 주는데, 이 또한 세 인물형 사이에 있는 거부와 공감 문제가 좀 더 복잡한 것임을 암시한다.

이러한 인간의 유동적인 심리 역학관계를 체계적으로 설명하고 있는 것이 바로 라캉의 'L'도식이다.

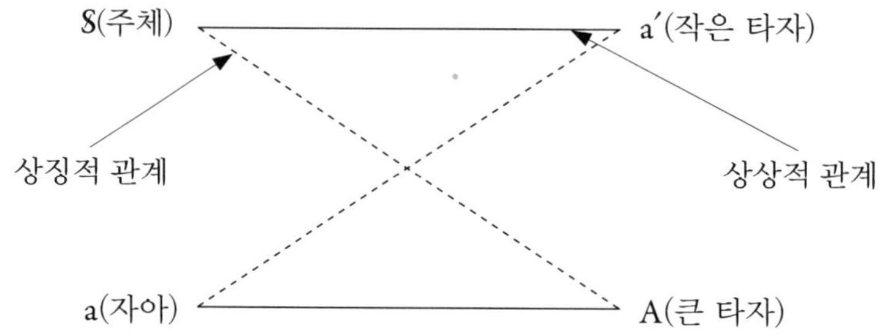

주체는 상상계상의 존재being 주체로서, 자아(a)와 상징계the Symbolic에서 말하는 주체인 주체(S)로 나뉘는데, 이는 주체의 분열을 뜻한다. 자아(a)와 작은 타자(a′)[47]의 관계는 거울 단계에서의 상상적 관계를 나타낸다. 여기에서 나르시시즘의 문제가 생기는데, 자기 자신이 아닌 타자의 모습을 자기 자신의 모습으로 여기는 상상적 동일화가 발생하기 때문이다. 주체(S)와 큰 타자(A) 사이는 상징적 관계를 나타낸다. 이때 중요한 점은 주체(S)가 큰 타자(A)를 직접적으로 만날 수 없으며, 다만 자아(a)와 작은 타자(a′) 사이의 상상적 관계, 곧 자아가 타자를 자신의 이미지로 받아들이는 오인의 과정을 거칠 때만 가능하다.

이런 측면에서 서정주의 초기시는 상상적인 축에서 자아(a)가 작은 타자(a′)를 욕망하고, 상징적인 축에서 주체(S)가 큰 타자(A)를 거부하는 양상을 보이고 있다. 이때 자아의 욕망 대상인 작은 타자는 근대의 이성과 지배 질서가 배제해 온 성·육체·식민지의 하위주체 등이며, 주체가 거부하는 큰 타자는 당시 인간의 질서를 통제해 온 유교적 이념, 서구의 기독교적 이념, 식민 질서 등으로 나타난다.

중기시에서는 상상적인 축에서 자아가 작은 타자를 동일시하고,

---

47) 이런 측면에서 작은 타자(a′)는 상상적인 타자이다.

상징적인 축에서는 주체가 큰 타자를 동일시하는 이중의 동일화가 발생한다. 앞서 밝혔듯이 주체가 큰 타자를 동일화하는 과정은 상상적인 축에서 자아의 오인 과정을 거칠 때만이 가능하다. 다시 말해서 자아와 작은 타자의 상상적인 관계가 이데올로기의 개입으로 주체와 큰 타자의 동일시라는 상징적인 동일시가 발생하는 것이다. 이때 이데올로기는 주체를 호명하고 주체는 이데올로기에 응답함으로써 주체로 하여금 상징적인 큰 타자의 세계를 상상적인 것으로 오인하게 만드는 구실을 한다.

마지막으로 서정주는 《질마재 신화》와 그 뒤 몇몇 시편들에서 완전한 자기 통합을 꿈꾼다. 질마재는 '1차적 나르시시즘'이라는 판타지를 통해 주체와 대상, 자아와 타자 등이 구분 없이 통합되어 있는 세계이다. 이러한 완전한 자기 통합은 통합을 지향하는 구술성의 전경화前景化와 직접적 접촉, 현장성이 강조되는 근접 감각을 통해 이루어진다. 또한 질마재는 어떤 의미화의 경향이 아닌 사물의 직접적이고 유희적인 나열 등으로 언표되는 세계를 보여 준다. 그러므로 《질마재 신화》의 세계는 육체의 원초적인 통합과 유년으로의 회귀를 통해 '남성과 여성', '성과 속', '위와 아래' 등이 혼재된 신화적 공간이라고 할 수 있다. 이 신화적 공간에서는 모든 이분법적인 이데올로기들이 해체되며, 이성중심주의적인 담론들이 와해된다. 다시 말해 《질마재 신화》의 세계는 여성성과 남성성, 성과 속 등이 서로를 밀어내지 않고 마치 오믈렛처럼 혼재되어 있는 세계이다.

한편으로는 《화사집》과 비슷한 것처럼 보이나 그 양상은 다르게 나타난다. 《화사집》에서는 육체나 부분 대상들이 욕망의 대상으로 드러나지만, 《질마재 신화》에서는 욕망의 대상이 아니라 육체 그 자체로 드러난다는 중요한 차이점이 있다.

이런 측면에서 서정주의 시를 사회적 판타지로 읽는다는 것은 라 캉의 'L'도식의 두 대각선의 의미를 읽어 내는 것이다. 판타지적 기 의는 자아가 작은 타자 또는 부분 대상을 상상적으로 욕망할 때 발 생하는 의미이며, 이데올로기적 기의는 자아와 작은 타자의 상상적 인 관계를 마치 실재하는 것처럼 보이게 하는 이데올로기의 작용에 의해, 주체로 하여금 상징적 질서를 인정할 때 발생하는 이데올로기 적 의미이다.

이 글에서 사용하고 있는 '판타지phantasy' 개념은 일상적 용법의 '환상fantasy'과 구별되는 다음과 같은 의미를 갖고 있다. ①주체가 현 존하는 ②상상적인 장면이나 서사, ③그러나 변형되거나 가장假裝된 장면이기에 ④그 장면은 주체를 위해 주체의 욕망을 충족시킬 수 있 다.[48] 다시 말해 정신분석학적 측면에서 정의되는 '판타지'는 주체가 현존하는 상상적인 장면이나 서사를 말하며, 그 장면이나 서사는 주 체의 욕망 충족을 위해 변형된 것이다. 이런 측면에서 판타지는 관 념을 이미지나 서사로 바꾼다.[49] 그러므로 판타지적 기의를 추출한 다는 것은 언표행위의 주체가 구축해 놓은 개인적이고 환상적인 가 능성의 세계를 검토하는 작업이 될 것이다. 그리고 그러한 환상적인 세계는 큰 타자의 담론 또는 이데올로기의 개입에 의해 왜곡된 모습 을 보이게 된다.

'판타지'의 의미는 '꿈'과 '판타지'를 구별해 볼 때 잘 드러난다. 꿈 과 판타지로서 시의 가장 큰 차이점은, 꿈은 꿈꾸는 자를 갖지만 시 는 그렇지 않다는 점이다. 다시 말해서 꿈은 꿈꾸는 자에게 특별한 의미를 갖는다. 이는 꿈이라는 것이 꿈꾸는 자와 관련될 때만 특별

---

48) Antony Easthope, *ibid.*, p.11

49) 앤터니 이스트호프, 이미선 역, 《무의식》, 한나래, 2000, 178쪽.

한 의미를 갖거나, 아니면 공유된 상징성(예를 들어 융의 '집단무의식') 안에서 의미를 갖는다는 것을 뜻한다.

이와 달리 시의 판타지는, 꿈에서 경험되는 상대적으로 사적인 판타지와 비교할 때, 언제나 이미 사회화하여 있다고 볼 수 있다. 물론 상호주관적으로 발화한 시는 꿈처럼 사적인 판타지를 제공한다. 하지만 그것이 텍스트로 구성되는 순간, 그것을 생산한 주체에 의해서만 결정되는 것이 아니라, 이데올로기적으로 결정된 의미에서 분리될 수 없는 심미적인 또는 사회적인 판타지가 된다.[50]

---

50) Antony Easthope, *Poetry and Phantasy*, Cambridge UP, pp.16~17; 이스트호프는 어느 여성의 꿈과 그 꿈을 예술적 형식으로 만든 시의 차이점에 대해 명석하게 논증하고 있다. 꿈과 시의 차이는 다음의 간략한 텍스트에서 예시될 수 있다.

> 어린아이들 무리 전체—두 성별을 포함한 아이들의 모든 형제, 자매와 조카들은 들판을 뛰어놀고 있었다. 갑자기 그들 모두는 날개가 돋아나더니, 어디론가 날아가 버렸다.

위에 제시된 것은 한 여성이 네 살 때 처음으로 꿈을 꾼 이후 반복된 것을 기록한 것이다. 이 꿈은 꿈을 꾼 자의 개인적 삶의 맥락에서 해석할 때, '전체 무리 가운데 유일한 생존자로, 오직 우리의 작은 유아—살인자만이 홀로 남겨졌다'는 꿈을 꾼 여성의 욕망을 표현한 것이다. 이렇게 두 문장으로 구성된 서사를 대구법의 형식으로 재배치하여 짧은 자유시로 만들 수 있다.

> 어린아이들 무리 전체
> 두 성별을 포함한 아이들의 모든 형제, 자매와 조카들,
> 그들은 들판을 뛰어놀고 있었다.
> 갑자기 그들 모두는 날개가 돋아나더니
> 어디론가 날아가
> 버렸다.

개인적인 꿈이 텍스트로 만들어진 순간 꿈꾸는 자의 콘텍스트 안에서 성립되었던 의미는 사라지고, 텍스트는 다음과 같은 역사적 의미를 나타내기 시작한다. 다시 말해 가족의 구성, 성 역할의 정의, 유년에 대한 사회적 범주, 일과 여가, 계층과 생산력, 아울러 공식화된 종교와 고전적인 신화의 이데올로기적 구조를 포함한다.

　꿈은 꿈을 꾼 사람과의 관련 속에서 그 의미가 파악되지만, 심미적 또는 미학적 형식으로서 시는 그 텍스트가 생산된 사회적이고 역사적인 국면뿐 아니라, 그것을 읽고 해독하는 독자와도 관련된다는 점에서 다분히 사회적이라고 할 수 있다. 그러므로 예술의 판타지는 꿈의 판타지가 갖고 있었던 개인적인 특징을 상실함으로써, 상호주관적이며 공적인 자질을 띠게 된다. 또한 이데올로기적 구조나 의미와 깊이 관련되면서 그 본질이 변하기도 한다.

　이런 측면에서 시를 사회적 판타지로 읽는 것은 개인의 무의식적 욕망과 사회적인 이데올로기의 관계, 다시 말해 무의식과 이데올로기의 관계를 이론화하려는 시도와 관련된다. 그리고 더 구체적으로 정신분석학과 사적 유물론의 관계를 조망하는 작업과도 관련된다. 프로이트S. Freud가 이데올로기의 존재에 대해 부정적 입장을 취한 것은 아니지만, 결국 이데올로기의 문제를 거대 서사에 환원시켰다는 비판을 면하기는 어렵다.[51] 이와 반대로 미하일 바흐친M. Bakhtin, 프레드릭 제임슨F. Jameson 같은 유물론자들은 결과적으로 무의식을 이데올로기에 환원시켰다고 볼 수 있다.

　하지만 무의식과 이데올로기를 통합적으로 사유하려는 시도는

　　형제, 자매, 조카와 같은 사회적 집단의 구성은 서구 사회에 특수한 친족관계를 암시한다. 어린아이들이 '뛰어논다'는 사실은 유년기를 놀이를 위해 보호되는 영역으로 구획되는 사회를 내포한다. '들판'은 농업경제를 전제로 하며, 아이들에게 '들판'이라는 말의 사용은 일을 하지 않거나 적어도 들판에서 뛰어놀 수 있는 자유를 가진 사회 계층의 구성원을 암시한다.

51) 그동안 정신분석적인 연구는 대개 '오이디푸스 콤플렉스'나 '성'의 문제와 같은 거대 서사에 귀착되는 경향을 보였기에 다분히 환원적이라는 비판과 비역사적이라는 평가를 받아 왔다. 시를 사회적 판타지로 이해하고자 하는 시각은 이러한 비판에 대한 자성의 목소리이자, 텍스트에서 개인적인 욕망과 역사를 동시에 사유하고자 하는 차원에서 제기된 것이다.

모두 실패했다고 볼 수 있다. 텍스트의 무의식적 측면에 초점을 두면서 문학의 자율성을 강조하다 보면 텍스트는 사회적 성격을 상실하게 되고, 이데올로기적인 측면에 초점을 두다 보면 텍스트가 갖고 있는 자율성은 존재 의의를 상실하게 되기 때문이다. 이에 이스트호프A. Easthope는 문학과 이데올로기의 상대적 자율성을 인정하면서 무의식과 이데올로기의 공존을 시도하고 있다. 엄밀히 말해서 그의 논의는 무의식과 이데올로기를 통합하는 이론이 아니라, 무의식과 이데올로기가 공존하는 사고에 바탕하고 있다. 허스트와 울리가 지적했듯이, "사회적 관계, 특정 민족의 관습과 제도는 일반적인 심리적 영역과 상호-교차"되고, 이러한 심리적 영역은 문화적이고 사회적인 관계와 상호 영향을 주고받는다.[52]

이와 비슷하게 이스트호프는 무의식과 이데올로기의 관계를 소쉬르Ferdinand de Saussure가 규정한 기표와 기의 사이의 관계에서 이끌어 온다. 이스토호프는 소쉬르의 언어에 대한 설명을 일종의 은유적 표현으로 여기면서 무의식과 이데올로기 사이의 관계를 동시적인 발생관계로 규정한다.[53]

언어에서

① 기표(소리)와 기의(사상)는 서로 다른 질서이며, 나름의 논리와

---

52) 이에 대한 자세한 논의는 Antony Easthope, *Poetry and Phantasy*, Cambridge UP, pp.24~40를 참고할 것. 스티븐 히스는 이러한 상대적 자율성의 모형 위에서 이데올로기와 무의식 사이의 관계를 일종의 상호-영향관계라고 지적한 바 있다. 그의 논의는 다음과 같이 요약될 수 있다. 첫째, 이데올로기적 구성체의 자율성은 사실로 받아들여진다. 둘째, 사회적 과정을 통한 결론과 정의가 주체를 규명하지 못하기에 자율성은 무의식의 과정으로 귀착된다. 셋째, 그러나 역사에서 두 과정은 하나이며, 필연적으로 동시성을 띠기에 두 가지 사이의 통합도 어느 정도는 인정된다.

53) Antony Easthope, *ibid.*, pp.41~42

법칙에 따라 개별적으로 지속된다.

　② 따라서, 그 관계는 본질적으로 자의적arbitary이다.

　③ 그럼에도 실제 발화utterence의 과정에서, 그 두 가지는 소쉬르가 담론의 사회적 사실social fact이라 일컫는 것으로 함께 드러난다.

　④ 이와 같이, 한 측면에서의 변화가 다른 측면에서의 변화를 일으킨다.

담론에서

　① 이데올로기로서, 그리고 판타지로서 분석될 수 있는 것은 각각의 자율성을 따른다.

　② 그것들은 본래 필연적으로 별개이며 어울리지 않는다.

　③ 그러나 역사에서 그것은 항상 함께 그리고 동시에 생산된다.

　④ 한 측면의 변화는 다른 측면의 변화와 동시에 일어나며 그에 일치한다.

　⑤ 그리고 그 동시성은 사회적 판타지로서의 시 분석을 가능하게 한다.

이런 측면에서 상대적 자율성에 바탕을 둔 두 차원의 의미는 개별적으로 발생하는 것이 아니라 동시에 발생하는 것이며, 서로 상호작용한다. 이를 이스트호프는 다음과 같이 도식화시켰다.

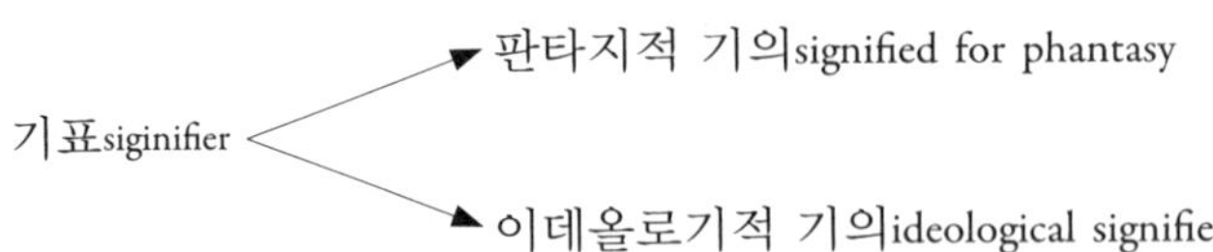

이스트호프는 이 도식에서 텍스트의 기표 하나가 두 가지 의미에

열려있다고 보아서는 안 된다는 것을 강조하면서, 이 구조는 획일적인 것이 아니라 구조적인 것임을 주장한다. 다시 말해서 기호의 의미를 '외연적 의미'와 '내포적 의미'로 구분하는 논의들을 경계하는 것이다. 그러므로 이스트호프는 하나의 텍스트 속의 기표의 질서(하나의 기표가 아니라)가 하나의 이데올로기적 구조 그리고 판타지의 층위에서 특정한 조직을 생산해 낸다고 주장했다.[54]

그러나 여기에서 우리가 간과해서 안 되는 사실은 판타지적 의미와 이데올로기적인 의미가, 비록 서로 다른 층위이지만, 동시에 발생한다는 점이다. 다시 말해 텍스트를 사회적인 판타지로 읽는다는 것은 판타지적 의미와 이데올로기적 의미를 동시에 읽어 내는 것과 다름없으며, 두 의미는 서로 충돌하면서 수많은 담론을 생산해 낸다. 이런 측면에서 이스트호프는 판타지와 이데올로기 사이의 관계가 동시적이고 일치적 관계라고 주장했으며, 이러한 관계를 개념화하기 위해 비늘구조imbrication[55]라는 용어를 사용했다.[56] 그러므로 서

---

54) Antony Easthope, *ibid.*, p.44; 소쉬르에 따르면 기호는 기표와 기의로 구성된다. 전통적인 문학 연구는 기표와 기의 사이의 관계를 자연스러운 것으로 상상하였는데, 이럴 경우에 기호는 고정된 의미를 갖게 된다. 그러나 많은 경우 문학적 기표는 그 의미가 모호한 경우가 많은데, 그것은 기표와 기의의 결합이 자연스럽고 당연한 것이 아님을 반증한다. 조나단 컬러에 따르면, 기호가 갖고 있는 자의적인 본성은 단순히 기표가 자의적이 아니라, 좀 더 근본적으로 인지의 대상인 기의signifie, enonce가 자의적인 것이다. 다시 말해서 하나의 기표가 여러 가지 기의를 가질 수 있기에 그 기호의 의미가 모호해지는 것이다. 이 글의 논의와 관련시켜 이야기한다면, 하나의 기표는 어느 때는 판타지적 기의와 관련되고 또 어느 때는 이데올로기적 기의와 관련되기에 그 의미를 어느 하나로 확정하기가 어렵다. 기표는 판타지적 기의와 이데올로기적 기의 둘 다와 관련될 수 있기 때문이다.

55) Antony Easthope, *ibid.*, p.44; 그에 따르면 소나기를 뜻하는 라틴어는 'imber'인데, 이는 차이를 두면서 겹쳐지고 교차되는 것처럼 떨어지는 물방울에 의해 만들어진, 하나의 패턴으로 된 풀pool과 연관된다. 또한 다른 것들에 의해 포개짐으로써 물을 막는 기왓장은 'imbres'라고 한다. 마치 생선 비늘처럼 개별적 항목들이 다닥다닥 붙

정주의 시를 사회적인 판타지로 읽는 것은 언표행위의 주체인 서정
주가 텍스트로 상상하여 구성한 의미와 그러한 의미 구성에 무의식
적이고 필연적으로 개입하는 사회적이고 역사적인 의미 모두를 읽
는 것이다.

　또한 텍스트의 이데올로기적인 층위는 언표내용의 주체를 통해
구축된 텍스트의 의미가 일종의 허구이고 상상임을 폭로하는 기능
을 갖고 있다. 아울러 시를 '사회적 판타지'로 읽는 것은 판타지의
역사적 형식을 밝히는 작업, 다시 말해서 판타지의 역사적 의미를
해석하는 작업과 관련된다. [57]

어서 끼워 넣어짐에 따라 만들어진 구조는 비늘구조에 의해 형성된 것이다.

56) 이를 구체화하여 판타지와 이데올로기의 관계를 설명하면 다음과 같다. 판타지와
이데올로기는 개별적으로는 자율성을 띠지만, 역사 안에서는 상호적으로 연관 관
계를 맺는다. 다만 필연적인 관계라기보다는 우연적인 관계를 맺게 된다. 가령《귀
촉도》에서 볼 수 있는 고향으로 회귀와 대동아공영 담론은 필연적으로 관계를 맺
는 것이 아니라, 그 당시 발생했던 여러 요소들 가운데 하나로 관계를 맺는다. 아
울러 텍스트로부터 판타지를 구성하는 것과, 역사로부터 이데올로기를 구성하는
것 모두는 텍스트에 대한 이 글의 해석에서 비롯된 것이다. 왜냐하면 미학이란 텍
스트와 현재의 독자 사이의 관계에서 작용하는 일종의 기능이기 때문이다. Antony
Easthope, *ibid.*, p.22

57) 시를 '사회적 판타지'로 읽는 작업이 판타지의 역사적 의미를 밝히는 작업과 관련된
다는 측면은 다음과 같은 중요한 문제를 제기한다. 이 글은 현대시 전체를 바탕으
로 하여 논의를 진행하는 것이 아니라, 서정주라는 한 개인의 시를 연구 대상으로
삼고 있다. 다시 말해 서정주의 텍스트를 다룰 때 고려된 역사적 층위는 서정주가
아닌 다른 시인들의 텍스트에 적용시킬 수 있느냐의 문제가 발생하는 것이다. 앞서
밝혔듯이, 시에서 판타지적 층위와 역사적 층위는 필연적으로 맺어진 관계는 아니
다. 따라서 동일한 시대가 바탕이 되더라도 만약 다른 시인의 판타지가 달라진다면
그것에 대응되는 이데올로기 또한 변형될 가능성이 많으며, 그 반대도 마찬가지이
다. 다만 이 글은 서정주의 시력詩歷이 현대사 전반에 걸쳐 이루어졌다는 점에서 역
사적 층위를 고찰하는 데 문제가 없다고 생각한다. 아울러 이 글의 문제제기는 근
대 시사와 관련하여 해당 시기의 판타지와 이데올로기의 상관관계를 밝히는 데에
안내 구실을 할 수 있으리라 생각한다.

이 글에서는 첫 시집 《화사집》(남만문고, 1989)에서 제15시집 《80
소년 떠돌이의 시》까지를 대상 텍스트로 삼는다. 대상 텍스트들은
제1시집 《화사집》에서 제6시집 《떠돌이의 시》까지는 초간본을 저본
底本으로 삼았으며, 그 이후의 시집들은 민음사 간행의 시전집을 텍
스트로 삼았다. 아울러 민음사 간행의 자서전 2권과 일지사 간행의
《서정주 문학전집》 또한 보조 텍스트로 삼았다. 이 밖에도 4권의 산
문집을 보조 자료로 활용하였다. 민음사 간행의 자서전과 일지사 간
행의 《서정주 문학전집》의 내용은 겹치는 부분이 많았다는 것을 밝
혀 둔다. 그리고 서정주의 평론과 시론에 관한 논문들도 참조하였으
며, 목록은 참고문헌에 실었다.

이 글에서는 서정주의 텍스트들을 사회적 판타지로 다루면서 텍
스트들을 판타지와 이데올로기의 상관관계에 따라 다음과 같이 크
게 세 부분으로 나누었다.

① 분열된 세계와 이데올로기의 거부―《화사집》과 《귀촉도》의
일부.

② 분열의 상상적 통합과 이데올로기의 수용―《화사집》의 일부
와 《귀촉도》, 《서정주시선》, 《신라초》, 《동천》, 《질마재 신화》의 일
부, 그리고 후기의 몇몇 시편들.

③ 완전한 자기 통합과 메타 이데올로기―《질마재 신화》와 후기
의 몇몇 시편들.

제2장

분열된 세계와 이데올로기의 거부

1. 파편화한 육체와 거울 단계 이전으로 도주

1) 비천한 것들과 부분 대상의 욕망
2) 주체의 분열과 타자의 거부

2. 파멸의 두려움과 성적 욕망

1) 성적 충동과 희열의 탐닉
2) 생명 본능과 죽음 충동

3. 성적 판타지와 초월적 에고의 회피

보들레르와 비슷하게, 기독교적 신본주의와 대립되는 인본주의를 지향하면서, 이성과 문화라는 이름 아래에서 억압해 왔던 육체와 성의 문제를 수식이 없는 직정直情적인 언어로 표현한 것이《화사집》의 세계이다. 우리는《화사집》의 세계가 인간의 적나라한 육체에 초점을 맞추고 있음을 읽을 수 있는데, 이는《시인부락》이 추구했던 '인간과 생에 대한 관심'의 표명이라고 할 수 있다.《시인부락》에 이르러 인간 자체와 그 생명에 대한 관심이 증대되었다는 사실은 이전의 문학적 관심이 주로 정신적인 어떤 것에 치우쳐 있었음을 반증하는 것이다. 이런 측면에서 우리는《화사집》의 세계가 인간의 정신에서 독립된 육체의 세계를 다루고 있음을 읽을 수 있다.

근대 초기까지 서양과 동양 모두는 육체에 대한 정신의 우월성을 인정하고, 육체는 이성에 의해 통제받아야 하는 사악한 것으로 생각해 왔다. 그러나 보들레르는 악마적이고 퇴폐적인 인간상을 제시함으로써 이러한 이성의 환상을 깨뜨렸다. 서정주는 이러한 보들레르와 헬레니즘(구체적으로 디오니소스적인 요소)을 자양분으로 해서 한국 시단에 고열한 육체의 몸부림이라는 새로운 시적 경향을 도입했다고 평가된다.

《화사집》은 정신의 세계에서 분리된 육체적 욕망의 세계를 다루고 있다는 측면에서, 육체와 정신의 분리 또는 분열을 읽을 수 있다. 따라서《화사집》은 세계가 굳건하게 통합되어 있거나 결합되어 있음을 역설하는 모든 이데올로기를 거부하는 양상을 보인다. 구체적으로 신과 인간의 통합을 역설하는 성서적 이데올로기, 필연적으로 인간을 가족과 관계에 귀속시키는 유교적 이데올로기 등을 거부하는 것이다. 그리고 이러한 세계의 분열은 필연적으로 주체의 분열이 따르게 되며, 육체의 파편화로 이미지화된다.

1.

파편화한 육체와 거울 단계 이전으로 도주

육체와 세계가 파편화하고 분열되어 있다고 인식하는 시기는 인간의 발달단계에서 거울 단계 이전pre-mirror stage이다. 거울 단계란 6개월에서 18개월 사이의 유아가 거울에 비친 자신의 이미지를 보고 환호성을 지르며, 동시에 부자연스럽고 파편화하여 있다고 느끼는 자신의 육체를 거울에 비친 이미지로 완전하고 통합된 것으로 상상하는 단계를 말한다. 이때 거울은, 왈롱H. Wallon이 말한 것처럼, "유사와 동일시가 가능한 '다른 수천의 지표점'들 가운데 한 요소일 뿐이며, 아이에게 응답하는 타자의 모든 행동이 거울의 역할을 한다."[58]

이런 측면에서 서정주가 《화사집》을 통해서 타자를 거부하고 파편화한 육체를 욕망하는 것은, 타자와의 동일시를 거부하는 것이며 거울 단계 이전으로 도주하는 것이다. 그러므로 파편화한 육체의 이미지를 욕망하는 것은 일종의 환상일 뿐이지만, 그것은 세계가 통합되어 있다고 역설하는 통합 이데올로기들에 대한 항거이자, 통합 이데올로기들이 은폐해 온 인간의 원초적인 모습을 탐구하는 것과 다르지 않다. 이때 인간의 원초적 욕망인 성적 욕망은 분열로 말미암은 파국에서 자신의 생명을 영원히 이어가고자 하는 생명 본능으로서의 구실을 하게 된다. 따라서 《화사집》 전반에 걸쳐 두드러지게 드러나는 성적 이미지들은, 이성과 정신에 의해 억압되어 왔던 요소

---

58) 베르트랑 오질비, 김석 역, 《라캉 주체 개념의 형성》, 동문선, 1987, 117쪽.

들을 전경화하는 동시에, 파열에서 오는 죽음의 위협으로부터 자신의 생명을 이어가려는 생명 본능의 일환으로 제시된다.

파편화한 육체는 거울 단계 이전에 의지대로 육체를 통제하지 못하는 유아가 느끼는 자신의 불완전한 육체에 대한 인식이다. 유아는 자신의 몸이 파편화하여 찢겨져 나갈 것이라는 환상에 사로잡히면서, 그 불안에서 탈출하기 위해 거울에 비친 자신의 이미지를 통합되고 완전한 것으로 인식하게 된다.[59] 이와 달리《화사집》은 타자와의 동일시를 거부하고 거울 단계 이전으로 되돌아가려는 욕망을 그려 내고 있다. 시적 주체가 거울에 비친 자신의 이미지에서 타자의 시선을 인식했기 때문이다. 타자의 시선을 거부하고 거울 단계 이전으로 되돌아가려는 행위는 바로 타자에 의해 만들어지고 구성된 자신의 모습을 거부하고, 본원적인 존재의 모습을 찾고자 하는 욕망의 표현이다.

그러나 자신의 존재를 찾는 이러한 행위는, 거울 단계 이전의 유아가 느끼는 육체가 조각날 것이라는 두려움과 마찬가지로, 《화사집》의 시적 주체로 하여금 파멸에 이를 수 있다는 두려움을 느끼게 한다. 이때 본능적으로 발생하는 것이 대상과의 결합을 통해 자신의 생명을 유지하려는 생명 본능이다. 생명 본능은 대상과의 결합을 통해 자신의 생명을 영원히 이어가려는 성적 본능으로 드러난다. 아니면 시적 주체는 대상과의 은유적 동일화를 통해 지배 질서에 직접적으로 맞서는 것이 아니라 간접적으로 맞서면서 지배 질서의 강력한 대응을 피하고자 한다.

---

59) 이런 측면에서 거울 단계는 다분히 나르시시즘적이다.

1) 비천한 것들과 부분 대상의 욕망

《화사집》에는 투명한 에고ego의 정립을 위해 서구 문화가 추방 Abjection해 온 것들[60]이라고 부른 비천한 것들Abjects, 다시 말해 피와 육체, 관능과 악마적인 더러움들을 시의 지평선 안에 들여왔다. 이 것들은 사회 주도층들이 문화라는 이름 아래 억압해 왔던 원초적이고 동물적인 특성들이다. 〈문둥이〉에서 '문둥이'는 판타지적 측면에서 신체의 극단적인 파편화를 보여 주는 기호이며, 이데올로기적 측면에서 '해와 하늘 빛'으로 표현되는 지배적인 문화 영역에서 비껴나 있는 존재를 표상한다.

　　해와 하늘 빛이
　　문둥이는 서러워
　　보리밭에 달 뜨면
　　애기 하나 먹고

　　꽃처럼 붉은 우름을 밤새 우렀다.

〈문둥이〉 전문

문둥병에 걸린 한하운韓何雲이 해가 떠 있는 낮에 숨어 있다가 해가 떨어진 밤에 자신의 고향에 숨어들었듯이, 문둥이는 인간 사회에서 배제되고 추방당한 존재라고 할 수 있다. 인간 사회에서 문둥이는 인간이 아닌, 그렇다고 해서 동물도 아닌, 귀신과 비슷한 제3의 존재로 취급받으면서 두려움과 공포의 대상이 되어왔다.

---

60) 김승희, 위의 책, 107쪽.

"해와 하늘 빛"은 육체가 일그러진 문둥이와 육체가 온전한 인간을 구분하고 변별하는 사회질서의 표상이라고 할 수 있다. 이는 〈화사〉의 '하늘'과 등가적이다. 〈화사〉에서 신의 말씀이 피조물들의 존재 근거를 결정하듯이, 〈문둥이〉에서는 해가 비치고 있는 하늘이 '인간'과 '비인간'의 구분을 결정하기 때문이다. 아울러 '서러워'라는 표현은, 〈화사〉에서 '뱀'이 신에게 말을 박탈당한 뒤에 떳떳한 길이 아닌 '뒤안길'로 스며들 수밖에 없었듯이, 달빛 아래로 스며들 수밖에 없는 '문둥이'의 처지를 드러낸다고 할 수 있다. 이런 측면에서 '뱀'과 '문둥이'는 등가적이다.

"애기 하나 먹고"는 식인 행위를 하는 인간의 악마적인 이미지를 드러내고 있다. 이는 '문둥병은 아이의 간을 먹으면 낫는다'는 당시의 풍문을 소재로 하여, 동물과 다를 바 없는 인간의 야수성을 드러내는 것이다. 그렇지만 문둥이도 인간이기에 자기의 병을 낫게 하기 위해 동족을 먹어야 하는 비애를 "꽃처럼 붉은 우름"이라고 표현했다. 청각적 이미지를 시각화한 이 표현에는 악마적인 희열과 인간으로서의 비애가 모두 드러나 있다. 악마적인 희열이란 동족을 먹으면서 자신의 병이 나을 수 있으리라는 기쁨을, 인간적인 비애란 동족을 먹어야 하는 슬픔을 말한다. 이러한 식인 행위를 통해 희열과 슬픔을 동시에 느끼는 것이 바로 인간의 한 모습일 수 있다.

이렇듯 문둥이는, 〈화사〉의 뱀처럼, 상징 질서의 지배자에게 그 존재 근거를 박탈당한 존재이다. 그러하기에 인간도, 동물도 아닌 상태로 존재한다. 다시 말해 문둥이는 자신의 존재 근거를 그 어디에서도 찾을 수 없는 존재인 것이다. 이는 〈자화상〉에서 그 근원을 알 수 없는 '나'의 처지와도 비슷하다.

아울러 《화사집》에는 에로스적이고 타나토스적인 충동을 나타내는 수많은 기표들이 있다. 《화사집》에서 성욕은 죽음 충동과 결합하여 악마적 쾌락의 검은 카니발을 연출하며, 유교적 이념으로 지배되는 한국 문화에서 억압해 왔던 적나라한 육체의 기표들—손톱, 니빨, 코피, 혀바닥, 대가리, 하체, 피—이 '내세워져' 나타난다.[61] 그리고 이러한 육체의 기표들은 전체 신체에 대한 부분 대상으로 나타난다. 여기에서 중요한 것은 신체의 일부로서, 정신·이성·문화라는 이름 아래 억압되어 왔던 육체를 드러내고 있다는 점이다.[62]

이성과 정신의 이름으로 우위를 차지해 왔던 것들에 대한 거부로, 신체는 〈문門〉에서도 '폐'와 '발톱'과 같은 파편화한 육체로 나타난다. 그리고 이러한 파편화한 육체는 자신을 규정하고 틀 지우려는 타자에 대한 거부로 욕망되는 것이다. 아울러 주체가 파편화한 육체를 욕망하는 것은 곧 거울 단계 이전으로의 도주를 나타내는 중요한 징표이다. 이런 측면에서 〈문〉은 거울 단계 이전으로 들어가는 입구 구실을 한다.

> 밤에 홀로 눈뜨는건 무서운일이다.
> 밤에 홀로 눈뜨는건 괴로운일이다.
> 밤에 홀로 눈뜨는건 위태한일이다.
>
> 아름다운 일이다. 아름다운일이다. 汪茫한 廢墟에 꽃이 되거라!

---

61) 김승희, 위의 책, 115쪽.

62) 육체가 두드러지게 나타난 《화사집》과 《질마재 신화》은 이성과 문화의 이름 아래 억압되어 왔던 것들의 전경화라는 공통점이 있다. 그러나 그것이 《화사집》에서는 파편화된 육체로, 《질마재 신화》에서는 풍만하고 생산적인 육체로 드러난다는 차이점도 있다. 파편화된 육체는 파편화되기 이전의 완전한 육체를 욕망하지만, 풍만하고 생산적인 육체는 육체 그 자체로 드러난다.

屍體우에 불써 이러나야할, 머리털이 흔들 흔들 흔들리우는,

오 ― 이 時間. 아까운 時間.

피와 빛으로 海溢한 神位에

肺와 발톱만 남겨 노코는

옷과 신발을 버서 던지자.

집과 이웃을 離別해 버리자.

오 ― 少女와같은 눈瞳子를 그득이 뜨고

뉘우치지 않는사람, 뉘우치지않는사람아!

가슴속에 匕首감춘 서릿길에 타며 타며

오느라, 여긔 知慧의 뒤안깊이

秘藏한 네 荊棘의 門이 운다.

<門> 전문

이 시의 1연과 2연은 일종의 병행구문parallelism으로 구성되어 있다. 병행구문이란 동일한 문장 구조가 반복되는 것으로, 완전히 동일한 구조가 반복되는 경우와, 전체적인 구조는 같지만 그 구조의 일부분이 바뀌는 부분적 반복partial repetition으로 나누어 볼 수 있다. 이때 동일한 문장의 반복인 완전한 병행구문은 매우 드물며, 대개는 부분적으로 반복하는 병행구문이 일반적이다. 그렇기에 병행구문은 불변하는 요소와 변하는 요소로 구성되는데, 불변하는 구조의 반복은 변하는 요소들 사이의 등가성을 확립하는 장치로 주로 사용된다. 이에 대해 야콥슨R. Jakobson은 시의 구조를 연속된 병행구문의

구조, 다시 말해 연속된 유사성의 구조로 파악한 바 있다.[63] 연속된 유사성의 구조라는 말이 함축하고 있는 것은 연속되는 유사성의 구조를 통해 서로 차이들을 서로 비슷한 등가적인 것으로 확립해 나간다는 것이다.

1연과 2연의 일부는 '밤에 홀로 눈뜨는 건 ~한 일이다'라는 문장 구조의 연속된 반복으로 나타난다. 2연의 "아름다운 일이다"는 이 문장 구조에서 '밤에 홀로 눈뜨는 건'이 생략된 것이다. 동일한 문장 구조는 '무서운', '괴로운', '위태한', '아름다운'이라는 이질적인 이미지들을 등가적인 것으로 묶는 기능을 한다. 1연의 '무서운', '괴로운', '위태한' 등의 기표들은 어떤 부정적인 의미소를 갖는다는 점에서 등가적인 것이지만, 2연의 '아름다운'이라는 기표와는 잘 어울리지 않는다. 그러나 병행구문으로 말미암아 밤에 홀로 눈뜨는 행위가 '무서우면서 괴로우면서 위태하면서도 아름다운 일'이라는 역설이 발생한다.[64]

이 역설에서 일종의 판타지가 시작되는데, 이어지는 "황망汪茫한 폐허廢墟에 꽃이 되거라"가 이를 증명한다. 이 진술이 무엇에 대한 것인지는 모호하지만, 폐허 위에 피어난 꽃을 상상한 것은 일종의 판타지이다. 이러한 판타지적 상황은 계속 이어진다. "시체屍體우에 불써 이러나야 할"과 "머리털이 흔들 흔들 흔들리우는" 사이의 관계 또한 명확하지 않다. 이 두 구절이 각기 다음 행의 '시간'을 꾸며 주는 것으로 본다면, 밤에 홀로 눈을 뜬 시각은 '시체 위에서 일어나야

---

63) 로만 야콥슨, 신문수 편역, 《문학 속의 언어학》, 문학과 지성사, 1989, 192~194쪽; 야콥슨에 따르면, 병행구문은 시적인 특질을 설명해 주는 가장 탁월한 방법이다.

64) 이런 측면에서 병행구문은 모순적인 것의 양립을 보여 주는 시적 장치이기도 하지만, 바로 그 모순된 것들의 결합이 판타지를 생성한다는 측면에서 판타지를 유발하는 장치이기도 하다.

할 시간'과 '머리털이 흔들리는 시간'으로 나누어 볼 수 있다. 그러나 두 문장이 연결되는 것으로 본다면, 죽은 시체의 머리털이 흔들릴 정도로 긴장되고 무섭고 위태한 시간이 되면서 1연의 내용을 반복한 것이 된다. 어쨌든 1연과 2연은 밤에 자다가 홀로 깨어 느끼는 공포와 두려움을 판타지로 제시하고 있다.

3연에서도 '신위神位'에 '피'와 '빛'이 넘쳐나는 일종의 판타지가 이어진다. 이때 '피'는 아버지에게서 아들로 이어지는 혈통의 연속성을 표상하며, '빛'은 홀로 눈뜬 '밤'과 대비되는 측면에서 '낮'의 등가물이라고 할 수 있는 이성의 표상이다. 혈통의 연속성과 이성이 결합하여 거대한 파도를 이룬 것이 바로 '신위'이다. 이런 측면에서 '신위'는 유교적 이데올로기를 나타내는 기표이기도 하지만, 동시에 가부장제와 이성중심주의를 표상하는 기호이기도 하다. 이와는 달리 '폐'와 '발톱'은 파편화한 육체로서 신체의 부분 대상이지만, '신위'에 대립된다는 측면에서 반反이성적이며, 반가부장적인 이데올로기적 의미를 갖는다.

이의 연장선에서 '옷'과 '신발'은 '폐'와 '발톱'으로 표현된, 이성과 정신의 대립적 위치에 서서 신체를 드러나지 못하게 하는 일종의 은폐물이자 인공적인 사물이라고 할 수 있다. 또한 '집'과 '이웃'은 인간이 이성을 통해 구축한 또 다른 산물로, '집'은 거부할 수 없는 운명과 같은 혈연관계를, '이웃'은 타자들과의 관계를 뜻한다.

이 인공적인 사물들은 어찌 보면 이성에 의해 만들어진 허위와 가식(인공적인 면)을 버리고 나체의 육체적 인간으로 돌아가자고 청유하는 것이다. 다른 한편으로 이성과 문명의 산물을 버리고 원초적인 인간으로 돌아가자고 청유하는 것과 다름없다. 판타지적 측면에서는 문명화 이전, 거울 단계 이전으로 돌아가고자 하는 욕망과 같다.

이 대목에서 밤에 눈을 뜨는 행위가 아름다운 것이라는 말의 의미가 드러난다. 그 행위가 아름다운 것은 이성과 문화라는 이름 아래 강요되거나 운명과 같은 힘으로 자신을 눌러 왔던, 이성중심적이고 인위적인 것들을 떨쳐 버리고 나체의 인간, 곧 인간 본연의 모습과 대면하고자 하는 욕망과 연결되기 때문이다.

한편, 밤에 눈뜨는 것이 무섭고, 두렵고, 위태한 행위임을 알 수 있게 해 주는 것이 바로 마지막 연이다. "오— 소녀少女와 같은 눈동자瞳子를 그득이 뜨고 뉘우치지 않는 사람"은 〈자화상〉에서 타자들의 시선을 거부하고, 순수하고 맑은 상상적인 세계에 머물고자 하는 주체와 등가적인 인물이다. 곧 '소녀와 같은 눈동자'는 〈자화상〉에서의 '시의 이슬'과 등가적이다.[65] 그러므로 '뉘우치지 않는 사람'과 앞에서 상징 질서를 거부하자고 제안한 주체, 그리고 〈자화상〉에서 타자들의 시선을 거부하는 주체는 모두 등가적 존재들이다. 또한 '뉘우치지 않는 사람'은 〈화사〉에서 신으로부터 벌을 받고서도 신의 위엄과 힘을 인정하지 않고 반역을 꾀하는 '뱀'과도 등가적이다.

"가슴 속에 비수匕首 감춘 서릿길에 타며 타며"는 이를 구체화해 준다. '가슴 속에 비수를 감추었다'라는 것은 상징 질서에 반역할 마음을 품은 것을 뜻한다. 아울러 '서릿길에 타며 타며'는 반역하겠다는 의지나 욕망이 서리를 녹이고 자신을 태울 정도로 강렬하다는 것을 뜻한다. 또한 주체는 이러한 반역 행위를 '지혜'라고 표현한다.

---

65) 다른 측면에서, 서정주는 인간의 발달단계에서 가장 순수하고 아름다운 시기를 유년으로 규정했다. 《질마재 신화》 이후 시편들이 노래하는 하나의 커다란 경향은 아름다운 유년을 근접 감각, 곧 촉각·미각·후각 등을 통해 떠올린다는 점이다. 이런 측면에서 '유년', '시의 이슬' 등은 서로 등가 관계에 있는데, 그 세계는 모두 상징 질서를 알아채지 못하거나 그것을 거부하는 세계들이라는 점에서, 상징체계의 힘이 닿지 않는 세계라는 공통점을 지닌다.

이를 "지혜知慧의 뒤안 깊이 비장秘藏한 네 형극荊棘의 문門이 운다"
라고 진술한 것은, 마치 〈화사〉의 '뱀'이 상징 질서의 힘 앞에서 결
국 뒤안길로 스며들 수밖에 없었듯이, 욕망과 분노로 자신을 불태우
면서 감행한 이 행위도 결국 뒤안길로 밀려날 것이라는 것과 이 반
역의 끝에 〈화사〉의 뱀이 당했던 것과 같은 처벌, 곧 상징계의 응징
을 받을 것이라는 것을 감지했기 때문이다.

2) 주체의 분열과 타자의 거부

주체의 분열이란 근본적인 존재성인 존재being와 타자와의 동일화
를 통한 자아의 이미지 사이에 어떤 간극이나 분열이 있음을 말하
는 것이다. 다시 말해 본래의 '나'와 타자와의 동일화를 통해 구성된
'나' 사이에 발생하는 분열을 뜻한다. 이런 측면에서 라캉은 '나'를
자아ego와 주체subjet로 구분했다. 에고(자아)란 주체에 의해 동일화된
[66] 이마고imago[67]들의 전체로, 존재와 자아의 이미지(동일화를 통한)

---

66) 라캉의 정신분석학에서 동일화는 단지 상상계에서만 발생하는 것이 아니라 상징
계에서도 발생한다. 예를 들어 주체는 동일화를 통해 완벽한 자신의 모습을 꿈꾸는
데, 상상계에서 오인된 자아를 '이상적인 자아ideal ego'라 하고, 상징계에서 타자의 모
습에 비추어진, 타자의 욕망이 투영된 자신의 모습을 '자아의 이상ego ideal'이라고 한
다. '이상적인 자아'는 파편화한 자신의 모습을 완전한 것으로 상상한다는 점에서
환상과 관련된다. 또는 결코 이루어질 수 없는 어머니와의 전체적인 통합을 꿈꾼다
는 점에서 그렇다.
　반면에 '자아의 이상'은 타자에게 보이는 모습에 자신을 동일화하는 것으로, 라캉
이 생각하는 초자아와 비슷하다. 다시 말해 자아의 이상은 강력한 법의 개념, 곧 언
어체계의 전체 영역과 일치한다. 이상적인 자아와는 달리 의식의 검열적이면서 자
기관찰적인 목소리와 관련된다. 이런 측면에서 자아의 이상, 곧 초자아는 타자의
발화로써 받아들여지는데, 타자는 사회의 비난들과 내면화된 법과 연관된 양심을
불러낸다.
　이 두 동일화 과정은 이중의 나르시시즘으로 보아도 무방하다.
67) 이 용어는 1911년에 융이 처음 사용한 단어이다. 이마고imago는 이미지라는 단어와

사이에는 어떤 분열이 있다.[68] 그 분열은 거울 단계의 동일화를 통해 해소되는데, 주체는 동일화를 통해 자신의 존재, 다시 말해 진정한 자기성selfness 또는 자신이 억압한 어떤 것을 상실하게 되어, 존재는 억압되거나 내팽개쳐진 채로 구성된다.[69]

> 저놈은 대체 무슨심술로 한밤중만되면
>
> 차저와서는 꿍꿍앓고 있는것일까
>
> 우리 아버지와 어머니에게 또 나와 나의 안해될사람에게도
>
> 분명히 저놈은 무슨불평을 품고있는것이다.
>
> 무엇보단도 나의詩를, 그다음에는 나의表情을, 흐터진머리털 한
>
> 가닥까지, ……낮에도 저놈은 엿보고 있었기에

관련이 있지만, 이미지의 주관적 결정에 대한 강조를 뜻한다. 달리 말해서 시각적 표상뿐만 아니라 느낌도 포함한다. 이마고는 특히 다른 사람들에 대한 이미지로 다른 사람들과 관계를 맺는 방식에 영향을 미치는 고정관념으로 작용한다. 이를 정리하면, 이마고란 타자와의 관계 속에서 형성된 이미지로서, 타자와의 관계 속에서만 의미를 갖는다고 할 수 있다.

68) 이는 바로 소외alienation의 문제를 일으킨다.

69) 라캉은 에고를 상상적인 것으로 보는 반면에, 주체는 상징적인 차원에서 정의한다. 의미의 주체인 한 주체는 기표가 아니라 기의의 측면에 속한다. 그러나 나중에 라캉은 주체를 기표의 측면에 위치시킨다. 우리가 주체를 의미의 주체로 여긴다면, 우리가 말을 하는 동안에 의미가 변하고, 이해(발화에서 타자의 기능) 또한 변한다고 여겨야 한다. 만약 주체를 의미의 주체로 여긴다면, 의미가 끊임없이 발생함에 따라 주체 또한 끊임없이 발생한다고 보아야 할 것이다. 주체는 고정된 점point이 아니다. 반면에 에고는 어떤 부동성不動性과 고정성으로 특징지울 수 있다. 에고가 상상을 거쳐 분리되고 파편화한 이미지들을 동일화하는 것은 일종의 오인誤認, miscognition이다. 결국 에고의 측면에는 부동성의 가치가 내재하고, 주체의 측면에는 운동성과 자기실현의 가치가 존재하게 된다. 이런 측면에서 주체는 생성 중인 것이다. 생성 중인 무, 텅비어 있는 무, 활동적인 무, 변증법적으로 활동하고 있는 무인 것이다. 달리 말해 주체는 정확히 의미의 변화에 기인하여 변하는 어떤 것이다. '나'는 의미의 주체(상징적 축)이면서 동시에 이미지의 주체(상상적 축)이다. 나는 신체(실재)나 이미지고 또한 실체substance이다. 이 두 축은 서로 엇갈려 있다.

멀리 멀리 幽暗의 그늘, 외임은 다만 수상한 呪符.

핏빛 저승의 무거운물결이 그의쭉지를 다적시어도

감지못하는 눈은 하눌로, 부흥……부흥……부흥아 너는

오래전부터 내 머릿속 暗夜에 둥그란 집을 짓고 사렀다.

〈부흥이〉 전문

여기에서 '부흥이'는 서정주에게 간섭하고 규제하려는 타자이다. "오래전부터 내 머릿속 암야暗夜에 둥그란 집을 짓고 사렀다"는 서정주가 오래전부터 타자의 시선을 다분히 의식하고 있었다는 것을 뜻한다. 다른 측면에서 '부흥이'는 서정주 자신이 만들어 낸 자의식 또는 내면에서 만들어진 '초자아'의 객관적 상관물이다.[70] '부흥이'는 초자아의 목소리, "핏빛 저승의 무거운 물결이 그의 쭉지를 다 적시어도/ 감지 못하는 눈"을 한 죽여도 죽여도 죽지 않고 살아나는 내면의 목소리이다. '부흥이'가 서정주 자신의 내면에 존재하는 목소리일 수도 있다는 것은, 그가 1947년부터 허공에서 들려오는 환상과 환청에서 시달렸다는 데서 그 근거를 찾을 수 있다. 따라서 '부흥이'는, 서정주에게 간섭하는 초자아와 그 초자아의 목소리를 의식하면서 불안해 하는 자아의 모습을 동시에 드러낸다는 점에서, 주체의 분열을 잘 보여 주는 텍스트이다.

---

70) 서정주, 《미당자서전》2, 민음사, 1994; 이 목소리는 타자의 목소리가 주체에게 내면화된 것이라 볼 수 있다. 이런 측면에서 주체에게 들렸던 환청은 일종의 초자아 super-ego와 같은 것이다. 서정주가 초자아와 같은 내면의 목소리에 시달리기 시작한 것은, 1947년 부산에 새로이 생긴 남조선대학(뒷날 동아대학)의 교수생활을 하면서부터이다. 그 뒤 1949년 여름, 문교부 초대 예술과장으로 재직하던 시절에도 나타나며, 한국전쟁이 일어나 낙동강 전선에서 종군기자를 할 때 가장 심하게 나타났다. 전쟁이 끝난 뒤에도 이러한 증상은 의처증으로 나타나기도 했다.

《화사집》의 서시序詩라고 볼 수 있는 〈자화상〉은 전통적인 지배 질서를 거부하는 주체와 거울에 반사된 반사상으로서의 주체 사이의 분열을 보여 준다. 아울러 자신의 존재 근원에 대해 묻고 있기도 하다. 이런 측면에서 〈자화상〉의 시적 주체는 자신의 근원을 탐색하면서, 자신의 자아상에 타자가 개입되어 있음을 깨닫게 된다. 이로 말미암아 자신이 상상하는 자아와 타자에 의해 규정된 자아의 모습을 발견하면서 혼란을 겪는다.

사빈 멜쉬오르 보네Sabin Melchior-Bonnet에 따르면, "자화상은 친근한 얼굴과 불쑥 솟아오른 알지 못하는 얼굴, 이 두 '자아'의 우연한 만남을 통해 성립된다"[71]고 한다. 이런 측면에서 자화상은 내게 '친숙한 나'와 내게 '낯선 나'가 만나는 지점이다. 이때 '낯선 나'는 나의 그림자일 수도 있고, 타자의 시선에 의해 일그러진 나일 수도 있다. 주체는 자신의 내면에서 타자의 모습을 발견한 것이다.

애비는 종이었다. 밤이기퍼도 오지않었다.

파뿌리같이 늙은할머니와 대추꽃이 한주 서있을뿐이었다.

어매는 달을두고 풋살구가 꼭하나만 먹고싶다하였으나…흙으로 바람벽한 호롱불밑에

손톱이 깜한 에미의아들.

갑오년이라든가 바다에 나가서는 도라오지않는다하는 外할아버지의 숫많은 머리털과

그 크다른눈이 나는 닮었다한다.

---

71) 사빈 멜쉬오르 보네, 윤진 역, 《거울의 역사》, 에코리브르, 1994, 262쪽.

스물세햇동안 나를 키운건 팔할이 바람이다.

세상은 가도가도 부끄럽기만하드라

어떤이는 내눈에서 죄인을 읽고가고

어떤이는 내입에서 천치를 읽고가나

나는 아무것도 뉘우치진 않을란다.

찬란히 티워오는 어느아침에도

이마우에 언친 시의 이슬에는

멫방울의 피가 언제나 서껴있어

볓이거나 그늘이거나 혓바닥 느러트린

병든 수캐만양 헐덕어리며 나는 왔다.

〈자화상〉 전문

〈자화상〉은 일종의 자기 근원에 대한 물음이다. "애비는 종이었다"는 많은 해석의 여지를 갖는 문구이다. 시인의 아버지가 동복영감의 마름이었다는 전기적 사실을 떠나, 이 구절은 당시 식민지 상황에 대한 상징적 표현으로 기능한다. 또한 자기 자신은 종이 아니면서도 종의 자식이기에 느끼는 일종의 수치심을 강하게 내보인다. 여기에서 '아버지'가 아닌 '애비'라는 단어는 자신에게 종의 자식이라는 운명의 굴레에 들게 한 아버지를 부정하고 싶은 욕망이 깃들어 있다.

'애비'는 누군가에 속박되어 밤이 깊어도 올 수 없는 처지이다. 이런 측면에서 시적 주체는 돌아오지 않는 아버지 대신 '어매'와 '할머니' 그리고 '외外할아버지'와의 동일성을 느낀다. 더욱이 아버지 대신 외할아버지와의 유사성을 언급한 것은 자신의 근거를 외할아버지와 어머니로 이어지는 모계혈통에서 찾고 있음을 나타낸다. 이때 아버지의 부재는 가부장이 없는 가계를 뜻하며, 이는 이데올로기적인 측면에서 가부장이 없는 국가의 상태, 곧 식민지 상황을 표상한다고 볼 수 있다. 바꿔 말한다면 식민지 상황에서 권위를 잃은 조선과, 가족 관계에서 가족들이 필요로 할 때 도와주지 못하는 처지에 처하여 가장으로서의 권위를 상실한 아버지는 구조적으로 같은 위치를 차지한다.

이러하므로 "스물세햇 동안 나를 키운 건 팔할이 바람이다"라는 매우 도전적인 진술을 더 쉽게 이해할 수 있다. 언표내용의 주체는 20대 초반까지 자기를 키운 것은 가족이 아니라 '바람'이라고 선언한다. 여기에서 '바람'은 중의적인 의미를 갖는다. 기존의 논자들은 '바람'을 서정주의 《떠돌이의 시》 등과 연관시켜 '떠돌이', '행려行旅의식', '자유' 등의 의미로 해석해 왔다. 또 농경 사회가 뿌리와 정착을 중요하게 여긴다는 점을 고려하여 '배반자', '탈주자', '죄인' 등의 극도로 부정적인 의미도 발견해 왔다.[72]

"세상은 가도 가도 부끄럽기만 하드라"에서 우리는 언표내용의 주체를 비추는 또 하나의 거울이 '세상'임을 읽을 수 있다. 이 문장은 매우 모호하다. '가도 가도 부끄럽기만 하드라'의 주체가 나인지 세상인지 애매하기 때문이다. 그러나 이어지는 두 행을 생각해 볼 때 '세상'은 '어떤 이'들의 세계, 곧 타자의 세계이다. 이때 중요한 것은 나의 거울로 작용하는 세상과 타자들의 시선이 나에게서 '죄인'과 '천치'를 읽고 간다는 점이다.[73] 여기에서 나에 대한 타자들의 싸

---

72) 김승희, 위의 책, 113쪽.

73) 여기에서 우리는 백석의 〈흰 바람벽이 있어〉에서 "글자들이 나를 울력하며 지나간다"는 구절을 떠올릴 수 있다. 이 구절은 〈자화상〉의 구절과 더불어 중요한 의미를

늘한 시선을 느낄 수 있다. 따라서 '부끄러움'은 내가 싸늘한 타자들의 시선을 받고 느끼는 수치심이다. 이러한 수치심은 가족 관계에서 벗어난 주체가 세상과 교섭하던 가운데 자신의 내면에서 형성된 초자아의 작용으로 말미암은 것이다. 자신의 내면에서 형성된 초자아는 타자의 시선에서 자유롭지 못한, 또 다른 자신의 모습이다.

몽테뉴M. E. Montaigne는 "나는 내가 나 자신을 찾는 곳에 있지 않다.[74] 나를 판단하는 심판을 통해서 찾기보다는 우연한 만남을 통해서 나를 찾는다"[75]라고 말했다. 〈자화상〉에서 볼 수 있는 시적 주체의 반사상反射像의 광경은 눌려 있던 상들을 일깨움으로써 낯선, 대부분 불안스런, 이타성을 발견하게 한다. 주체가 거울을 통해 발견한 상은 "낯선 외부인 또는 그저 모르는 타인이 아니라 자기 안에 있는 타인의 얼굴"[76]이다. 프로이트는 이를 '불안스런 이질감'이라고 불렀는데, 그가 경험한 이런 사건은 서정주에게도 나타난다.[77] 그리

갖는다. 그것은 글자의 세계, 상징의 세계, 타자들의 세계가 나를 규정하고 나를 주눅이 들게 만든다는 것을 뜻한다. 다시 말해 당시의 시적 주체들은 무의식적으로 상징적 질서, 타자의 시선을 의식하고 있었다는 것이다. 타자의 세계를 의식하고, 타자가 자신을 규정하려 한다는 것을 느낀다는 점은 전대의 시들에서는 보기 힘든 의식이다. 이렇듯 근대 초기에 글자 또는 글을 안다는 것이 대표적인 지배 이데올로기와 그 지배층이 될 수 있음은 서정주의 진술에서도 확인할 수 있다.

74) 사빈 멜쉬오르 보네, 위의 책, 262쪽에서 재인용.

75) 사빈 멜쉬오르 보네, 위의 책, 262쪽.

76) 사빈 멜쉬오르 보네, 위의 책, 260쪽; 프로이트는 이를 '불안스런 이질감inquietante etrangete'이라 불렀다. 프로이트가 어느 날 기차 침대칸에 타고 있을 때, 갑자기 기차가 덜커덩거리면서 화장실 문이 열렸고, 그 순간 낯선 사람이 들어오는 것처럼 보였다고 한다. 그가 어떻게 된 건지 알아보려고 뛰어갔지만 그것은 바로 연결문 유리에 비친 자신의 얼굴이었음을 깨닫고 굉장히 불쾌했던 경험이 있었다고 한다.

77) 서정주는 문교부 초대 예술과장 시절, 업무를 마치고 부산에서 서울로 올라오는 기차 안에서 누군가가 자신을 위협하는 소리를 듣고 공포에 떨었는데, 그 소리는 자신의 초자아가 만들어 낸 목소리라고 추정된다.

고 서정주의 〈자화상〉에서도 볼 수 있듯이, '나'를 부끄럽게 만드는 타자의 시선과 '나'의 거부는 '언제나 모순적인 상상과 실재, 예술과 삶의 관계'[78]를 표상한다.

그렇지만 시적 주체는 그 존재 근거를 알 수 없는 나에게 쏟아지는 타자들의 시선, 내면적으로는 초자아의 작용을 거부한다. 구체적으로 너의 근거는 주인에게 얽매여 있는 종인 아버지이며, 확인하지 못했지만 바다에서 죽은 외할아버지라고 규정해 주는 타자들의 말을 거부하는 것이다.

"찬란히 티워오는 어느 아침에도"에서 '아침'은 이전에 나온 기호들이 갖는 이미지와 대조적이다. 구체적으로 '아침'은 아버지가 돌아오지 못하는 '밤'과 대조를 이루면서, 부정적인 타자들의 답답한 시선들을 해소해 주는 순간이다. 답답한 시선들을 해소해 준다는 것은 '티워오는'이라는 기호가 풍기는 어감에서 느낄 수 있다.

주체는 타인의 부정적 시각과 자신의 부인으로 일관된 세계에서 벗어나 '이슬'로 표상되는 순수의 세계, 곧 시의 세계에 머물고 싶어 한다. 이런 측면에서 주체는 무한한 욕망을 가진 이상적인 자아와 그를 바라보는 회의적이고 냉소적인, 불신하는 자아로 분리된다.[79]

"이마우에 언친 시의 이슬에는/ 몇 방울의 피가 언제나 서껴있어"는 서정주의 시세계 전체를 관통하고 있는 진술이라고 생각된다. '이슬'로 표상되는 시의 세계, 곧 문학은 자신을 부정적 시선으로 바라보는 타자들의 시선에서 자신의 존재를 구원하는 상상의 세계이다. 이 상상의 세계는 현실의 포로가 아니라 주체 자신이 보기 원하는, 스스로 창조한 세계이다. 하지만 "시적 창조로의 전이가 욕

---

78) 사빈 멜쉬오르 보네, 위의 책, 291쪽.
79) 사빈 멜쉬오르 보네, 위의 책, 291쪽.

망을 정확히 채워 주는 것은 아니다. 그것은 욕망으로 하여금 방향을 바꾸게 함으로써, 속이고 격앙시키며 좌절에 이르게 한다. 결국 현실과 상상의 투쟁은 해결책을 찾지 못한 채 끝없이 이어진다."[80]

이렇듯 순수한 것으로 꿈꾸어 왔던 이슬에조차 '피'는 섞여 있다. 여기에서 '이슬'과 '피'는 대립적인 의미를 갖는다. 둘은 모두 물로 이루어졌다는 공통점을 갖고 있지만, '이슬'이 어떠한 불순물도 없는 순수한 상태의 물인 것에 반해 '피'에는 색과 불순물이 들어가 있는 물이라는 차이점 또한 갖고 있다. 기존 논자들이 이미 논파하였듯이, 서정주의 시에서 '피'는 중요한 상징성을 갖는다. 상호텍스트적으로 볼 때, '피'는 '잉잉거리며' 들끓고 있는 어떤 것으로, 알 수 없이 잉잉거리는 욕망을 표상한다. 또 다른 측면에서 '피'는 아버지에게서 아들로 이어지는, 절대로 지울 수 없는 운명이자 아버지의 흔적이다. 이렇듯 순수한 이슬에조차 그 피가 '언제나 서껴있어' 자신이 거부하고자 했던, 자신과 가족에게 부정적 영향을 미쳤던 '애비'의 흔적이 지속적으로 깃들어 있음을 자각하는 것이다.

이런 측면에서 "혓바닥 느러트린/ 병든 수캐"는 판타지적 층위에서 동물적 야수성을 드러낸 것이며, 이데올로기적 층위에서 부재했던 아버지의 흔적이 발현된 것이자 부재하는 아버지를 대신하고자 하는 욕망을 표출한 것이다. 결국 주체는 "투사와 인지, 끊임없이 솟아나는 몽상의 이미지와 명증한 현실 사이에서 망설이며, 비틀림을 떨쳐버리지 못한다."[81]

여기에서 우리는 중요한 사실을 알 수 있다. 주체는 자신을 부정적으로 규정한 타자들의 시선과 자신과 가족에게 부정적인 영향을

---

80) 사빈 멜쉬오르 보네, 위의 책, 270쪽.
81) 사빈 멜쉬오르 보네, 위의 책, 291쪽.

미친 애비의 굴욕적인 처지를 부정하고, 순수한 시의 세계, 곧 문학을 지향한다는 점이다. 그렇지만 자신이 탈출구로 설정한 시의 세계, 다시 말해 상상의 세계에조차 자신이 부정하고자 했던 아버지의 흔적이 남아 있다는 것을 인식한다. '종'으로 표상되는 애비는 봉건 제도에 귀속된 존재라는 점에서, 이미 당대의 지배적인 제도와 타자의 의지가 힘을 발휘하는 상징 질서에 포섭된 존재라고 볼 수 있다. 이런 측면에서 주체가 거부하고자 했던 것은 바로 타자들의 세계, 곧 상징적 질서라고 볼 수 있다.

결국 〈자화상〉은 '이슬(시)'로 표상되는 상상의 세계와 '피'로 표상되는 상징의 세계 사이에서 분열되고 갈등하는 주체의 모습을 반사하고 있는 텍스트라고 볼 수 있다.[82] 그리고 이러한 두 세계 사이에서 갈등하는, 다시 말해 부권과 같은 초월적 에고를 회피하거나 그것을 받아들이는 시적 구도는 서정주 시의 전체를 관통한다.[83]

이렇듯 〈자화상〉은 타자에 대한 인식과 그것에 대한 거부를 보여주면서 동시에 자신의 근원이 무엇인지를 찾고자 하는 텍스트이다.

---

82) 라캉에 따르면, 에고는 거울에 비친 이미지를 자신의 이미지와 동일화하는데, 그 동일화는 두 차원에 걸쳐 일어난다. 첫 번째 차원은 거울에 비친 자신의 이미지를 완전한 형상으로 오인하는 상상적 동일시이고, 두 번째 차원은 거울에 비친 타자의 이미지를 자신의 이미지로 오인하는 상징적 동일시이다. 상상적 동일시를 거쳐 상징적 동일시에 이르렀을 때, 자아는 비로소 주체로 태어나게 된다. 이러한 상상적 동일시와 상징적 동일시의 균열이 바로 인간 주체의 본모습이다.

83) 초월적 에고를 회피하거나 받아들이는 시적 구도는 이 글의 제3장과 제4장에 걸쳐서 설명한다. 제3장에서는 절대적인 죽음이나 분리를 상상적으로 회피하는 밑바탕에 부권 상실이나 초월적 에고의 상실을 회피하려는 욕망이 깃들어 있음을 설명하며, 제4장에서는 원초적으로 통합된 세계로의 귀환을 통해 가부장적 이데올로기를 해체하려고 하는 경향이 당대의 부권 강화의 경향에 대한 저항이라는 문학적 실천으로서의 의미를 갖고 있음을 설명한다. 이런 측면에서 〈자화상〉은 서정주의 시 전체를 가늠하는 잣대 구실을 한다고 볼 수 있다.

이런 측면에서 "스물세햇 동안 나를 키운 건 팔할이 바람"이라는 구절은 자신의 존재 근거를 피를 나누어 준 가족에게서 찾는 것이 아니라, 유동적이고 근원을 알 수 없는 '바람'에게서 찾고 있다는 점에서 매우 중요한 상징성을 갖는다. '바람'은 근원을 알 수 없는 어떤 것, 그리고 내가 부정하고 싶은 아버지의 혈통이나 확인하지 못한 외가의 혈통을 대신하는 어떤 것이라고 추론할 수 있다. 또한 그 근원을 알 수 없고 확인할 수 없다는 측면에서 바람〔風〕의 동음이의어인 '욕망'[84]이라고 읽는 것도 가능하다.

어쨌든 '나'라는 존재의 근거를 알 수 없는 어떤 것에 있다고 선언한 이 구절은, 자신의 의지와 상관없이 자신을 얽매이게 했던 봉건제도의 유산과 가족제도 등을 적극적으로 부정하고 있다는 점에서, 근대의 문제와 관련하여 중요한 시사적인 의의를 갖는다. 〈자화상〉과 비슷하게, 〈만주에서〉는 시적 주체가 식민 지배 아래에서 어떠한 위치나 존재 근거를 찾을 수 없음을 보여 주고 있다.

참 이것은 너무 많은 하눌입니다. 내가 달린들 어데를 가겠습니까. 紅布와같이 미치기는 쉬웁습니다. 멫千年, 오— 멫千年을 혼자서 놀고온 사람들이겠습니까.

鍾보단은 차라리 북이있습니다. 이는 멀리도 안들리는 어쩔수도 없는 奢侈입니다. 마지막 불을 이름이 사실은 없었습니다. 어찌하야 자네는 나보고, 나는 자네보고 웃어야하는것입니까.

---

84) 라캉은 욕망을 일컬어 '부재원인'이라 이름하였다.

바로 말하면 하르삔市와같은 것은 없었습니다. 자네도 나도 그런 것은 없었습니다. 무슨 처음의 복상아꽃 내음새도 말소리도, 病도, 아무껏도 없었습니다.

〈만주에서〉 전문

이 시는 《화사집》의 〈바다〉, 《귀촉도》의 〈역려〉와 같은 작품과 대조되는 것처럼 보인다. 이는 "내가 달린들 어데를 가겠습니까"라는 구절에서 말미암는다. 〈바다〉와 〈역려〉에서 시적 주체가 '아라스카', '아라비아', '아메리카', '아푸리카' 등의 너머에 있는 '바다'로 자신을 적극적으로 내모는 것과 달리, 〈만주에서〉는 '어디를 갈 수 있을까'라고 자조적으로 말하고 있다. 이에 대한 이유는 "참 이것은 너무 많은 하눌입니다"라는 문구에서 확인할 수 있다. 《화사집》에서 '하늘'은 곧 신의 영역, 신의 말씀의 영역, 아버지로 표상되는 지배 질서의 영역이다. 그러므로 하늘이 너무 많아 자신이 달려간들 그 어디에도 갈 수 없다는 말은 어디를 가든 지배 질서의 영역에서 자유로울 수 없다는 것을 뜻한다.[85]

2연 "마지막 불을 이름이 사실은 없었습니다"에서 '이름'은 상징 질서의 표상 그 자체이다. 이름이 없다는 것은 시적 주체가 식민 지

---

[85] 서정주, 《미당자서전》 2, 민음사, 1994, 89쪽; 전기적으로 볼 때도 이러한 분석은 성립한다. 1940년 겨울 서정주는 '만주양곡주식회사'의 경리과에 취직했는데, 얼마 지나지 않아 용정출장소로 전근을 가게 되었다. 거기에서 그는 순사부장 출신의 소장이 자신을 인부 취급하는 것과 쓰라린 육체적 노동과 추위에 괴로워하다가 낙향하고 만다. 그리고 우연히 도문역에서 오줌을 싸다가 일본 헌병한테 적발되어 무수한 구타를 당한 뒤 '만주는 일본의 식민지 조선 안에서보다는 또 달리 무서운 곳'이라는 인식하게 된다. 이러한 전기적 사실들은 서정주가 어디를 가든 당시의 지배 체제의 영향에서 자유로울 수 없었다는 것을 뜻한다. 이는 이어지는 진술들에서도 확인할 수 있다.

배 아래에서 어떠한 의미도 가질 수 없음을 뜻한다. 이들은 모두 시적 주체와 마찬가지로 식민 지배를 받는 사람들이라는 비슷한 입장에 있다.[86] 서로 자신의 처지를 동정하며 웃을 수밖에 없는 상황에 처해 있었던 것이다. 그러므로 이러한 식민 지배 아래서 '나'나 '자네'와 같이 식민 지배를 받는 사람들은 어떠한 존재 근거도 얻을 수 없기에 "자네도 나도 그런 것은" 아무것도 없게 되는 것이다.[87]

그렇지만 〈만주에서〉는 〈바다〉나 〈역려〉와 대조를 이루기보다는 비슷한 측면이 많은 작품이다. 앞서 '바다'는 어떤 관계도 없고 근거도 찾을 수 없는 불모의 땅 사막 너머에 있는 공간이고, 심리적으로는 그 근원을 알 수 없는 무의식의 공간이다. '만주'는 일본인·조선인·중국인 등이 교차하고 충돌하는 공간이며, 그 귀속을 정확하게 규정할 수 없는 모순적인 땅이다. 또한 살인적인 추위와 가치들이 충돌하는 공간이다. 이런 측면에서 만주는 불모의 사막과도 같은 곳이다. 얼어붙어 무엇인가를 생산해 내기 어렵고, 일본인·중국인·조선인이라는 차이점만이 존재하여 서로 어떠한 동질적인 관계를 맺는다는 것이 어렵기 때문이다. 그렇기 때문에 만주는 근원을 알 수 없는 공간이 되어 버린다. 이러한 공간에서 '이름'이 표상하는 상징 질서는 별다른 의미를 갖지 못한다.

여기에 역설이 있다. 가장 극명하게 상징 질서의 지배가 깃든 곳

---

86) 전기적으로 볼 때, "어찌하야 자네는 나보고, 나는 자네보고 웃어야 하는 것입니까"에서 서정주가 '자네'라고 부를 수 있는 존재는 용정출장소에서 일하던 중국인 잡부들 아니면 그곳에서 만난 함형수나 김진수와 같은 사람들이다.

87) 이런 측면에서 만주라는 공간은 일본의 군국주의의 폭력이 가장 극단적으로 집약된 곳이었다. 직접적으로 식민 통치를 받았던 조선과는 달리, 만주국은 부의溥儀라는 허수아비 황제를 내세워 대리 통치를 했기 때문에 식민지 모순이 더욱 극에 달한 공간이었다.

에서 상징 질서의 가장 무화된 모습을 발견할 수 있기 때문이다. 다시 말해 부를 이름이 없다는 것, '하르삔시'와 같은 이름이 없다는 것은 그 이름들이 마치 떠도는 기표처럼 이름들이 갖는 의미가 확정되지 못하는 상황을 뜻한다. 그렇기에 만주는 '아무껏도' 없는 무의 공간이다. 이때 '무無'는 실제로 아무 것도 없는 것이 아니라 서로 다른 타자들과 너무나 다른 가치들이 충돌하는 공간이기에 동질화할 수 있는 것이 없다는 것을 뜻한다. 따라서 만주와 같은 무의 공간은, 어떤 동질적인 의미를 확정할 수는 없지만, 조선인·중국인·일본인 등의 기표들이 충돌하면서 다양한 의미를 만들어 내는 '꽉찬 무'의 공간이라 보아야 할 것이다. 이런 측면에서 '만주'는 '무의식적 공간'과 비슷하며, '만주'라는 기호가 의미를 산출하는 과정은 언어의 운명과도 비슷하다. 다시 말해 서로 규정될 수 없고 이질적인 것들로 가득 차 있으면서 다양한 의미가 의식 영역에 퍼져있는 무의식적 공간이고, 다분히 체계적이고 의식적으로 보이는 언어체계에 그 체계를 파괴하고 교란시키는 무의식적인 편린들이 펴져 있다는 측면에서 그러하다.

이렇듯 시적 주체는 자신의 근원에 대해 탐색하는 과정에서 자신을 되돌아봄으로써 자신의 존재 근거가 바람과 같이 그 근원을 알 수 없는 것이라는 결론에 이르게 된다. 또한 자신의 모습이라고 생각했던 이미지가 실상은 타자들의 시선에 의해 규정된 것임을 깨닫고, 이를 부정하면서 타자들의 시선이 깃들어 있지 않는 자신의 존재를 찾고자 한다. 이는 바로 자아가 타자의 욕망을 받아들임으로써 주체로 태어나게 되는 것을 거부하고 거울 단계 이전으로 되돌아가고자 하는 욕망과 다름없다.

유아가 자신의 이미지를 통합된 것으로 상상하는 거울 단계와는 달리, 거울 단계 이전에는 자신의 신체가 파편화하고 조각날 것이라는 환상에 시달리게 된다. 이러한 두려움은 거울 단계에서 통합적 이미지를 받아들이게 하는 원인이 된다. 그러나 서정주가 거울 단계 이전으로 되돌아가려고 한 것은 육체가 파편화할 것이라는 두려움보다 본래 자신의 모습에 대한 앎의 욕구가 더 강했기 때문이다. 본래 자신의 모습, 다시 말해 자신의 존재에 대한 탐구는 곧 인간 자체에 대한 탐구라 볼 수 있다. 서정주는 허위와 가식 그리고 인위적인 것들을 걷어내고 세계 앞에 나체로 선 인간의 모습을 발견하고자 했던 것이다.

2.
파멸의 두려움과 성적 욕망

《화사집》에 성적 행위를 암시하는 기표들과 성적 대상으로서 여성에 대한 이미지가 많다는 것은 널리 알려져 있다. 이런 성적 행위를 암시하는 대목들은 실제의 성적 행위를 나타내는 것이 아니라, 근대의 공적 담론이 억압하고 은폐해 왔던 성의 문제를 노골화하려는 전략과 관련이 있다. 아울러 여성 또는 여성과의 사랑이 정신적이고 고귀한 것이 아니라 육체적 욕망으로 들끓고 있는 육체적인 행위로 제시된다. 이러한 육욕에 불타는 여성의 모습과 성적 행위에 대한 표현은《화사집》전반을 성적 판타지로 가득 차게 만든다.

> 땅에 누어서 배암같은 게집은
>
> 땀흘려 땀흘려
>
> 어지러운 나—ㄹ 엎드리었다.
>
> 〈맥하〉 부분

〈맥하〉에서 인용한 이 부분은 성행위가 암시되어 있다. 여기에서 '나'는 수동적인 입장에 있고 '게집'은 능동적인 입장에 있다. 또한 '게집'은 자신의 욕망을 적극적으로 실천한다. 전통적으로 여성은 '성'의 문제와 관련하여 수동적인 입장이었는데, 이 텍스트에서는 그 관념이 전도되어 있다. 다시 말해서 전통적인 관념으로 억압되어 왔던 여성의 욕망이 직접적으로 드러나고 있는 것이다. 상호텍스트적으로 볼 때, 〈화사〉의 '배암'과 '게집'은 등가적인 관계에 있다.

〈화사〉의 '베암'이 로고스 중심주의의 표상인 신의 말씀을 거역하는 거역자의 표상이듯이, '게집'은 성의 영역에서 수동적인 위치를 부여해 왔던 전통적인 관념을 전도시키는 전도자로 표상된다.

따서 먹으면 자는 듯이 죽는다는
붉은 꽃밭새이 길이 있어

핫슈 먹은 듯 취해 나자빠진
능구렝이같은 등어릿길로,
님은 다라나며 나를 부르고……

强한 향기로 흐르는 코피
두손에 받으며 나는 쫓느니

밤처럼 고요한 끌른 대낮에
우리 둘이는 웬몸이 달어……

〈대낮〉 전문

〈대낮〉은 텍스트 전체가 성적 판타지를 암시하는 기표들로 가득 차 있다. "핫슈 먹은 듯 취해 나자빠진/ 능구렝이같은 등어릿길로"에서 '핫슈'는 아편의 한 종류로, 사람을 환각에 빠지게 하여 극도의 즐거움을 준다는 점에서 환각 상태를 나타내는 기호라고 할 수 있다. 인용부는 통사론적으로는 아무런 문제가 없지만, 의미론적으로는 성립되지 않는다. 이런 측면에서 인용부는 성적 욕망의 충족에 골몰하는 '나'와 '님'의 상태가 핫슈에 취한 것과 같은 환각 상태였음을 암시한다.

"강强한 향기로 흐르는 코피/ 두 손에 받으며 나는 쫓느니"는 극단적이고 너무나도 강렬한 성적 욕망의 일면을 보여 준다. 여기에서 '코피'는 성적 행위 이후에 육체에서 터져 나오는 파편화한 육체의 일부를 보여 주며, '내'가 코피를 두 손에 받으면서 '님'을 쫓는 행위는 '나'의 끝없는 성적 희열의 추구를 보여 준다. 그리고 마지막 연은 '님'과 '나'의 성적 합일을 암시하면서, 동시에 서로의 성적 합일을 지속적으로 원하는 육체적 욕망의 분출을 보여 주기도 한다.

성적 욕망과 성적 행위가 펼쳐지는 '대낮'은 나와 님이 함께 성적 욕망을 추구하는 시간이기도 하지만, 일반적으로 인간들이 자신들의 사회적인 퍼소나persona를 간직한 채 위장하고 활동하는 시간이다. 이런 점에서 시의 제목은 허위와 가식이 뿌리내린 '낮'의 의미를 전도시키기에 충분하다. 그러므로 '대낮'이라는 기표는 성적 판타지와 연결되는 동시에, 사회적 퍼소나가 활동하는 시간의 의미를 전도시킨다. 이런 측면에서 '대낮'이라는 기표는 성적 판타지라는 기의 이외에, 사회적 퍼소나의 시간을 전도시키는 이데올로기적인 의미를 갖는다.

근대 시사詩史에서 이처럼 노골적인 성행위의 문제를 텍스트로 끌어들인 것은 매우 드물다. 이러한 육체적이고 인간적인 욕망의 전면화는 정신적이고 이성적인 근대의 공적 담론에 대한 거부로서의 의미를 갖는다. 〈대낮〉의 "강强한 향기로 흐르는 코피/ 두 손에 받으며 나는 쫓느니"에서 우리는 성행위를 강하게 갈구하는 언표내용의 주체를 볼 수 있으며, 다음 연에서 백주 대낮에 성행위를 감행하는 인물들을 볼 수 있다. 이러한 행위들은 당시에 문학적 전통의 문제를 떠나 사회적으로 용납되지 않는 낮 뜨거운 행위가 아닐 수 없다. 이런 측면에서 《화사집》의 성적 판타지는 보들레르가 발견한 인간의 추악하고(이성의 잣대로 볼 때) 솔직한 욕망을 구현한 것이라고 볼 수 있다.

1) 성적 충동과 희열의 탐닉

한국 근대 시사에서 여성의 이미지가 《화사집》에서처럼 성적인 대상 자체로 제시된 예 또한 거의 드물다고 생각한다. 《화사집》에서는 여성을 고결하고 순수한 사랑의 대상이나 인고와 자애의 어머니와 같이 보는 것이 아니라, 단지 성적 욕망의 대상, 곧 육체적 대상으로만 보고 있다. 〈화사〉는 여러 공적 담론 가운데서도 성서적 이데올로기의 거부를 보여 주는 텍스트이다.

> 麝香 薄荷의 뒤안길이다.
> 아름다운 베암…
> 을마나 크다란 슬픔으로 태여났기에, 저리도 징그라운 몸둥아리냐
>
> 꽃다님 같다.
>
> 너희할아버지가 이브를 꼬여내든 달변의헷바닷이
> 소리잃은채 낼룽그리는 붉은 아가리로
> 푸른 하늘이다.…물어뜯어라. 원통히 무러 뜯어,
>
> 다라나거라. 저놈의 대가리!
>
> 돌 팔매를 쏘면서, 쏘면서, 麝香 芳草ㅅ길

저놈의 뒤를 따르는 것은

우리 할아버지의안해가 이브라서 그러는게아니라

석유 먹은듯…석유 먹은듯…가쁜 숨결이야

바눌에 꼬여 두를까부다. 꽃다님보단도 아름다운 빛…

크레오파투라의 피먹은양 붉게 타오르는

고흔 입설이다…슴여라! 베암.

우리순네는 스물난 색시, 고양이같이 고흔

입설…슴여라! 베암.

〈화사〉 전문

　　“사향麝香 박하薄荷의 뒤안길이다”에서는 매우 관능적이고 밝은
이미지의 '사향 박하'와 그 그림자의 세계인 '뒤안길'이 대조를 이루
고 있다. 로고스 중심주의에 따라 세워진 성서주의적 세계관에서 추
방당한, 어두운 악마의 기표인 뱀[88]은 '사향 박하'라는 이미지와 어
울려 어쩔 수 없는 육체의 유혹과 연관된다. 왜냐하면 '사향'은 짐승
의 성적 매혹의 기표요, '박하'란 시각 이전의, 시각보다 더욱 본능
에 가까운 '미각'을 자극하는, 그야말로 육욕肉慾의 기표이기 때문이
다. 이러한 성적인 판타지는 '순네'라는 여자의 이미지와 겹치면서
더욱 강화된다.
　　이어지는 행에서는 '아름다운 베암'과 '징그라운 몸둥아리'가 대

---

88) 김승희, 위의 책, 115쪽.

조를 이루면서 '화사'가 아름다우면서도 징그러운 존재임을 보여 준다. '달변의 혓바닥'과 '소리잃은 채 낼룽그리는 붉은 아가리' 또한 서로 대조를 이룬다. 여기에서 '소리(말)'는 뱀의 위치를 결정하는 중요한 자질이다. 다시 말해 에덴동산에서 뱀은 자신의 언어를 갖고 있어 인간과 동등한 위치에 있었지만, 말을 신에게 박탈당한 뒤 낙원에서 추방당한다는 측면에서 지위의 격하를 겪게 된다고 풀이할 수 있다.

여기에서 중요한 것은 '소리(말)'가 갖는 의미이다. '말'을 갖고 있다는 것은 신의 영역 곧 신의 보호 아래 있을 수 있는 것이고, '말'을 상실한다는 것은 곧 신의 영역에서 추방 배제된다는 것을 뜻한다. 아울러 '말'의 세계는 지배 질서이자 지배 원리인 상징계적 영역을 뜻한다. 이를 우리는 에덴동산에서 동시에 추방된 두 존재의 처지에서 확인할 수 있다. 바로 '인간'과 '뱀'이다.

인간 또한 에덴동산에서 추방당했지만 '말'까지 박탈당한 것은 아니어서 신과 소통할 수 있는 도구를 갖게 된다. 이와 달리 뱀은 '말'까지 박탈당함으로써 신과 소통할 도구를 상실하게 된다. 이런 측면에서 신의 메시지, 신의 의도는 말로 인간에게 전달되지만, 소통 도구를 상실한 뱀에게는 미치지 않는 것이다. 다시 말해 '말'은 신의 흔적이자, 인간에게 흐르는 신의 '피'라고 할 수 있다. 인간은 비록 에덴동산에서 추방되었지만 '말'로써 여전히 신의 영역에 포섭되어 있다. 여전히 신의 질서, 상징 질서에 지배를 받고 있는 것이다. 이를 참조하면, 〈화사〉의 첫 구절 '사향 박하'의 세계는 낙원의 세계 곧 신의 세계를, '뒤안길'은 신이 은폐하고 싶어 하거나 신의 의지가 깃들지 못하는 세계를 뜻한다.

〈화사〉의 시적 주체는 상징계적 영역으로부터 추방된 뱀에게 반

역을 주문한다. 곧 '하늘'을 물어뜯으라는 것이다. 여기에서 '하늘'
은, 뱀을 추방한 신과 동격이라는 점에서, '말'과 서로 등가적인 관
계이다. 더 중요한 점은, 〈자화상〉의 분석에서 보았듯이, 시적 주체
가 지배 질서 또는 지배 원리를 거부하고 있다는 것이다. 이는 질마
재에서 심미파가 마을의 지배계급인 유자들에게 반발하는 것에 긍
정적인 의미를 부여하는 것과 일맥상통한다. 다시 말해 질마재에
서 유자의 모습은 〈화사〉에서 에덴동산을 만든 신으로, 〈자화상〉에
서 타자들의 목소리로 나타난다. 이런 측면에서 질마재의 인물들과
〈화사〉, 〈자화상〉의 주체들은 구조적 상동성을 갖는다.

	상징계	기호계
질마재	유자	심미파, 자연주의파
〈자화상〉	어떤 이들	나
〈화사〉	신 (신의 영역)	뱀 (뒤안길)

그런데 재미있는 것은 〈화사〉의 언표행위 주체인 '나'는 뱀에게
돌팔매질을 하면서 뒤따른다는 점이다. 주체는 앞에서 '뱀'에게 자
신의 심정을 투사시켜 상징 질서에 반발하도록 주문하였으면서도,
이 시점에 이르러서는 '뱀'을 쫓아내면서 쫓고 있다. 쫓아내면서 쫓
고 있는 행위 자체가 시적 주체의 모순적인 상황을 드러내고 있는
것이다.
　시적 주체는 자신이 '뱀'을 쫓고 있는 이유를 "우리 할아버지의 안
해가 이브라서 그러는 게 아니라"고 말한다. 다시 말해 뱀으로 말미
암아 낙원에서 추방당한 것에 대한 책임을 묻거나 그것이 미워서 뒤

따르는 것이 아니라, 시적 주체가 '뱀'에 대한 어떤 미련이 남아 있는 것이다. 그것은 상징적 질서, 신의 의지에 불만을 갖고 있지만 거기에 직접 대항할 수 없는 자신의 처지와 달리, 상징적 질서에 직접적으로 반항할 수 있는 뱀의 처지를 동경하기에 쫓고 있는 것이라 해석할 수 있다. 너무 징그러워서 쫓아내지만 너무나 아름답기에 쫓고 있는 이 역설은, 뱀처럼 상징 질서에 대항하고 싶지만 그럴 수 없는 인간 존재의 수동적인 처지를 빗대고 있는 은유라고 보아도 무방할 듯하다.

아니면 자신을 대신해서 하늘에 반역할 것을 주문했지만, 그것을 성사시키지 못하고 도망가는 뱀을 원망하면서 쫓고 있는 것이라고도 해석할 수 있다. 이러한 해석은 시적 주체가 뱀에게 땅속으로 스며들라고 명령하는 데서 알 수 있다. 뱀이 하늘을 물어뜯기 위해서는 자신의 몸을 곧추 세워야 하는데, 시적 주체는 반대로 명령하고 있는 것이다. 이런 측면에서 뱀과 시적 주체의 상황은 매우 비슷하다. 모든 것을 통제하고 명령하는 상징 질서를 전도시키려 하지만 그 전도는 달성될 수 없어서 하늘 빛, 곧 상징계의 명령이 미치지 않는 뒤안길이나 땅속으로 스며들 수밖에 없기 때문이다.

아울러 시의 맨 마지막 부분에 나오는 '순네'는 아름다운 입술을 통해 '뱀'과 등가화되는데, '순네' 또한 '뱀'과 같이 자신의 욕망을 드러내지만 결국 좌절을 맛보는 존재임을 암시한다.

그렇다면 〈화사〉에서 시적 주체는 왜 성적 욕망 또는 성적 판타지를 통해 성서적 질서에 반기를 드는가? 성적 욕망은 대상과의 합일로 자신의 생명을 이어가려는 생명 본능의 결과물이기 때문이다. 〈화사〉에서 '뱀'과 '순네'와 '내'가 꿈꾸는 세계는 에덴동산에서 추방당하기 이전의 세계이다. 그곳은 '남성과 여성', '성과 속' 등이 분리되기 이전의 세계이며, 죽음의 그림자가 존재하지 않는 영생의 세계이다. 무엇보다도 시적 주체가 욕망하는 대상과 분리되기 이전의 세계이다. 이런 측면에서 신의 말씀은 이 세계를 빛의 세계와 어둠의 세계, 생명으로 충일한 세계와 어둠과 죽음으로 가득 찬 세계로 분리하는 지침 구실을 한다.

이때 뱀과 인간이 낙원에서 추방당한 것은 이들이 유한자有限者로서의 삶을 살게 되는, 영생의 상실을 뜻한다. 그러므로 〈화사〉에서 볼 수 있는 성적 판타지는 대상과 합일을 통해 추방 이전처럼 영원한 삶을 살려는 주체의 의지가 반영된 결과로 나타난 것이다. 이미 인간은 낙원에서 추방되었고, 주체와 대상은 분리된 상태이기에, 환상으로나마 그 분리를 극복하고자 했던 것이다.

그렇지만 시적 주체는 통합의 환상을 꿈꾸면서도 신이 단호하게 어둠의 세계로 추방해 버린 뱀을 목격하면서 위험을 느끼게 된다. 이런 상황에서 시적 주체가 영생 상실 이전의 세계로 되돌아갈 수 있는 방법은 신의 말씀에 복종하고 신의 대리자 노릇을 하거나, 신의 말씀 곧 분리를 거부하고 대상과의 합일을 감행하는 것이다. 〈화사〉의 시적 주체는 이 두 가지 방법 모두를 추구한다. 그만큼 생에 대한 의지가 강하기 때문이다. 시적 주체는 뱀에게 신을 거부하도록 교사해 놓고 그 결과를 지켜보면서 신의 반응을 살피는데, 신은 단호하게 뱀을 어둠의 세계로 추방해 버린다. 이에 시적 주체는 돌팔매를 쏘면서 뱀을 내치는 행동으로 신의 대리자 노릇을 하는 척한다. 심정적 동일시의 대상인 뱀에 대해 이런 행동을 취하는 것은 자신 또한 어둠의 세계로 추방당하리라는 신에 대한 두려움 때문이라고 할 수 있다.

이렇듯 죄악과 비합리성, 어두운 충동의 그림자는 정체성을 위협하며, 금지된 욕망과의 대면에는 광기와 죽음의 위험이 따른다.[89] 〈자화상〉과 다른 시들에서 주체가 느끼는 '광기와 죽음의 위험'은 상징 질서의 거부할 수 없는 힘을 알게 됐을 때 느끼는 감정이다. 이렇듯 주체는 타자라는 거울 앞에서 "말없이 욕망과 공포를 느끼며, 대치對峙의 무대가 된다."[90]

《화사집》에서 죽음의 그림자는 주로 '붉은색'이나 '검은색'으로 이미지화하며, 생명은 '푸른색'과 관련된다.[91] 푸른 하늘을 물어뜯는 뱀의 행위는 붉은 아가리를 통해 이루어지고, 그것은 곧 어둠으로의 추방, 영생 세계에서의 추방으로 이어진다. 그리고 시적 주체가 뱀을 따르면서 "석유 먹은 듯 가쁜 숨결"을 내쉴 때, '석유'의 검은색 이미지는 '사향 박하'의 뒤안길이 풍기는 어둠의 이미지와 등가적이라는 측면에서 죽음의 이미지로 겹쳐진다. 결론적으로 〈화사〉는 신의 영역에서 추방당했지만 여전히 '말' 때문에 신의 의지와 신의 통제에서 자유롭지 못한, 자신의 욕망을 제어당하는 인간의 운명을 모순적인 존재인 '화사'와 동일화를 통해 드러내고 있는 작품으로 읽을 수 있겠다.

2) 생명 본능과 죽음 충동

프로이트는 포탄에 충격을 받은 군인들이 그 충격을 회피하는 쾌락[92]을 추구하지 않고 오히려 그들에게 피해를 준 고통스러운 외상trauma을 끊임없이, 필사적으로 반복한다는 증거에서 쾌락원칙을 넘

---

89) 사빈 멜쉬오르 보네, 위의 책, 284쪽.

90) 사빈 멜쉬오르 보네, 위의 책, 291쪽.

91) 이에 대해서는 죽음 본능을 다룰 때 자세히 언급할 것이다.

92) 어떤 긴장 상태에서 벗어나 편안한 상태를 추구하는 것이 쾌락원칙이다.

어서는 어떤 것을 발견한다.[93] 병사들이 쾌락을 추구하고자 하는 것이 아니라 반복하고자 하는 충동, 초기의 상태(우리가 수정되기 5분 전의 상태, 다시 말해 우리가 전혀 존재하지 않는 죽음의 상태)로 되돌아가려고 하는 것이다.[94]

이와 비슷하게 서정주가 육체의 파편화를 끊임없이 욕망하는 것은, 일종의 반복되는 강박으로, 분리되지 않은 최초의 상황으로 돌아가려는 몸부림이다. 그리고 우리는 이러한 반복강박의 종착점을 《질마재 신화》에서 확인할 수 있다. 왜냐하면《질마재 신화》는 성性이 분화되기 이전의 세계이자, 육체가 파편화하지 않고 통합되어 있는 세계이며, 언어에 의해 사물이 죽음을 맞기 이전의 세계이기 때문이다.

따서 먹으면 자는 듯이 죽는다는
붉은 꽃밭새이 길이 있어

핫슈 먹은 듯 취해 나자빠진
능구렝이같은 등어릿길로,
님은 다라나며 나를 부르고……

强한 향기로 흐르는 코피
두손에 받으며 나는 쫓느니

밤처럼 고요한 끌른 대낮에

---

93) 앤터니 이스트호프, 이미선 역,《무의식》, 한나래, 2000, 83쪽.
94) 앤터니 이스트호프, 위의 책, 83쪽.

우리 둘이는 웬몸이 달어……

〈대낮〉 전문

〈대낮〉의 성적 판타지는 실제로 발생한 사건이라기보다는 성적 행위에 대한 일종의 환상이다. 〈대낮〉은 제목에서부터 기존의 질서에 대한 위반을 보여 준다. 아울러 도착적이라고 볼 수 있을 정도로 자극적인 성행위가 이루어지는 공간은, "따서 먹으면 자는 듯이 죽는다는"에서 볼 수 있듯이, 죽음에 근접해 있는 공간이다. 다시 말해서 생명 본능의 추구로서의 성적 본능은 활력에 찬 에너지와 긴장감을 불러일으키지만, 그 본능이 추구되는 공간은 그곳에 있는 개체들을 잠들게 하는 죽음의 공간이다. 곧 다른 개체와의 통합을 추구하는 성적 본능과 개체들의 소멸을 뜻하는 죽음 본능이 혼재해 있는 공간이 바로 성적 판타지가 발생한 공간이라고 할 수 있다. 그리고 성적 본능의 추구는 필연적으로 육체를 벗어나 터져 나온 '코피'처럼 육체의 파열을 보여 준다.

> 푸른 나무그늘의 네거름길우에서
> 내가 붉으스럼한 얼굴하고
> 앞을볼때는 앞을볼때는
>
> 내 裸體의 에레미야書
> 毘盧峰上의 强姦事件들.
>
> 미친 하눌에서는
> 미친 오피리아의 노래소리 들리고

원수여, 너를 찾어 가는길의

쬐그만 이休息.

나의微熱을 가리우는 구름이있어

새파라니 새파라니 흘러가다가

해와함께 저므로서 네집에 들리리라.

〈桃花桃花〉 전문

〈도화도화桃花桃花〉 또한 일종의 환상이다. [95] "내 나체裸體의 에레미야서書/ 비로봉상毘盧峰上의 강간사건强姦事件들"과 같은 성적 판타지와 죽음의 순간은 밀접하게 연관되어 있다. 다시 말해 죽음의 문턱에서 발생한 판타지에는 '나체'와 '강간사건들' 같은 성적 이미지들로 가득 차 있다. 더욱 중요한 점은 이러한 성적 본능이, 단지 환상에 그치는 것이 아니라, 죽음을 지연시키고 다시 살아나고자 하는 생명 본능의 한 속성이라는 것이다. 이렇듯 생명 본능으로서 성적 욕망과 원초적 상태로 회귀를 갈망하는 죽음 본능의 중첩은, 바로 자기보존의 욕구와 거기에서 발생하는 긴장에서 벗어나려는 죽음 충동 사이의 끊임없는 투쟁이라고 볼 수 있다.

---

95) 전기적인 측면에서 보더라도 서정주는 어려서부터 학질을 자주 앓았다. 그때마다 가족들은 '학질 치유 속신'에 따라 그를 마을의 어귀 같은 바람이 잘 통하는 네거리의 바위 위에 올려놓았는데, 그때 그는 열이 극도로 올랐다가 뼈까지 오들거리는 추위를 반복적으로 느끼다가 해질 무렵 정상으로 돌아오곤 했다. 〈도화도화〉는 서정주가 사경을 헤맬 정도의 몽롱한 정신 상태에서 마을에 터진 간통 사건으로 마을 사람들이 꽹과리 등을 치면서 법석을 떨던 소리들을 들었던 경험을 환상적으로 구성한 것이다.

어느 바람속에서도 부끄러운 열매처럼 부끄러운 게집애.

靑蛇.

뽕나무에 오디개 먹은 靑蛇.

天動먹음은,

번갯불 먹음은, 쏘내기 먹음은,

검푸른 하늘가에 草籠불달고…….

고요히 吐血하며 소리없이 죽어갔다는 淑은,

유체 손톱이 아름다운 게집이었다한다.

〈瓦家의 傳說〉 부분

〈화사〉의 '순네'처럼, 이 시에서도 '숙淑'은 '뱀'과 등가화하면서 성적 욕망의 대상으로 제시된다. 그것은 '부끄러운 게집애'라든지 '손톱이 아름다운 게집' 등에서 확인할 수 있다.

앞에서도 말했듯이 《화사집》에서 '푸른색'은 생명과, '붉은색'은 죽음과 관련된다. 〈대낮〉의 '붉은 꽃밭새'와 '코피', 〈도화도화〉의 '붉으스럼한 얼굴', 〈와가의 전설〉의 '토혈' 등은 모두 죽음을 환기하는 기호들이다. 반면에 〈도화도화〉의 '푸른 나무 그늘', 〈와가의 전설〉의 '청사' 등은 생명력을 환기하는 기호들이다. 이렇듯 죽음과 생명을 떠올리게 하는 이미지들의 중첩은, 서정주가 한편으로는 생명을 추구하면서도 다른 한편에서는 죽음을 다분히 염두하고 있었다는 것을 반증한다.[96]

이때 성적 욕망은 죽음의 유혹에 대항하는 생의 의지를 표출하는

---

96) 우리는 이를 〈지귀도〉 시편들에서 확인할 수 있다.

것이라고 읽을 수 있다. 아울러 〈와가의 전설〉의 '토열'은 죽음을 환기하는 동시에, 〈대낮〉의 '코피'와 마찬가지로 육체의 파열을 상징한다. 파열에의 두려움은 곧 죽음에 대한 두려움이며, 그 두려움을 극복하기 위해 생명 본능으로서 성적 욕망에 집착한 것이다. 아울러 죽음 충동은 이중적 의미를 갖는데, 자기보존의 욕망에 대한 파산 선고이면서 동시에 너무나도 편안하고 안정된 상태의 유혹이라는 측면이 바로 그것이다.

그러므로 서정주의 시에 나타나는 성적 판타지는 죽음의 그늘에서 벗어나고자 하는 생명의 몸부림이지만, 강박적으로 추구되는 희열은 원초적인 상태로 돌아가고자 하는 욕망의 또 다른 모습이다. 이런 측면에서 이 시기 서정주에게 죽음은 너무나 두렵고도 아름다운 것을 뜻하게 되는 것이다.

앞서 살펴보았듯이, 서정주의 생명 본능, 곧 성적 본능은 〈대낮〉에서 볼 수 있었던 것처럼 '코피'라는 육체의 파열로 드러난다. 시적 주체는 그 파열에서 일종의 희열을 느끼지만, 이는 또한 자신의 생명이 파열하는 것일 수 있기에 극도의 긴장감을 불러일으킨다. 상징 질서의 위반은 주체에게 반역의 즐거움을 준다. 하지만 주체는 동시에 필연적인 응징이 뒤따른다는 것을 알고 있으며, 바로 이 점은 시적 주체에게 엄청난 긴장감을 준다. 따라서 시적 주체는 본능적으로 긴장감이 소멸된 상태인 원초적 상태로 돌아가려는 죽음 충동을 발산했던 것이다. 이는 일종의 자아 본능이다.

프로이트에 따르면, 인간의 본능은 죽음을 향하는 '자아 본능'과 생명의 연장을 꿈꾸는 '성적 본능'으로 나눠진다. 자아 본능은 무생물이 생명을 얻은 뒤에 다시 무생물적 상태를 돌아가려는 경향을 말하며, 성적 본능은 다른 개체와 결합하여 자신의 생명을 영원하게 만들려는 경향을 말한다.[97] 구체적으로 자아 본능은, 외부 현실 세계가 자아에게 어떤 압박을 가함으로써 생기는 긴장감에서 벗어나, 원초적으로 긴장이 없는 상태로 돌아가려고 한다. 이와 달리 성적 본능 또는 생명 본능은 자아 본능 또는 죽음 본능의 위협에서 다른 대상과의 결합으로 자신의 생명을 영원히 이어가려고 한다. 이런 측면에서 성적 본능은 일종의 대상에 대한 사랑Object-love이며, 자아 본능은 자신에 대한 사랑I-love이다.[98]

프로이트는 생명 본능을 에로스Eros, 죽음 본능을 타나토스Thanatos로 이름하였는데, 이러한 에로스와 타나토스의 대립과 상호 작용이 바로 개체의 존재 방식이라 할 수 있다.[99] 이와 비슷하게 쇼펜하우어A. Schopenhauer는 죽음이 "진정한 결과이고 연장된 삶의 목표"인 반면, 성적 본능은 "삶에 대한 의지의 구체적 표현"이라 말했다.[100]

프로이트에 따르면, 인간에게는 죽음을 회피하려는 경향, 곧 에로스(사랑)를 통해 죽음을 지연시키려고 하는 생명 본능과, 무생물의 상태, 곧 죽음의 상태로 돌아가려고 하는 죽음 본능이 서로 교차하고 있다.[101] 에로스는 자기 존재를 유지하려는 본능이고, 타나토스는 쾌락원칙을 넘어서는 그 궁극적 도달점이다. 그에 따르면, 개체의 생명 과정은 내적인 이유로 화학적 긴장의 소멸, 한마디로 죽

---

97) 지그문트 프로이트, 〈쾌락원칙을 넘어서〉, 박찬부 역, 《쾌락원칙을 넘어서》, 열린책들, 1998, 78~79쪽.

98) 리비도 이론Libido Theory에서 보자면, 리비도가 대상을 향할 때 생기는 것이 성적 본능이며, 리비도가 자신을 향할 때 생기는 것이 자아 본능이다.

99) 지그문트 프로이트, 위의 책, 78쪽; 프로이트는 생물학의 논의를 끌어들여 필멸의 체세포를 '자아 본능'에, 불멸의 생식세포를 '성적 본능'에 연관시키고 있다.

100) 지그문트 프로이트, 위의 책, 69쪽에서 재인용.

101) 지그문트 프로이트, 위의 책, 79쪽.

음으로 향하는 반면에, 다른 개체의 살아 있는 물질과의 결합은 그런 긴장을 고조시켜 '신선한 생명의 고취적 차이vital differences'를 도출해 낸다는 것이다.[102]

이런 측면에서《화사집》에서 많이 볼 수 있는 성적 판타지는 자기의 존재를 영원히 이어가려는 성적 본능이지만, '끝가는 열락'과 같이 파국(죽음)에 이를 수 있음을 감지하면서도 그것을 강박적으로 반복하는 죽음 본능 또한 발견할 수 있다. 그렇다면 왜 시적 주체는 다른 대상과의 성적인 결합으로 죽음을 지연시키면서, 동시에 최초 상황을 반복하려는 죽음 본능을 추구하는가. 그것은 바로 파열로 말미암은 긴장감을 회피하려는 경향 때문이다. 앞에서 말했듯이 자아 본능은 무생물이 생명을 얻음으로써 생기고, 이전의 무생물적 상태를 복원하려는 것을 말한다.[103] 이와는 대조적으로 생물은 자극에서 비롯된 내적 긴장을 줄이거나 일정한 상태로 유지하고 그것을 제거하려는 경향을 가지는데, 이것이 죽음 본능이 존재하는 이유라고 할 수 있다.[104] 이러한 자아 본능의 대표적인 형태가 바로 자신의 근원으로 돌아가려고 하는 나르시시즘이다.

이러한 육체의 파열은 주체의 분열이라는 문제와 맞닿아 있다. 따라서《화사집》에서 볼 수 있는 성적 욕망의 표현은 분열되고 파편화한 세계에서 자신의 생명을 영원히 이어가고자 하는 생명 본능의 추구로서 나타난 것이다. 또한 자신의 파편화된 육체를 욕망하는 것은 이성과 문화의 이름 아래에서 은폐되어 왔던 육체, 곧 새로이 발

---

102) 지그문트 프로이트, 위의 책, 78쪽.

103) 지그문트 프로이트, 위의 책, 62쪽.

104) 지그문트 프로이트, 위의 책, 78쪽; 바버라 로Barbara Low는 이것을 '열반원칙'이라 하였다.

견된 타자로서의 육체를 욕망하는 것이다.

피터 브룩스P. Brooks에 따르면, 서구적 전통에서 육체는 정신의 부속물이나 낯선 타자로 인식되었다. 이런 측면에서 새로 발견한 타자의 육체를 욕망하는 것 또한 일종의 생명 본능의 추구로서 나타난 것이라고 할 수 있다.

그렇지만 개체의 생명 본능의 추구는 항상 극도로 자극적인 긴장 상태를 벗어나려는 자아 본능과 동시에 일어날 수밖에 없다. 곧《화사집》에서 볼 수 있는 극단적인 희열의 추구는 일종의 반복 강박으로, 어떠한 긴장 상태가 존재하지 않는 죽음의 상태를 지향하는 것이라 할 수 있다. 세계의 분열과 지배적 담론에 대한 거부는 서정주로 하여금 극도의 긴장감과 파멸의 두려움을 불러일으켰다. 시적 주체는 그러한 불쾌감에서 벗어나기 위해 강박적으로 즐거움을 추구했고, 그 즐거움의 완성은 원초적인 상태로 돌아가는 것이었다.

그러하기에 희열을 드러내는 텍스트들은 거의 다 죽음의 문제를 내포하고 있는 경우가 많다.《화사집》이후의 시들이 원초적인 상태를 회복하려는 나르시시즘의 문제와 맞닿아 있는 것은 우연이 아니다. 나르시시즘은 대상에 대한 사랑을 거두고, 자기 자신에게 사랑의 에너지를 쏟는 것이다. 나르시시즘은 외부 세계와의 관계에서 생긴 긴장과 불쾌에서 벗어나 자신에 대한 사랑으로 눈을 돌리고, 원초적 상태로 돌아가려는 충동과 같다. 그러한 자기에 대한 사랑은 대상과의 긴장을 없애고, 세계가 자아 속에 융화되어 어떠한 긴장도 없는 상태를 만들어 내는 것이다.

3.

성적 판타지와 초월적 에고의 회피

《화사집》에서 볼 수 있는 성적 욕망과 육체 분열은 환상이다. 이는 실제로 일어난 사실이 아니라, 서정주에 의해 만들어진 일종의 허구적인 장면이나 서사이기 때문이다. 그리고 이러한 허구적인 장면이나 서사들은 환상을 만들어 낸 주체에게 일종의 '무의식적 쾌감을 제공'[105]하게 된다. 이는 〈벽〉에서 볼 수 있듯이 파열된 육체에 대한 욕망이 주체에게 죽음을 넘어서 희열을 맛보게 하고, 〈역려〉에서 볼 수 있듯이 '끝가는 열락'을 제공한다. 아울러 〈화사〉나 〈자화상〉 등에서 볼 수 있었던, 주체가 지배 질서의 위반과 그것에서 비롯되는 파멸의 두려움 사이에서 발생하는 극도의 긴장감을 반복적으로 경험하는 것 또한 주체에게 일종의 희열을 제공한다.

이스트호프에 따르면, "텍스트는 기표들로 이루어져 있기 때문에 서로 다른 종류의 의미, 곧 판타지적 의미와 이데올로기적인 의미에 동시에 열려 있다."[106] 다시 말해서 "동일한 텍스트가 반응으로 환상을 불러일으키면서 동시에 이데올로기적 의미를 만들어 낼 수 있다"[107]는 것이다.

《화사집》의 기표들 또한 서정주 개인이 빚어낸 환상과 이데올로기적인 의미, 양쪽에서 읽어 낼 수 있다. 《화사집》의 기표들은 성적 욕망과 그것에서 발생하는 죽음을 넘어선 희열을 보여 준다는 점에

---

105) 앤터니 이스트호프, 위의 책, 181쪽.
106) 앤터니 이스트호프, 위의 책, 242쪽.
107) 앤터니 이스트호프, 위의 책, 240쪽.

서 성적 판타지를 구성하며, 그 성적 판타지는 거부할 수 없는 운명과 같은 힘으로 주체를 압도하려는 유교적 이데올로기, 가족 이데올로기 등 전근대적인 담론과 서구적 근대라는 이름으로 주체를 규정하려는 성서적인 이데올로기 등을 거부하는 이데올로기적 특성을 띠고 있다. 이때 거부되는 유교적 이데올로기, 가족 이데올로기, 성서적 이데올로기 등은 모두 주체의 의지와 상관없이 주체에게 강요되고 퍼지는 공적 담론들이다. 시적 주체는 성적이고 악마적인 환상을 만들어 내며 공적 담론들을 거부하는 것이다.

이런 측면에서 《화사집》에서 볼 수 있는 성적 판타지와 육체 분열의 환상은 공적 담론이 금기시해 왔던 '성의 문제(그것도 여성의 적극적인 참여)', 거부할 수 없고 완벽하게 통일된 것으로 조장해 왔던 '가족 관계', '신과의 관계', '이웃과의 관계'를 거부하는 것이다. 다시 말해서, 운명적인 것으로 받아들였던 가족 관계와 확고한 주종 관계로서의 신과의 관계에 의문을 제기하는 것이다.

인간은 대개 타자에 의해 규정되고, 알려진 이데올로기들 안에서 위안과 생의 의미를 찾는 경향이 있다. 이러한 지배 이데올로기를 통해 타인을 만나고, 규정하며 나아가 이 세계에서 존재 의미를 찾는 것이다. 이와 달리 시적 주체는 인간관계에 안정감과 일체감을 부여하는 모든 이데올로기를 거부한다. 파편화한 육체를 욕망하는 것은 이 세계가 안정되고 일체되어 있다는 인식에 문제를 제기하는 것이라 할 수 있다. 따라서 〈대낮〉에서의 정사, 〈문둥이〉에서의 식육 행위, 〈화사〉에서의 뱀의 반역 행위 등은 인간이, 공적 담론들에서 이야기하는 것처럼, 이성적이거나 종교적인 존재가 아니라는 것을 역설하면서, 공적 담론들이 억압해 왔던 인간의 악마적이고 유희적인 속성들을 거침없이 드러내는 것이다.

이는 생명파가 추구했던 인간 자체와의 만남, 생명 자체와의 대면과 관련된다. 이와 관련하여 김승희는 "1930년대 중반부터 시를 쓰기 시작한 서정주가 《화사집》이라는 강렬한, 나체적인 인간 해방의 시들을 통해 한국 전통시의 지평선을 해체하고 유교적, 이념적, 관계적인 전통적 인간관을 파괴하고 현대시의 지평에 새로운 인간상을 창조했으며, 그동안 한국시가 들어보지 못했던 아주 충동적이고도 강렬한 육체적인 리듬과 목소리로 격렬하게 유교적 인간상과 세계관의 전복을 텍스트로 보여 주었던 혁명적 시인"[108]이라고 평가했다. 서정주는 보들레르와 비슷하게, 역사적이고 사회적인 모더니티를 거부하였다. 인간의 동물적이고 악마적인 본성을 노래하면서 미적 모더니티, 사적인 근대로서 공적인 근대의 이데올로기나 유교적 담론과 같은 전근대의 이데올로기를 비판한 것이다.

칼리니스쿠M. Calinescu는 "19세기 전반의 한 시점에서 서구 문명사의 한 단계에 속하는 모더니티—과학과 기술의 진보, 산업혁명, 그리고 자본주의에 의해 야기된 광범위한 사회 경제적 변화의 산물—와 미적 개념으로서의 모더니티 사이에 역전 불가능한 균열이 생겨났다"[109]고 주장했다. 그는 이 두 가지 모더니티의 개념을 부르주아 관념과 관련시켜 사회·정치적 모더니티와 미학적 모더니티로 구분하였다.

이때 사회·정치적 모더니티는 근대적 관념의 역사에서 두드러진 진보의 원리, 과학과 기술의 유용한 활용 가능성에 대한 신뢰, 측정

---

108) 김승희, 〈정신분석적 기호학으로 본 서정주와 오장환의 시세계〉, 《현대시 텍스트 읽기》, 태학사, 2001, 107쪽.

109) 마타이 칼리니스쿠, 이영욱 외 역, 《모더니티의 다섯 얼굴》, 시각과 언어, 1993, 53쪽.

할 수 있고 돈으로 환산될 수 있는 시간에 대한 관심, 이성숭배, 추상적 인본주의 틀 안에서 정의된 자유의 이상 등과 관련된다고 보았다. 반면 미적 모더니티는 위에서 제시된 중산층의 가치척도를 혐오했으며 폭동, 무정부주의, 묵시론에서 귀족적인 자기 유폐에 이르는 다양한 수단으로 자신의 역겨움을 표현했다고 밝히고 있다.[110]

이런 측면에서 미학적 모더니티는 근대 부르주아 모더니티, 다시 말해 사회·정치적 모더니티에 대한 철저한 거부로 나타나며, 그 모습을 가장 잘 보여 준 사람이 바로 보들레르이다. 그의 시에서 볼 수 있는 악마적이고 퇴폐적인 이미지는 바로 당시 부르주아들의 유토피아적인 환상에 대한 일종의 반격이라고 볼 수 있다. 보들레르의 사회·정치적 모더니티에 대한 전반적인 비판은, 근대가 인간의 자연적 본능—그가 가증스럽고 공포스러운 것이라고 보는 것—을 점증적이고 무제한적으로 드러내게 한다는 생각에 바탕해 있다.[111]

서정주의 시와 보들레르와의 연관성은 김학동에 의해 연구된 바 있다.[112] 김학동에 따르면, 보들레르의 《악의 꽃》은 현실 생활의 미와 모멸, 비애, 환상, 악몽, 실패, 갈구 등 온갖 것들이 뒤섞인 인간

---

110) 마타이 칼리니스쿠, 위의 책, 53~54쪽.

111) 마타이 칼리니스쿠, 위의 책, 69쪽; 보들레르는 〈근대적 삶의 화가〉라는 논문에서 18세기의 허위적인 도덕관(인간은 본래 선하다)을 비판하기 위해 다음과 같이 썼다. "자연적인 모든 것 즉 순수하게 자연적인 인간의 모든 행위와 욕구를 분석하고 검토해 보라. 당신은 공포스러운 것 이외의 어떤 것도 발견하지 못할 것이다. 아름답고 고귀한 모든 것은 이성과 사유의 결과이다. 인간 동물이 그의 어미의 자궁에서 그것에 대한 일종의 취미를 획득하는 범죄는 자연적인 기원을 갖고 있다. 반대로 덕성은 인위적이고 초자연적인 것이다. 악은 수고 없이, 자연적으로, 불가피하게 행해진다. 그리고 선은 항상 예술의 산물이다."

112) 김학동, 〈서정주의 시에 미친 보들레르의 영향—'원수'와 '국화옆에서'를 중심으로〉, 박철희 편, 《서정주》, 서강대 출판부, 1995, 199쪽.

적 '삶'의 적나라한 생리를 축소시켜 놓은 것[113]이다. 이는 앞서 언급한 칼리니스쿠의 말과도 일맥상통하는 부분이 있다. 이런 측면에서 보들레르가 당시의 부르주아 사회의 사회적이고 정치적인 관념들을 부정한 것과 서정주가 《화사집》에서 당시 지배적인 관념을 거부한 것에는 비슷한 점이 있다. 구체적으로 보들레르가 악마적이고 퇴폐적인 이미지를 통해서 당시에 팽배해 있던 관념을 전도시켰던 것과 서정주가 악마적이고 성적인 이미지를 통해 당시의 지배적인 관념을 거부했던 것에는 많은 유사성이 존재하는 것이다.

보들레르는 미학적인 모더니티, 곧 사적인 모더니티를 통해 당시에 당연한 것으로 받아들여지던 근대에 대한 관념—정치적이고 사회적인 모더니티—을 공격하였다. 이는 사적인 근대 관념으로 공적인 근대 관념의 허울을 공격한 것이라 할 수 있다. 다시 말해서 보들레르는 문명의 이념에 반대한 것이 아니라, '진보적 모더니티'로 위장한 채 인간의 창조성 기반을 위협하고 있었던 야만주의의 새로운 물결에 반대했던[114] 것이다.

서정주의 경우에서도 이와 비슷한 현상을 볼 수 있다. 서정주는 당시까지 영향력을 미치고 있었던 공적인 담론들, 구체적으로 유교 담론, 기독교적 담론, 식민지 담론 등을 거부하고, 비이성적이고 악마적·환상적인 이미지에 탐닉했다. 그가 공격한 이러한 공적 담론들은 '가족 관계의 중요성', '혈통의 지속성', '신의 적자로서의 인간' 등의 의미를 만들어 내면서, 인간들로 하여금 '인간과 인간', '조상과 후손', '인간과 신'이 서로 긴밀한 유대를 맺고 있다고 믿도록 하는 이데올로기들이다. 그러므로 공적 담론을 거부했다는 것은 바로

---

113) 김학동, 위의 글, 199쪽.
114) 마타이 칼리니스쿠, 위의 책, 71쪽.

자아와 타자가 긴밀한 유대를 맺고 있다고 말하는 이데올로기들을 거부한 것이라고 볼 수 있다.

또한 이러한 공적 담론의 거부는 아버지나 신과 같은 초월적 존재의 거부로 나타난다. 〈자화상〉에서 볼 수 있듯이, '아버지'는 나의 존재 근원을 부여하지 못하고, 누군가에게 얽매여 있기에 가정을 돌볼 수 없는, 다시 말해서 가부장으로서의 권위를 상실한 존재이다. 이와 비슷하게 〈화사〉에서 '신'은 자기가 내친 '뱀'에게 반격당하는 존재로 설정되었다는 점에서, '신'의 권위를 상실한 존재이다. 가부장으로서 아버지, 그것의 신학적 확대인 신의 존재가 도전받고 거부되었다는 사실은 가부장적 존재들이 초월적 존재로서의 지위를 박탈당했다는 증거라고 할 수 있다.

서정주는 인간 존재 의미의 근원이라 여겨졌던 초월적 존재들을 거부하고 거울 단계 이전으로 돌아가면서, 인간 존재의 근원적인 모습을 발견하려고 노력했다. 이를 통해 서정주가 발견한, 본원적인 존재로서의 인간은 야수성과 악마적인 모습을 지니고 육욕에 불타고 있었다. 이러한 육체적이고 야수적인 인간상은 바로 초월적 에고가 구성하고 전파해 왔던 인간상에 대한 일종의 회의이자 반명제였음에 틀림이 없다.

제3장
분열의 상상적 통합과 이데올로기의 수용

1. 파열된 육체의 봉합과 거울 단계로 회귀

1) 육체적 치유와 정신적 치유 과정의 동일화
2) 분단의 상상적 치유와 '신라 담론'

2. 불멸의 상상계와 대상과의 합일

1) 절대적 죽음의 회피와 연기
2) 부분과 전체의 상상적 연합과 타자와의 합일

3. 동양적인 것의 구축과 봉합 이데올로기

1) 동양적인 것의 구축과 '대동아공영 담론'
2) '한국적 미'의 발견과 '신라 담론'

4. 2차적 나르시시즘과 부권 상실의 회피

고은은 《1950년대―그 폐허의 인간과 문학》에서 1950년대 문학을 다음과 같이 평가했다. 1950년대는 전통과 단절된 문화적 비극과 정치적 냉전 문화로 말미암은 반공주의의 도식에 의해서, 작가의 현실 의식 또는 사고의 독창성originality에 폐쇄적 압력을 가했던 시기였다. 이 때문에 1950년대 작가들은 전통적 자아 상실을 경험하면서 자아사自我史가 세계사世界史로부터 소외당한 지방성地方性을 피할 수 없었다[115]는 것이다.

여기에서 "전통적 자아 상실을 경험하는 동시에 자아사가 세계사로부터 소외당한 지방성을 피할 수 없었다"는 말은 생각해 볼 필요가 있다. 이는 곧 전쟁으로 자연과 인간의 합일이라는 환상이 여지없이 깨어져 나갈 수밖에 없었으며, 자신들의 의지와는 상관없이 전쟁이라는 세계사의 흐름에 휩쓸리면서 자신들의 정체성이 흔들리고 말았다는 것을 뜻한다.

서정주에게도 전쟁은 감당할 수 없는 거대한 폭력으로 다가왔다. 그가 전쟁 이전에 상상으로 구축했던 '조선적인 것', '동양적인 것'은 이념과 폭력으로 산산조각 날 수밖에 없었다. 전쟁이 일어난 1950년, 서정주가 《문예》 3월호에 〈영랑의 서정시〉라는 평론과, 《부인경향》 4월호에 다시 〈귀촉도〉를 발표한 것은 '조선적인 것'의 구축을 위한 지속적인 노력이 아닐 수 없었다. 6월 《문예》에 〈선덕여왕찬〉을 발표한 것도 마찬가지이다.

그러나 전쟁은 서정주의 이러한 노력뿐만 아니라 문학 자체를 불가능하게 만들었다. 서정주는 조연현, 이한직 등과 함께 한강을 건넌 뒤 종군하다가 전장에서 병사들이 흘린 피를 보고 너무 흥분한

---

115) 고은, 《1950년대―그 폐허의 문학과 인간》, 민음사, 1973, 16쪽.

나머지 종군 문인들에게 참전할 것을 과격하게 연설하기도 했다.[116] 낙동강 전투에서 서정주는 그동안 상징적이고 추상적인 의미로 파악했던 '피'를 인간이 죽어 가면서 흘리는 구체적이고 실질적인 것으로 경험했던 것이다.

그 뒤에 서정주는 정신이 쇠약해져서 누군가가 공중에서 자신을 협박하고 있다고 느끼는 환청에 시달리게 된다. 그는 환청으로 말미암은 공포로 한여름에도 와들와들 떨곤 했는데, 이는 일종의 전쟁신경증[117]으로 정신적 외상이 일으키는 스트레스 장애였다. 이를 심리학에서는 '정신적 외상 후 스트레스 장애PTSD'라 한다. PTSD는 지나치게 혹독한 스트레스에 대한 반응으로 생기는데, 강한 공포·경악·절망 등의 심리 상태를 보인다. 이는 평소 인간이 경험할 수 없는 사건을 경험했을 때 발생한다고 한다.[118]

서정주가 전장에서 아군이 흘린 수많은 '피'를 목격한 것이 정신적 외상의 원인은 될 수 있다. 하지만 그가 전쟁 전, 이승만 대통령 시절 문교부 초대 예술과장에 재직할 때인 1949년 여름, 부산 국립극장 건립의 현장감독으로 내려갔다가 서울로 올라오는 기차에서

---

116) 서정주, 《미당자서전》2, 민음사, 1994, 248쪽.

117) 노다 마사아키, 서혜영 역, 《전쟁과 인간―군국주의 일본의 정신분석》, 길, 2000, 90쪽; 전시에 군인들 사이에서 일어나는 각양각색의 이상 체험 반응의 총칭이다. 대개는 전투가 벌어지고 있는 곳의 군인들에게서 볼 수 있지만, 때로는 후방 부대에 있는 군인에게서도 볼 수 있다. 몽롱한 상태와 같은 의식장애, 운동마비 등의 증세를 보인다.

118) 노다 마사아키, 위의 책, 234쪽, 각주 38 참조; 예를 들어, 고문이나 폭행을 당하거나, 다른 사람이 습격 살해당하는 것을 목격하는 일 등이 여기에 포함된다. 그 결과로 외상적 사건이 생생하게 떠오르는 한편, 그 외상에 관련된 자극을 지속적으로 회피하고 바깥 세계에 대한 반응이 떨어진다. 또한 수면 장애와 과잉 경계심, 이자극성(쉽게 자극을 받는 일) 등의 심리적 각성 상태도 나타난다. 동시에 강한 억울 증상이나 불안 증상 등이 확인되는 일도 많다고 한다.

공중의 협박에 시달렸던 것을 고백하는 것으로 보아, 만성적인 스트레스 장애[119]에 시달렸다는 것을 알 수 있다. 그가 예술과장 시절에 받았던 극심한 스트레스는 국립극장 건축과 관련하여 자신의 부하 직원을 의심했던 것이 원인이었다.[120] 또한 예술과장에 재직할 때 관례로 내려오던 점심 대접도 의식적으로 피했다고 한다.[121]

이상을 종합해 볼 때, 서정주는 타자의 시선을 과도하게 의식하는, 다분히 자의식적인 인간이었다. 또한 그가 들은 협박의 목소리는 사실 그의 내면에서 만들어진 자신의 또 다른 목소리에 틀림이 없다. 이는 서정주가 〈자화상〉 이래로 타자의 시선을 강하게 의식하고 있었고, 이러한 지속적인 의식으로 타자의 목소리가 자신의 정신 구조에 내면화[122]하였던 것으로 생각해 볼 수 있다.

프로이트에 따르면, 정신신경증은 삶을 죽음으로 이끄는 죽음 본능과 생명을 보존하려는 생명 본능 사이의 갈등에 근거하고 있다. 이런 측면에서 《화사집》의 세계는 성적 판타지를 통한 자아 보존 본능인 생명 본능과, 타자와의 관계에서 발생하는 긴장에서 벗어나고자 하는 자아 본능(죽음 본능) 사이의 갈등을 잘 보여 준다. 이때 타자는 자아가 사랑하는 대상이자, 자아가 자극과 긴장을 느끼도록 만

---

119) 노다 마사아키에 따르면, 스트레스를 체험한 뒤 지속 기간이 6개월 이내인 경우를 급성 PTSD, 6개월 이상 지속되는 경우나 6개월 이상의 잠복 기간 뒤에 증세가 나타나는 경우를 만성 PTSD라고 부른다.

120) 서정주, 위의 책, 255쪽.

121) 서정주, 위의 책, 231~232쪽.

122) 서정주가 타자의 시선에 유난히 민감했던 사실은 1947년 부산의 남조선대학(뒷날 동아대학) 교수 생활에서도 나타난다. 서정주는 대학 중퇴자 신분으로 대학교수를 했던 것과 일본인 교사가 남겨 준 모피에 동포들이 굽실거리는 것에 가슴을 찔려하다가, 어느 날 여관 지붕 위의 하늘에서 그를 비난하는 한정 없는 동포들의 소리를 듣고 겁에 질려 길거리로 뛰어나왔다고 말했다. 서정주, 위의 책, 192쪽.

드는 원인이 된다. 타자와의 결합을 통해 자신의 생명을 이어가려는 생명 본능의 결과로 나타나는 성적 판타지는 대상과의 결합이 죽음의 문제와 연관되면서 극도의 긴장감을 불러일으킨다.

아울러 주체는 파편화한 육체와 동일화를 시도하면서, 자신이 거부하는 타자의 세계에게 보복을 당하여 파멸에 이를 수 있다는 불쾌감을 느끼게 된다. 주체는 이러한 불쾌감과 긴장에서 벗어나기 위해, 파멸에 이를 수 있음을 인지하면서도 쾌락을 추구하는 일종의 지속적인 희열을 갈구한다. 또한 그 희열의 문제는 불쾌와 긴장이 지워진 원초적 상태를 지향하려는 죽음 충동에 맞닿아 있다. 그리고 무엇보다도 자신이 결합 대상으로 꿈꾼 타자는 주체에게 이 세계가 통합되어 있다는 이데올로기를 강요하기에, 주체는 타자를 거부하게 된다. 이는 자아가 타자에 대한 사랑을 거둔 것이다. 자아는 타자에 대한 사랑을 자기 자신에게 돌리는데, 그로 말미암아 나타나는 세계가 바로 나르시시즘의 세계이다.[123]

서정주가 자신 앞에 놓인 세계를 통합된 것으로 상상하고자 했던

---

123) 앞서 살펴보았듯이, 나르시시즘의 세계는 자기애의 세계이다. 나르시시즘은 자아가, 타자(세계)와의 갈등과 긴장이 없는, 자기의 세계로 빠져드는 자아 본능 가운데 하나이다. 서정주는 《화사집》에서 볼 수 있었던 파편화하고 분열된 세계가 주는 긴장과 불쾌감, 세계와의 갈등에서 빚어진 불쾌와 긴장에서 벗어나기 위해 자기의 세계로 침잠한 것이다. 그리고 이러한 나르시시즘은 자기가 아닌 타자를 자기 것으로 상상하는 2차적 나르시시즘과 원초적으로 타자가 자기 안에 통합되어 있다고 상상하는 1차적 나르시시즘으로 구별해 볼 수 있다. 이 모두는 자아와 세계의 통합을 꿈꾸면서 어떤 갈등과 긴장에서 벗어나려 하는 자아 본능이라는 공통점이 있다. 다만 2차적 나르시시즘은 자기가 아닌 타자의 모습을 자기 모습으로 오인하지만, 1차적 나르시시즘은 원초적으로 자아와 타자가 통합되어 있다고 상상하기에, 그 세계에는 어떤 분열이나 갈등이 존재하지 않는다는 차이점도 있다. 그렇지만 두 가지 모두 자기 통합을 꿈꾼다는 점에서는 차이가 없다. 이것이 《귀촉도》 이후의 텍스트들의 세계가 달라 보이지 않는 중요한 이유이다.

욕망의 바탕에는, 전쟁으로 피폐된 국토와 남북으로 갈라진 분단 상황이 자리 잡고 있었다. 그는 모든 것이 필연적으로 이어져 있다는 불교적 사유 방식을 텍스트에 도입함으로써 세계의 모든 것을 통합한다. 이러한 상상적 통합의 인식은 갈라진 조국뿐만 아니라,《화사집》에서 거부했던 서구마저도 자신(동양)의 시각 안에서 통합해 버린다. 이는 세계를 분리 분열되거나 갈등하는 것으로 파악하는 것이 아니라, 총체화되고 단일한 세계로 인식하는 것이다.

　다른 측면에서 타자(서구의 세계)와 자신(동양의 세계)을 다른 것으로 보지 않음으로써, 다시 말해 타자를 자신 안에 융합시킴으로써 타자와 관계에서 발생하는 갈등과 긴장을 없애 버리는 것이다. 그러므로 서정주는 2차적 나르시시즘을 통해 분열되고 파편화한 세계를 통합된 세계로 오인하고, 그 오인은 세계가 통합되어 있다고 주장하거나 세계는 통합되어야 한다고 주장하는 당대의 봉합 이데올로기의 추인을 받으면서 실재적인 것으로 인식되는 것이다.

1.

파열된 육체의 봉합과 거울 단계로 회귀

　《화사집》의 〈수대동시〉는 서정주의 초기시 가운데 고향으로 돌아가고자 하는 소망을 보여 주는 대표적인 텍스트이다. '수대동'은 고향 질마재의 제유提喩로, 고향의 부분 대상[124]이라고 할 수 있다.

────────

124) 라캉에 따르면, 부분 대상은 실재계의 잔여물로 정의된다. 이러한 라캉의 부분 대상을 정확히 이해하기 위해서는 부분 충동이라는 개념과 대비가 이루어져야 한다.

서정주의 시에서 〈수대동시〉가 중요한 것은, 《화사집》에서 보였던, 분열되고 파편화된 세계에서 벗어나고자 하는 계기가 되기 때문이다. 그 세계에서 벗어나는 방법은 자신의 앞에 펼쳐진 세계를 통합되고 안정된 세계로 상상하는 것이다.

이러한 상상은 유아가 거울에 비친 자아와 타자의 이미지 모두를 분리된 것이 아니라 연결되고 통합된 것으로 오인하는 거울 단계와 매우 비슷하다. 왜냐하면 이러한 타자와의 동일시는 다분히 가역可逆할 수 없는 과거와의 통합, 파편화된 육체와 국토와 자연과의 상상적인 봉합을 통해서 가능하기 때문이다. 그리고 이러한 상상적인

라캉은 플라톤의 《심포지움》에 나오는 아리스토파네스의 이야기를 원용하여 다음과 같은 메타포metaphor를 만들어 냈다. 아리스토파네스에 따르면, 인간은 원래 남녀 양성이 한 몸 안에 깃들여 있는 일종의 구체 모양의 생명체였는데, 이것이 둘로 쪼개져서 오늘날과 같은 남녀 두 성이 탄생했다고 한다. 그러므로 에로스란 잃어버린 나머지 반쪽과 결합하여 상실된 전체를 회복하고자 하는 본성을 가지고 있다는 것이다.

라캉은 아리스토파네스가 묘사했던 구체 모양의 생명체를 자궁 속에 들어있는 태아로 이해한다. 아기의 탄생은 태아가 마치 껍질을 깨고 알 밖으로 흘러나오는 것과 같다. 여기에서 아기가 상실하는 것은 어머니라는 인물이 아니라 해부학적 보완물이다. 이런 측면에서 알의 깨어짐은, 아리스토파네스의 경우와 달리, 성의 분화를 의미하지 않는다. 이를 바탕으로 라캉은 "인간l'Homme은 알 껍질이 깨어지면서 만들어진 것이며, 오믈렛l'Hmmetette이다"라는 메타포를 만들어 냈다. 라캉은 이 오믈렛을 '라멜르lamelle'라고 부르기도 한다. 오믈렛 또는 라멜르는 아직 성이 분화되기 이전 상태의 생명체를 뜻한다. 그리고 알을 깨고 나오면서 생긴 라멜르의 분열된 조각들이 기관(성감대)들을 중심으로 고착된 것이 바로 '부분적 충동들'이다. 이때 자궁 바깥으로 깨어져 나온 오믈렛, 라멜르는 자신의 신체적 보완물을 상실했다고 느끼는데, 바로 부분 대상(object a)이 잃어버린 신체 부분의 등가물로 자리잡는 것이다. 이런 측면에서 오믈렛의 세상 첫 경험은 바로 자기의 신체 부분(자궁)의 상실이라는 '결여'이며, 바로 이 결여 때문에 충동은 신체 부분의 등가물로서 '대상 a'를 상대하게 된다고 한다. 이런 측면에서 '수대동'은 완전한 통합체로서 고향 질마재의 잔여물인 부분 대상이다. 서동욱, 〈들뢰즈의 욕망하는 기계와 라캉의 부분적 충동—스피노자적 욕망 이론의 라캉 해석〉, 서강대학교 철학연구소 6회 월례발표, 2002. 4. 13, 3~6쪽 참조.

봉합은 이 세계가 분리되어 있음을 역설하는 것이라 볼 수 있다. 그러하기에 주체가 분리되고 분열되어 있는 세계를 자신의 상상적인 시각 안에서 통합하는 과정은 다분히 나르시시즘적이며, 이는 분열에서 오는 극도의 긴장감과 불쾌를 피하기 위한, 개체의 자기 보존을 위한 본능의 발현이라 볼 수 있다. 이러한 나르시시즘은 분단된 국토를 상상적으로 통합하고, 현재에서 다시금 경험할 수 없는 과거를 추체험追體驗하며, 파편화한 자연과 인간을 통합적인 것으로 상상하는 형태로 이루어진다.

1) 육체적 치유와 정신적 치유 과정의 동일화

서정주의 시에서 나르시시즘적인 경향은, 〈수대동시〉에서 볼 수 있는 것처럼, 고향의 부분 대상인 '금녀'와의 동일화로 나타난다. 나르시시즘적인 동일화 문제는 죽음과 관련이 있다. 마치 신화에서 나르키소스Narcissus가 자신의 모습에 도취되어 죽음에 이르렀듯이, 〈수대동시〉에서 동일화의 대상인 '금녀' 또한 죽은 존재거나 부재하는 존재이다. 부재하는 대상과의 동일화는 현실적으로는 불가능하며 다만 일종의 상상 안에서 가능할 뿐이다. 〈수대동시〉에서도 고향과 그 부분 대상인 '금녀' 또는 '금녀 동생'과의 동일화는 자기가 아닌 타자의 이미지를 마치 자신의 이미지로 동일화하는 2차적인 나르시시즘적 판타지 안에서 가능해진다.

> 흰 무명옷 가라입고 난 마음
> 싸늘한 돌담에 기대어 서면
> 사뭇 숫스러워지는생각, 고구려에 사는 듯
> 아스럼 눈감었든 내넋의 시골

별 생겨나듯 도라오는 사투리.

등잔불 벌서 키어 지는데…
오랫동안 나는 잘못 사렀구나.
샤알·보오드레―르처럼 설ㅅ고 괴로운 서울 여자를
아조 아조 인제는 잊어버려,

仁旺山그늘 수대동 十四번지
長水江 뻘밭에 소금 구어먹든
증조하라버짓적 흙으로 지은집
오매는 남보단 조개를 잘줍고
아버지는 등짐 서룬말 졌느니

여기는 바로 十年전 옛날
초록 저고리 입었든 금女, 꽃각시 비녀하야 웃든 삼월의
금녀, 나와 둘이 있든곳.

머잖어 봄은 다시 오리니
금女동생을 나는 얻으리
눈썹이 검은 금女 동생,
얻어선 새로 수대동 살리.

〈수대동시〉 전문

1연의 '흰 무명옷', '싸늘한 돌담', '고구려', '시골', '사투리' 등은
모두 '조선적인 것'이라는 이데올로기적 의미를 갖는다. 그 가운데

서도 '시골', '사투리' 등은 고향을 떠올리게 하는 기표들이다. 이는 모두 서정주의 상상 속에서 불려 나온 것들이다. 이것들이 모두 상상이라는 것은 다음 연의 '잘못 사렸구나', '인제는'이라는 말에서 알 수 있다. 시적 주체는 현재의 삶을 반성하고 후회하면서 과거의 고향을 떠올리는 것이다. 그러므로 '인왕산仁旺山 그늘', '수대동 십사十四번지', '장수강長水江 벌밭' 등은, 지금도 실재하지만 옛날의 모습을 간직하고 있지 않는, 서정주의 회상 속에서 만들어진 것들이다.

또한 위 텍스트가 시적 주체의 환상을 통해 재구성된 것임을 알 수 있게 해 주는 징표가 "여기는 바로 십년十年 전 옛날"이다. 우리는 시적 주체가 십년 전의 옛날과 지금을 동일시하며, 통합하고 있음을 볼 수 있다. 이 대목에서 우리는 다음과 같은 나르시시즘적인 요소들을 찾아볼 수 있다. 다시 말해 과거의 '나'와 현재의 '나'를 동일시한다는 측면에서 '나'는 '이전의 자아'이다. 수대동은 나의 욕망 대상이라는 측면에서, 그것의 제유적 관계에 있는 '나' 또한 나의 욕망 대상이 된다(정확히 말한다면 과거의 '나').

이렇듯 수대동은 주체와 대상 사이의 통일성을 수립하는 데에 중요한 구실을 한다. 이는 중요한 의미를 갖는데, 시적 주체는 파편화한 육체와 분열된 세계에서 탈출하여 통합된 세계를 상상적으로 꿈꾸고 있기 때문이다. 따라서 시적 주체는 다분히 나르시시즘적이라 할 수 있다. 왜냐하면 '서울 여자'와 같은 타자를 잊고, 나의 근거가 되는 고향의 부분 대상들인 이전의 나와 고향의 여자(금녀)를 욕망하기 때문이다. 고향의 '금녀'를 다시금 욕망하는 것은 분열되고 파편화한 현재를 잊고 통합된 것으로 상상된 과거로 돌아가는 것이다. 자기에게 낯선 도시와 도시의 여자를 잊고, 친숙한 고향과 고향 여자와의 결합을 상상하는 것이다.

그렇지만 "금녀, 나와 둘이 있든 곳"에서 읽을 수 있듯이, 합일을 꿈꾸었던 '금녀'는 지금 존재하지 않는다. 그렇기 때문에 시적 주체는 '금녀'와 비슷한 '금녀 동생'을 얻어 새로이 살겠다는 의지를 드러낸 것이다. 이는 현실의 잣대에서 보면 일종의 근친상간적 욕망으로 읽을 수 있겠지만, 그것보다는 익숙하고 친숙했던 고향의 여자가 부재하기에 그녀와 닮은 동생과의 합일을 꿈꾸는 나르시시즘적인 욕망이라고 읽는 편이 낫다. [125]

여기에서 고향 여자는 고향 전체를 떠올리게 한다는 점에서 고향의 부분 대상이자, 고향을 나타내는 기호이다. 비록 '나'는 고향에서 떨어져 있지만, 일종의 나르시시즘적인 상상 안에서 고향과 제유적으로 이어져 있다. [126] 나 또한 고향의 일부이기 때문이다. 아울러 '수대동'은 이러한 판타지적 의미를 갖는 동시에 '서울'이라는 도시와 대립적인 이데올로기적 의미를 갖는다. 그러므로 '수대동'은 도시의

---

125) 아니면 나르시시즘적인 욕망이 자신을 욕망하는 것이기에, 그 욕망은 근본적으로 근친상간적이라고 읽어도 무방할 것이다.

126) 마지막 연은 현실적인 측면에서 바라보면 약간 모호한 구석이 있다. 다시 오는 봄에 '금女 동생'을 얻어 새로이 수대동에서 살겠다는 표현은 합리적으로 생각할 때 납득이 가지 않는다. 만약 전기적인 측면에서 '금녀'를 서정주의 부인으로 생각한다면 이는 매우 비도덕적인 진술이 된다. 일반적으로 동양에서 '金女'는 '서쪽에 있는 여자', 곧 서왕모의 별칭으로 알려져 있다. 그렇지만 우리가 '금女'를 서왕모로 해석할 수 없는 것은 텍스트상의 표기가 '金女'가 아니라 '금女'이기 때문이다. 그렇지만 서쪽 여자 정도의 의미 해석은 가능하다고 생각한다. 질마재가 한반도의 서쪽에 있다는 사실에서 다시 고향 여자를 얻어 살겠다고 말한 것으로 볼 수도 있다. 이때 3연의 '입었든', '있든 곳'에서 '금女'가 10년 전에는 있었지만 지금은 부재한다는 전제가 가능하다. 아니면 시가 상상적 텍스트임을 고려하여 '금녀'와 같은 여자와 고향에서 다시 살고 싶은 욕망을 표현한 것이라고 읽을 수도 있다. 중요한 것은 '금女'가 '도라오는 사투리'와 마찬가지로 고향의 등가물이라는 점이다. '금女'는 수대동으로 표상되는 고향 질마재에 대한 제유인데, 이러한 제유적 수사를 통한 고향과의 상상적 동일화는 《귀촉도》와 《서정주시선》에서도 이어진다.

이질적이고 분열된 상태와는 다른 서로 통합되고 이어져 있는 총체화된 세계이다.

이러한 과거의 통일체에 대한 자각은 분리성에 대한 자각[127]에서 생겨난다. 서정주는 분열되고 파편화된 세계에서 벗어나 과거의 통합된 세계를 욕망하는 것이다. 이런 측면에서 서정주는 "세계의 변혁이 아니라 세계에 대한 자신의 태도를 바꿈으로써 진정한 자아를 발견함과 동시에 현재의 부정적인 자아를 탈각脫却하는 것"이라고 말했다.[128] 이 말은 자아가 '뱀', '문둥이', '식민지인', '폐' 등의 부정적이고 파편화한 부분 대상들을 동일화의 대상으로 삼는 데서 벗어나, 고향의 부분 대상이라고 할 수 있는 '수대동'과 '금녀'와의 동일화를 통해 파편화한 세계를 통합하려는 의지를 보여 주는 것이다. 이런 측면에서 〈수대동시〉는 《귀촉도》 이후 통합의 원리를 보여 주는, 중기시로 들어가는 열쇠에 해당된다.

서정주의 시에서 고향은 고향의 다른 이름인 자연에 대한 묘사로 드러나지 않고, 대개 고향의 인물로 드러나거나, 상상적으로 구축한 '누님'의 이미지나 전통 설화와의 연관 아래에서 드러난다는 점에서, 다분히 서사화 전략과 관련이 있다. 이는 서정주의 시가 전통 시가와는 약간 다른 서사적 경향이 있다는 것에 대한 근거가 될 수 있다. 또한 고향의 일부분과의 지속적인 동일화는 지나간 과거와 고향을 다시금 체험할 수 없다는 것을 역설적으로 반증한다. 이는 고향을 다룬 텍스트들에서 시적 주체가 고향의 부분 대상에 집착할 수밖에 없는 이유가 되기도 한다.

---

127) Antony Easthope, *Poetry and Phantasy*, p.121

128) 최현식, 《서정주 시의 근대와 반근대》, 소명출판, 2003, 102쪽.

아조 할수없이 되면 고향을 생각한다.

다시 도라올 수 없는 옛날의 모습들. 안개와같이 스러진것들의 形象을 불러 일으킨다.

귓ㅅ가에 와서 아스라이 속삭이고는, 스쳐가는 소리들. 머언幽明에서처럼 그 소리는 들려오는것이나, 한마디도 그뜻을 알수는없다.

다만 느끼는건 너이들의 숨ㅅ소리. 少女여, 어디에들 安在하는지. 너이들의 呼吸의 훈짐으로써 다시금 도라오는 내靑春을 느낄따름인 것이다.

少女여 뭐라고 내게 말하였든것인가?

오히려 처음과같은 하눌우에선 한 마리의 종다리가 가느다란 피ㅅ줄을 그리며 구름에 무처 흐를뿐, 오늘도 굳이 다친 내 前程의 석문앞에서 마음대로는 處理할 수 없는 내 生命의 歡喜를 처리할 따름인 것이다.

※

섭섭이와 서운니와 푸집이와 순네라하는 네名의少女의뒤를 따라서, 午後의山그리매가 밟히우는 보리밭새의 언덕길우에 나는 서서 있었다. 붉고 푸르고, 흰, 傳說속의 네 개의바다와같이 네少女는 네 빛갈의 저고리를 입고 있었다.

하눌우에선 아득한 고동소리.……순네가 가르켜준 上帝님의고동소리.……네名의少女는 제마닥 한 개ㅅ식의 바구니를 들고, 허리를 굽흐리고, 차라리 무슨 나물을 찾는것이아니라 절을하고 있는것이었다. 씬나물이나 머슴둘레, 그런 것을 찾는것이아니라 머언 머언 고동소리에 귀를 기우리고 있는 것이었다. 後悔와같은 표정으로 머리를 숙으리고 있는것이었다.

그러나 나에게는 잡히지아니하는것이었다. 발자취소리를 아조 숨기고 가도, 나에게는 붓잡히지아니하는것이었다.

淡淡히도 오래가는 내음새를 풍기우며, 머슴둘레 꽃포기가 발길에 채일뿐, 쌍긋한 찔레 덤풀이 앞을 가리울뿐 나보단은 더빨리 다라나는것이였다. 나의 부르는 소리가 크면 클스록 더멀리 더멀리 다라나는것이였다.

여긴 오지 마…… 여긴 오지 마……

애살포오시 웃음 지우며, 流水와같이 네 개의 流水와같이 차라리 흘러가는것이였다.

한줄기의 追憶과 치여든 나의 두손, 역시 하눌에는 종다리새 한 마리, —이런것만 남기고는 조용히 흘러가며 속삭이는것이었다. 여긴 오지 마……여긴 오지 마…….

※

少女여. 내가 가는날은 도라 오련가. 내가 아조 가는날은 도라 오련가, 막달라의 마리아처럼 두눈에는 반가운 눈물로 어리여서, 머리털로 내 손끝을 스치이련가.

※

그러나 내가 가시에 찔려 앞어헐때는, 네名의少女는 내곁에 와

서는 것이었다. 내가 찔레ㅅ가시나 새금팔에 베혀 앞어헐때는, 어머
니와같은 손까락으로 나를 나시우려 오는것이었다.

　손까락 끝에 나의 어린 피ㅅ방울을 적시우며, 한名의 少女가 걱
정을하면 세名의少女도 걱정을허며, 그 노오란 꽃송이로 문지르고
는, 하연 꽃송이로 문지르고는, 빠앍안 꽃송이로 문지르고는 하든
나의傷처기는 어쩌면 그리도 잘 낫는것이였든가.

　정해 정해 정도령아
　원이 왔다 문열어라.
　붉은꽃을 문지르면
　붉은피가 도라오고.
　푸른꽃을 문지르면
　푸른숨이 도라오고.

　少女여. 비가 개인날은 하늘이 왜 이리도 푸른가. 어데서 쉬는
숨ㅅ소리기에 이리도 똑똑히 들리이는가.
　무슨 꽃으로 문지르는 가슴이기에 나는 이리도 살고싶은가.

※

　멫포기의 씨거운 멈둘레꽃이 피여있는 낭떠러지 아래 풀밭에 서
서, 나는 단하나의 精靈이 되어야 내少女들을 불러 이르킨다.
　그들은 역시 나를 지키고 있었든 것이다. 내속에 내리는 비가 개
이기만, 다시 그 언덕길우에 도라오기만, 어서 病이 낫기만을, 그옛
날의 보리밭길 우에서 언제나 언제나 기대리고 있었든 것이다.

※

내가 아조 가는날은 도라 오련가?

〈무슨꽃으로 문지르는 가슴이기에 나는 이리도 살고 싶은가〉 전문

《귀촉도》의 〈무슨꽃으로 문지르는 가슴이기에 나는 이리도 살고 싶은가〉 또한 현재 부재하는 고향의 부분 대상인 소녀들과의 상상적 동일화를 통해 현실의 상처를 치유하고자 하는 모습을 보여 주고 있다. 이 텍스트에는 현실과 환상, 과거와 현재, 육체적인 것과 심리적인 것이 뒤섞여 있다. 또한 《귀촉도》 이후의 시적 흐름과 깊이 연관되어 있으며, 그 흐름은 이미 논자들이 자세하게 밝힌 생의 긍정, 삶에의 충동으로 요약될 수 있다.

《화사집》은 삶의 질서로 표상되는 상징체계와 갈등을 보여 주면서, 전통적인 이항 대립 체계에서 종속적인 위치를 차지하고 있던 '육체', '병', '성', '뱀' 등을 전경화하고 있다. 《귀촉도》는 상상적으로 만들어진 '동양적 세계'와 '고향'으로 회귀를 통해 '조선적인 것'의 구축이라는 문제로 정리될 수 있다. 이러한 《화사집》과 《귀촉도》의 공통점은 현실을 부정하고 싶은 욕망이 있다는 것이다. 다시 말해 《화사집》은 유교 관계나 제도로 표상되는 현실에서 탈출하는 모습을 보여 주고 있으며, 《귀촉도》 또한 현실에서 벗어나 동양적 과거나 과거의 고향으로 돌아가는 모습을 보여 주고 있다. 이때 현실은 부정의 대상이지 욕망의 대상이 아니다.

아울러 《화사집》과 《귀촉도》에서 현실을 부정하는 것은 죽음 문제와 맞닿아 있다. 《화사집》에서 주체가 기존 질서에 반역하면서도 끊임없이 상징 질서의 위협을 의식하고 있는 모습은, 〈자화상〉의 시적 주체인 '나'의 인식과 〈화사〉에서의 '뱀'의 처지에서 읽을 수 있다. 여기에서는 자신을 극단적인 상태로 내몰면서 거기에서 희열을

느끼는 죽음 충동의 한 모습도 엿볼 수 있다. 프로이트가 말했던 것처럼, 극단적인 쾌락이 지향하는 곳은 바로 그 쾌락 자체마저 소멸되는 죽음이기 때문이다. 아울러《귀촉도》의 동양 회귀와 고향 회귀는 지나버린 과거로 돌아갈 수 없는 인간의 비극적 운명을 내포하고 있기에, '회귀'는 슬픈 정조로 표현된다. 또한 슬픔을 자아내는 요소 가운데 가장 강력한 것은 사랑하던 사람, 사랑하던 공간, 아름다웠던 과거의 소멸, 곧 죽음이 아닐 수 없다. 만약 서정주의 초기시들이 비극적인 정조로 읽힌다면, 그 이유로 죽음 충동의 문제를 꼽을 수 있을 것이다.

이러한 죽음 충동의 문제, 현실 부정의 태도가 변화되는 것을 보여 주는 시가 바로 〈무슨꽃으로 문지르는 가슴이기에 나는 이리도 살고 싶은가〉이다. 이 텍스트는 비극적인 고향 회귀라는 특징을 공유하고 있다. 하지만 삶에 대한 의지를 드러내고 있다는 점에서《귀촉도》의 다른 시들과는 대비되며, 그 뒤《서정주시선》에서 보여 주는 삶을 긍정하는 태도의 바탕이 된다. 아울러 이 텍스트는 서정주가 육체적 상처의 치유를 통해 정신적 상처를 치유하는 모습도 드러내고 있다.

이 시의 해석에 중요한 것이 기호 '※'이다. '※'는 일종의 문자 기호로 현실과 환상, 현재와 과거, 살아있는 것과 죽은 것을 구분해 준다. 다시 말해 '※'를 앞뒤로 해서 현실과 환상이 교차된다. 따라서 이 텍스트의 구조는 아래와 같이 정리할 수 있다.

	국면
①	현실
	※

②　　　　환상

※

③　　　　현실

※

④　　　환상(현실)

※

⑤　　　환상(현실)

※

⑥　　　　현실

---

①에서 시적 주체는 "아조 할 수 없이 되면 고향을 생각한다"라고 말한다. 이는 현실이 고통스럽고 견디기 어려울 때마다 고향을 생각한다고 읽을 수 있으며, 따라서 '고향'이 시적 주체의 심리적 치료제가 될 수 있음을 나타낸다. 그렇지만 시적 주체는 지금 떠올리고 있는 고향과 과거는 결코 다시 돌이킬 수 없는 것임을 잘 알고 있다. 그러면서도 환상으로 '옛날의 모습들'과 '스러진 것들의 형상'을 환기한다.

①에서 시적 주체가 과거로 빠져드는 장치는 '소리'이다. 다시 말해 과거에 대한 회상을 '소리'가 매개하고 있는데, 이후 서정주의 시에서도 '소리'는 과거와 현재, 죽은 자와 산 자를 매개시켜 주는 중요한 기호[129]이다. 사실 이때 시적 주체는 과거의 소리를 들을 수 없다. 그러므로 ①에서 듣게 되는 소리는 일종의 환청이며, 그 환청은 서서히 과거의 인물들과 그들과의 사건들을 떠올리게 한다.

②는 회상으로 만들어진 환상幻像과 환청幻聽의 세계이다. '섭섭

---

129) 우리는 이를 《질마재 신화》의 〈상가수의 소리〉와 서정주의 후기시들에서 확인할 수 있다.

이’, ‘서운니’, ‘푸접이’, ‘순네’라는 네 명의 소녀는 시적 주체의 내면에서 떠오른 환상이며, 하늘에서 나는 ‘고동 소리’는 환청이다. 이러한 환상과 환청을 매개로 시적 주체는 과거의 사건과 행위를 재구성해 낸다. 여기에서 핵심 요소가 되는 것이 바로 하늘에서 난다는 ‘고동 소리’이다. ②에서 앞서 가는 네 명의 소녀들은 그 소리를 들었지만, ‘나’는 아무리 노력을 해도 그 소리를 듣지 못했다. 이는 중요한 의미를 갖는다. 나중에 ‘나’만이 가시에 찔려 상처를 입게 되는 원인이기 때문이다.

소녀들이 달아나면서 부르는 ‘소리’ 또한 사건 전개에서 중요한 구실을 한다. 잡히지 않는 것은 ‘고동 소리’뿐만 아니라, 내가 좇고 있는 네 명의 소녀들도 그렇다. 이런 측면에서 ‘고동 소리’와 달아나면서 소녀들이 부르는 ‘소리’는 등가적이다. 또한 ‘네 명의 소녀들’은 시적 주체가 동일화하고자 하는 욕망의 대상들이다. 여기에서 동일화의 욕망은 바로 ‘나’도 그녀들처럼 하늘의 고동 소리를 듣는 것이다. 그렇지만 “나의 부르는 소리가 크면 클스록 더멀리 더멀리 다라나는 것이었다”는 시적 주체가 그 대상을 욕망하면 할수록 그 욕망의 대상은 더 멀리 달아난다는 것을 보여 준다.

반복적으로 제시된 “여긴 오지 마……”에서 ‘여기’는 중의적인 의미를 갖는다. ‘여기’는 소녀들이 숨어서 어린 시절의 ‘나’를 부르는 장소이지만, 현재의 ‘나’와 관련시켜 생각해 보면 죽은 소녀들이 머무는 죽음의 공간이다. 우리는 이를 “내가 아조 가는 날”이라는 표현에서 유추할 수 있다. 이는 곧 내가 이승을 떠나는 시점을 뜻하지만, 함축적으로 내가 이승을 떠나 도달하고 싶은 지점이 바로 소녀들이 ‘안재安在’한 공간임을 드러낸다. 여기에서 우리는 현실과 환상의 겹쳐짐을 읽을 수 있다.

아울러 "유수流水와 같이 흘러가는"은 소녀들이 달아나는 모습이 마치 흐르는 물처럼 자연스러웠다는 것을 뜻하기도 하지만, 삶과 죽음의 영역에 걸쳐 있는 물의 신화적 속성을 환기하기도 한다. 또 흐르는 물의 역동성은 결코 잡히지 않는 존재를 표상할 수도 있다.

③은 다시 현실이다. 여기에서 시적 주체는 "내가 아조 가는 날은 도라오련가"라고 소녀에게 거듭 묻고 있는데, 이는 소녀들에게 돌아가고 싶은 욕망의 반복된 표현이라고 할 수 있다. 아울러 '막달라 마리아'는 서정주의 시에서 중요한 기호이다. 시적 주체는 자신의 처지를 '막달라 마리아'와 동일화하고 있는데, 막달라 마리아는 누가복음 7장에서 예수의 발에 입을 맞추고 향유를 부어 죄를 용서받은 여인이다. 어린 시절 시적 주체는 소녀들로부터 육체적 상처를 치료받았고, 성인이 된 뒤에는 소녀들을 떠올리면서 자신의 정신적 상처를 치료받는다. 그렇기에 소녀들은, 성경과의 관련 아래에서, 육체적 상처와 정신적 상처를 치유해 주는 예수와 같은 지위에 서게 된다. 그러므로 "머리털로 내 손끝을 스치는" 행위는 죄의 치유, 상처의 치유라는 예수의 행위와 등가적인 관계에 있다.

④는 다시 과거의 사건에 대해 말한다. 소녀들은 어린 시적 주체가 가시에 찔려 아파할 때 나타나, 마치 예수나 어머니처럼 나의 상처를 치료한다. 소녀들이 상처를 '노오란 꽃송이', '하연 꽃송이', '빠알안 꽃송이'로 문지르면 상처는 고스란히 낫는다. 이러한 소녀들의 치료 행위는 약간은 주술적이고 마술적인 행위이다. 소녀들이 주술적이고 마술력·치유력을 가질 수 있는 것은 그들이 모두 하늘의 소리를 들을 수 있는 영매靈媒와 같은 존재들이기 때문이다. 여기에서 중요한 점은 시적 주체가 자신의 육체적 상처(어린 시절의 주체)의 치유를 정신적 상처(성인의 주체이자 현실의 주체)의 치유로 대체하고

있다는 점이다.

이런 측면에서 ⑤의 "비가 개인 날은 왜 이리도 푸른가"는 소녀들에게 치유받은 뒤 다시 보게 되는 세상의 밝은 모습이다. 그리고 치료 과정을 매개로 한 소녀들과의 접촉은 달아나기만 하여 들을 수 없었던 그녀들의 숨소리를 듣게 해 주는 기회이기도 하였다. ⑤의 첫 머리에서 '소녀'라고 부른 것은 시적 주체가 성인임을 암시한다. 그럼에도 소녀들의 숨소리를 똑똑히 듣는다는 것은 일종의 환청이다. 더불어 "무슨 꽃으로 문지르는 가슴이기에 나는 이리도 살고 싶은가"는 어린 시적 주체와 성인 주체 모두에게 해당될 수 있으므로, ⑤는 과거와 현재가 뒤섞여 있는 환상의 세계라고 할 수 있다. 시적 주체는 소녀들과의 환상적인 교감을 통해 자신의 육체적이고 정신적인 상처를 치유하고 있다. 그리고 이 치유는 주체가 삶에 대해 의욕을 갖게 만들고 세상을 긍정할 수 있는 계기를 마련해 주었다는 점에서 주목할 만하다.

⑥의 첫 구절에서는 성인인 시적 주체 또한 '단 하나의 정령精靈'이 되어서 소녀들을 불러일으키고 있다. '불러일으키고'라는 표현에서 느낄 수 있듯이, 시적 주체의 행위는 죽은 자들과의 교섭을 꾀하는 주술적이고 환상적인 것이다. 그리고 시적 주체는 소녀들이 항상 자신을 지켜 주고 있었음을 확신한다. '내 속에 내리는 비'는 시적 주체가 세상을 살아가면서 얻게 되었던 정신적 상처를 뜻하며, 그 뒤에 이어지는 '병'[130] 또한 비슷한 의미를 갖는다. ⑥ 또한 ⑤와 마

---

130) 서정주의 시와 자서전 여러 곳에서 우리는 그가 여러 차례 학질에 걸려 사경을 헤매다가 깨어났던 것을 볼 수 있다. 서정주는 학질이라는 육체적 병의 치유 과정과 정신적 치유 과정을 동일화하고 있는데, 대부분의 경우 서정주는 학질을 앓고 난 뒤에 어떤 새로운 깨달음을 얻게 된다. 그리고 그 깨달음은 그때까지 자신이 겪고 있었던 심리적 갈등의 치료제로 작용한다.

찬가지로 현실과 환상이 함께 울려 퍼지고 있는 상상의 세계이다.

시적 주체는 ⑥에서 다시 한 번 "내가 아조 가는 날은 도라오련가?"라고 질문하고 있다. 이는 ③에서와는 다른 의미의 반향反響을 갖고 있다. 다시 말해 ③의 이 진술은 소녀들과 동일화하고 싶은 욕망에서 말미암은 죽음에 대한 욕구가 강하다면, 치료 과정을 거친 뒤에 나온 마지막 구절은, 역설적으로 삶에 대한 강한 욕구를 드러냈다.

이렇듯 위 텍스트에서 육체의 치료 과정은 정신의 치료 과정과 동일화된다. 여기에서 중요한 것은 유년 시절 시적 주체의 상처를 치유했던 것이, 어떤 특단의 약이 아니라, 소녀들이 들에서 꺾은 꽃이라는 점이다. 이때 꽃은 인위적인 것과 거리가 먼 자연에 속하는 것이며, 소녀들 또한 자연의 정령과 같이 묘사된다. 여기에서 우리는 시적 주체의 인간과 자연을 동일시하려는 욕망을 읽을 수 있다. 이런 측면에서 자연은 인간의 삶을 비추는 일종의 거울이며, 인간은 자연의 반사상에 가깝다. 전통주의자들이 보기에 현대의 인간들이 분열에 이를 수밖에 없는 것은 인간들의 삶이 자연의 이법理法에 따르기보다는 어겼기 때문이다.

이러한 고향의 부분 대상과의 2차적인 나르시시즘은, 《귀촉도》 이후에 볼 수 있는, '조선', '신라', '자연' 등과 동일화하는 문제에 기본적인 원리로 작용한다. 다시 말해 서정주는 자신이나 우리에게 속하지 않는 '조선', '신라', '자연' 등의 이미지를 마치 자신의 이미지처럼 받아들인다. 아울러 이러한 상상적 동일화의 과정에 '대동아공영', '현실', '신라 담론', '지배적 약호略號' 등의 이데올로기가 개입하여 상상적 동일화를 환상이 아닌 실제의 것처럼 오인하게 만든다. 이런 측면에서 거울 단계에서의 오인 과정은 나르시시즘적 동일화의 문제와 타자를 받아들이는 상징적 동일화의 문제 모두와 관련된다.

　이러한 나르시시즘적 동일화를 부추기는 이데올로기들은 모두 분열되고 파편화하여 있는 것들을 봉합할 수 있다고 믿게 하는 봉합 이데올로기들이다. 서정주는 부분 대상과의 나르시시즘으로 《화사집》에서 볼 수 있었던 분열과 파편화를 치유하고 봉합하려고 하는데, 이때 봉합 이데올로기가 개입하여 이러한 나르시시즘적 판타지가 가능하다는 환상을 심어 주게 된다. 서정주는 분열되고 파편화한 것들의 봉합을 위해 타자의 담론들을 받아들이는 것이다.

2) 분단의 상상적 치유와 '신라 담론'

　잘 알려져 있다시피, "1950년대 후반을 뜨겁게 달군 논쟁 가운데 하나는 민족의 정체성 부여와 새로운 민족문화 건설에 필요한 '한국적인 것'의 성격 규명과 확정을 둘러싼 '전통' 논의였다."[131] 그 가운데서도 매우 커다란 반향을 일으키면서 논란이 되풀이된 것은, 국문학자들이 중심으로 시도한 민족 정서에 대한 성격 부여와 서정주가 깊숙이 관여한 '신라'의 이상화였다.[132] 동시에 1950년대는 이러한 신라의 이상화, 전통의 이상화를 비판한 논의가 함께 진행되기도 했던 시기이기도 했다.[133]

　한수영에 따르면, 1950년대의 전통에 관한 담론은 '보편성론', '반근대적 전통 인식', '전통의 현재성'의 문제로 정리된다.[134] 이 가운

---

131) 최현식, 위의 책, 188쪽.

132) 최현식, 위의 책, 188~189쪽.

133) 이러한 전통의 이상화를 비판한 논의로는 이어령과 유종호를 들 수 있다. 유종호, 〈한국적이라는 것—그것을 어떻게 규정할 것인가?〉, 《사상계》, 1962. 11.

134) 한수영, 〈근대문학에서의 '전통' 인식〉, 《소설과 일상성》, 소명출판, 2000, 35~64

데 서정주가 주도한 '신라의 이상화' 문제는 '보편성론'과 '반근대적 전통 인식'과 관련되어 있다. 다시 말해 '신라의 이상화'는 '민족'을 초역사적인 실재로 보았다. 그러한 민족의 문학 유산에 내재한 고유성도 초역사적인 성질로 파악함으로써, 국수주의적 성격을 띠게 된 것이었다.[135] 또한 근대 이후의 이성중심의 문학, 곧 현대문학의 이원론적 세계관을 극복하는 방법으로 신화와 로만의 '판타지'를 회복하기를 주장하면서 근대 부정의 논리[136]에 서 있었다.

《신라초》의 〈한국성사략韓國星史略〉은 《화사집》에서의 분열된 육체를 상상적으로 봉합하는 것을 보여 주는데, '신라 정신' 또는 '신라 담론'을 봉합의 도구로 사용하고 있다.

　　　　천오백년 내지 일천년 전에는

　　　　금강산에 오르는 젊은이들을 위해

　　　　별은, 그 발밑에 내려와서 길을 쓸고 있었다.

　　　　그러나 宋學 이후, 그것은 다시 올라가서

　　　　추켜든 손보다 더 높은 데 자리하더니,

　　　　개화 일본인들이 와서 이 손과 별 사이를 허무로 塗壁해 놓았다.

　　　　그것을 나는 단신으로 側近하여

　　　　내 육체의 광맥을 통해, 십이지장까지 이끌어갔으나

　　　　거기 끊어진 곳이 있었던가.

　　　　오늘 새벽에도 별은 또 거기서 일탈한다 일탈했다가는 또 내려와

　　　　貫流하고, 貫流하다간 또 거기 가서 逸脫한다.

쪽 참조.

135) 한수영, 위의 책, 53쪽.

136) 한수영, 위의 책, 55쪽.

腸을 또 꿰매야겠다.

<韓國星史略> 전문

　여기에서도 우리는 육체적 치유 과정과 정신적 치유 과정의 동일화 현상을 엿볼 수 있다. 곧 천 년 전의 신라 정신이 새어 나가지 않고 이어질 수 있도록 장을 꿰매는 것이다. 《삼국유사》 권5 <감통> 제7 '융천사혜성가融天師彗星歌'는 위 작품의 상호텍스트로, 내용은 다음과 같다. 화랑의 무리 세 사람이 금강산에서 놀고 있었다. 갑자기 혜성이 나타나 심대성心大星을 범하자, 화랑의 무리가 놀라 여행을 중지하려 했다. 그때 융천사가 노래를 지어서 불렀더니 별의 괴변은 없어지고 일본 군사가 제 나라로 돌아감으로써 도리어 경사가 되었다는 것이다. 상호텍스트에서 심대성은 신라를, 심대성을 범한 혜성은 신라를 침략한 일본을 표상한다.

　위 텍스트에서 별은 젊은이들이 갈 길을 비추는 구실을 하고 있다. 금강산에 오르는 젊은이들을 위해 별이 발맡에 내려와서 길을 쓸고 있었다는 것은 그들 사이의 아주 밀접한 관계를 나타낸다. 그러다가 송학宋學 이후, 곧 이 나라에 유교가 지배적 이념으로 자리 잡은 뒤, 별은 추켜든 손보다 더 높은 데 자리하였다는 표현은 별이 사람들에게서 멀어졌다는 것을 암시한다. 유교 이념이 인간과 매우 밀접한 관계를 맺고 있었던 별을 추상화시키고 이념화시켜, 인간의 삶에서 동떨어지게 만들었다는 것을 뜻한다. 이는 다른 말로 유교적 이념에 따른 자연의 관념화로 읽을 수 있겠다. 또 개화 이후 일본인들이 와서 별과 손 사이를 허무로 도벽塗壁해 놓았다는 표현은 일본인들이 별과 조선 사람들의 관계를 의도적으로 허무화했다는 뜻으로 읽을 수 있다.

　다시 말해 별과 인간 사이에 맺고 있었던 직접적 관계를 유교 이념이 관념화와 추상화를 거쳐 간접적인 관계로 만들었으며, 일본인들이 그 관계를 허무한 것으로 만들었다는 인식이 깔려 있는 것이다. 결국 유교 이념은 별과 인간 사이의 관계를 벌려 놓았으며, 일본인들은 더 나아가 직접적인 관계를 부정하는 행위를 감행했던 것이다. 이런 측면에서 별은 자연과 인간의 직접적 교섭을 특징으로 하는 신라 정신의 표상이다.

　"그것을 나는 단신으로 측근側近하여/ 내 육체의 광맥을 통해, 십이지장까지 이끌어갔으나"에서도 육체적 치유 과정과 정신적 치유 과정을 동일시하려 하는 시적 주체의 욕망을 읽을 수 있다. 별을 자신의 육체 안으로 끌어들여 통합을 시도하는 행위는 일종의 환상이다. 그것은 틈이 벌어진 인간과 별 사이의 관계를 상상적으로나마 복구하려는 의도와 다름없다. 그렇지만 자신의 장腸에 끊어진 곳이 있어 자신의 몸 안으로 끌어들인 별이 자꾸 자신에게서 벗어나려고 한다. 그렇기 때문에 시적 주체는 자신의 장을 꿰매겠다고 말하는 것이다.

　여기에서 장을 꿰매는 행위는 중요한 의미를 갖는다. 《화사집》에서의 파편화하고 분열된 세계를 상상 속에서나마 통합하겠다는 시적 주체의 의지를 드러내기 때문이다. 그리고 이러한 상상적인 봉합의 문제는 파편화한 육체뿐 아니라, 근대 이후에 분리되어 버린 '자연과 인간', '삶과 죽음', '환상과 현실' 등을 통합하려는 행위로 나타나게 된다.

　그러므로 끊어진 신체의 봉합은 단절된 정신의 봉합이다. 그 봉합의 도구로, 봉합에 필요한 붕대로 작용한 것이 바로 신라 정신 또는 신라 담론이다. 이렇듯 분리된 육체와 단절된 정신의 상상적 통합 구실을 한 신라 정신은 우리 민족정신사의 원형으로 구축되며, 신라 예술은 한국미의 전형으로 여기게 된다.

이에 비추어 볼 때, '조선적인 것의 추구', '자연과의 동일화', '불교적 상상계', '한국적인 미' 등은 서정주가 상상적인 구축을 통해 발견해 나간 것들이다. 물론 이것들은 실재하는 것일 수도 있고 그렇지 않은 것일 수도 있지만, 중요한 것은 서정주가 그것들을 한국적이고 동양적인 것의 진수라고 믿고 상상적으로 만들어 나갔다는 사실이다. 또한 이러한 나르시시즘적인 상상적 구축의 이면에는 '대동아공영권', '한국적인 것', '동양 담론', '신라 담론' 등 당대에 활발하게 논의되던 이데올로기가 개입되어 있다.

한수영이 지적했듯이 "'제 것'을 규정하는 일은 이데올로기적인 일이 아닐 수 없다."[137] 이런 측면에서 서정주는 '한국적인 것'을 상상적으로 구축해 나갔을 뿐만 아니라, 한국적인 것의 이데올로기를 스스로 창조해 나갔다고도 볼 수 있는 것이다. 이때 한국적인 것의 상상적 구축은 분열된 육체, 분단된 조국, 갈라진 세계가 통합되어 있다고 주장하거나 통합되어야 한다는 당대의 '봉합 이데올로기'와 병행적인 것이었다. 당대의 봉합 이데올로기는 서정주의 나르시시즘적인 한국적인 것의 구축을 의미 있는 것으로 추인推認했던 것이다. 그 하나의 실례로《사상계》창간호에 실린 이병도의 〈신라의 협동정신과 통일의 지도이념〉이라는 논문을 들 수 있다. 그는 한국적인 사상의 근원을 신라의 협동 정신 또는 풍류도에서 찾을 뿐 아니라, 분단된 현실에서 필요한 지도 이념의 근거를 신라 정신에서 찾고 있다.

---

137) 한수영, 위의 책, 37쪽.

우리의 협동정신과 통일의 지도이념이 이러한 자각적인 민족의식에 의하여 확대된 것은 사실이며, 또 오늘날과 같이 국토가 분열된 때에 있어서는 그 정신과 이념이 더욱 위대한 작용을 발하지 아니하면 아니 될 것이다.[138]

이런 측면에서 고유의 사상, 특히 신라 정신은 전쟁으로 파괴되어 버린 자연과 인간의 심성을 회복시키고 분단 상황을 타파하는 데에 중요한 이데올로기로 작용하게 된다. '신라 정신'이나 '신라'가 당시의 파편화한 육체와 정신을 봉합할 때 지배적인 원리 또는 모델로 작용하게 된 것이다. 또한 이러한 신라 정신은 당시 이념적으로 분열되고 지리적으로 분단된 조국의 통합을 꿈꾸는 사고들의 바탕이 되는 것이다.

> 어머님이 끓여 주던 뜨시한 숭늉,
> 은근하고 구수하던 그 숭늉 냄새,
> 시월이라 상달되니 더 안 잊히네.
> 평양에 둔 아우 생각 하고 있으면
> 아무래도 안 잊히네, 영 안 잊히네.
>
> 고추장에 햅쌀밥을 맵게 비벼 먹어도,
> 다모토리 쐬주로 마음 도배를 해도,
> 하느님께 단군님께 꿇어 엎드려
> 미안하요 미안하요 암만 빌어도,

---

138) 이병도, 〈신라의 협동정신과 통일의 지도이념〉, 《사상계》 창간호, 1952, 20쪽.

하늘 너무 밝으니 영 안 잊히네.

〈시월이라 상달되니〉 전문

《질마재 신화》에 실려 있는 위 텍스트는 다른 세시풍속을 다룬 시들과 마찬가지로 보인다.[139] 그러나 자세히 읽어 보면, 이 시가 단지 시월의 세시풍속만을 다룬 것은 아님을 알 수 있다. 더군다나 전기적으로 볼 때, 서정주는 평양에 살고 있는 아우를 둔 적이 없다는 사실에서, 이 시가 민족의 분단 상황을 세시풍속에 빗대어 표현한 것임을 알 수 있다.

무엇보다도 '상달'이라는 기표는 텍스트의 해석에 중요한 기능을 한다. 전통적으로 '상달'은 천지인天地人의 삼자三者가 합일을 이루는 달로, 세상의 모든 요소들이 통합과 합일을 이루는 때를 나타낸다. 하늘과 땅, 그리고 인간이 합일되는 상달에 분단된 조국의 상황을 환기한다는 것은 분단된 상황을 안타까워하는 시적 주체의 심정을 암시하는 것이다. 이런 측면에서 '평양'은 구체적 지명이나 지역을 뜻하는 것이 아니라 휴전선의 북쪽 모두를 상징하는 것이며, '아우'란 휴전선 북쪽 너머에 사는 북녘 동포들을 상징한다.

1연에서의 '숭늉'과 2연에서의 '단군'은 민족의 동질성을 불러일으키는 기표들이다. 서정주는 숭늉을 끓여 먹는 동일한 문화 습관을 가졌으며, 단군이라는 동일한 조상을 가진 우리 민족이 남과 북으로 나누어져 있는 상황을 상달이 갖는 의미와 대조시키면서 안타까움을 느끼고 있다. 그리고 이러한 안타까움이 국토 통합과 민족 통일의 필요성을 제기하고, 그것은 신라 정신과 같은 통합 정신의 발견

---

139) 《질마재 신화》의 뒷부분에 실린 세시풍속과 관련된 텍스트들은 나중에 《노래》에 다시 상재上梓된다.

으로 이어지는 것이다.

> 까치야 까치야 다리를 놓까?
> 견우도 직녀도 다 어디 갔나
> 기다려도 기다려도 오지 않지만,
> 三八선에 은하수, 칠석 은하수
> 미안해 미안해서 어떻게 하지?
>
> 까치야 까치야 다리를 놓까?
> 만나는 다리 놓던 재주라며는
> 기다리는 다리도 놀 수 있겠지.
> 까치야, 배가 흰 우리 까치야.
> 한 백 년 더 기다리는 다리나 놀까?

〈七夕〉 전문

'남남북녀南男北女'라는 관용구와 '견우와 직녀' 설화를 연결시켜, 분단 상황과 그 치유를 상상적으로 구성한 텍스트이다. 다만 '견우와 직녀' 설화를 바탕으로 하고 있지만, 전설을 그대로 재진술한 것이 아니라 그 내용을 변형시키고 있다. 다시 말해 전설에서의 까치는 견우와 직녀가 만날 수 있도록 다리를 놓지만, 언표 행위의 주체는 까치에게 만남의 다리가 아니라 기다림의 다리를 놓자고 제안한다. 또한 '백 년'은 산술상의 백 년을 뜻하는 것이 아니라 영원한 시간을 상징하므로, 남녀 사이의 슬픈 이별과 만남을 영원한 기다림으로 변형시키고 있다.

"삼팔三八선에 은하수, 칠석 은하수"는 위 텍스트가 단순히 칠석이라는 세시풍속의 이야기를 다루는 것이 아님을 느끼게 해 주는 징표이다. 시적 주체는 견우와 직녀를 만나게 해 주는 칠석 은하수를 생각하면서, 삼팔선에서도 볼 수 있는 은하수를 떠올린다. 삼팔선 위의 은하수는 남과 북으로 뻗어 있으면서, 삼팔선이라는 물리적인 제약을 극복하고 남과 북을 이어주는 구실을 한다.

　여기에서 중요한 것은 우리가 위 텍스트를 해석하면서 그 반어적인 의미를 읽어 내는 것이다. 기다려도 오지 않는, 아니면 올 수 없는 견우와 직녀를 위해 기다림의 다리를 놓자고 간청하는 것은 언젠가는 모르겠지만 견우와 직녀가 서로 만나기 위해 다시 올 것이라는 믿음이 깔려 있다. 다시 말해서 일 년에 한 번 만났다가 헤어지는 견우와 직녀와 달리, 조금 기다리는 시간이 길더라도 다시는 헤어지지 않는 다리를 놓자는 것이다. 이는 남과 북의 만남, 곧 통일이 언제인가는 반드시 이루어질 것이라는, 그리고 이루어져야 한다는 확신과 다름없다. 이런 측면에서 위 텍스트는 반어적으로 남과 북이 반드시 만나서 하나가 될 것임을 역설하고 있다.

2.

불멸의 상상계와 대상과의 합일

서정주는 전쟁이라는 현실을 그 누구보다도 직접적으로 마주한 사람임에 틀림이 없다. 6·25는 이 땅의 산천초목뿐 아니라 서정주의 내면 또한 황폐화시켰다. 해방 이후의 문단적 공백을 앞장서서 메울 만큼[140] 활발했던 서정주의 창작 활동이 전면 중단된 것은 이를 증명한다. 서정주는 1950년 12월《문예》에 영랑의 죽음을 애도하는 산문 〈곡영랑선생哭永郎先生〉과 〈영도일지〉를 발표한 뒤 1954년《시정신》에 〈기도〉를 발표하기 전까지 시를 발표하지 않았다. 이 시기에 그가 창작 활동을 중단했기 때문에 그런 것인지 아니면 발표를 하지 않은 것인지는 별도의 검증을 요하지만, 〈자화상〉에서 이슬의 세계로 표상되던 '시' 또는 '문학'이 전쟁이라는 엄청난 시련에 좌절을 경험했을 것이라는 추측은 가능하다.

또한 그가 김천전쟁에 종군한 뒤 발광한 사실은 "그가 가진 예술성에도 불구하고 그 전쟁을 직면할 수 있는 완강한 의식 기능이 없었다"[141]는 증거이기도 하다. 그러나 서정주가 전쟁 이전부터 타자의 시선이나 자신에게 내면화한 타자의 목소리에 시달려 왔다는 앞의 분석을 참조할 때, '완강한 의식 기능이 없었다'기보다는 너무도 과도하게 타자의 시선과 초자아의 목소리를 의식했다고 볼 수 있다. 그리고 이러한 과도한 타자에 대한 의식은 자아와 초자아 사이의 대립을 불러일으켰으며, 그로 하여금 신경증에 시달리게 했다.

---

140) 고은, 《1950년대—그 폐허의 문학과 인간》, 민음사, 1973, 15쪽.

141) 고은, 위의 책, 20쪽.

아울러 6·25를 현장에서 체험한 그가 전쟁에 관한 시를 단 한 편도 쓰지 않았다는 사실 또한, 서정주에게 의식 기능이 없었다기보다는 그의 자의식이 전쟁이 가져온 공포에 완전히 압도당했기 때문으로 볼 수 있다. 이는 모든 것을 폐허와 죽음으로 내모는, 인간을 파멸에 이르게 한 공포였기 때문이다.

이런 측면에서 고은이 지적하듯, 결과적으로는 그 시대를 가장 처참하게 산 자가 그 시대를 가장 빨리 망각해 버린 세대[142]가 되어 버린 것이다. 그러므로 전쟁 이후, 서정주의 텍스트들이 모든 것을 무화시키는 죽음을 극복하고자 하는 욕망과 그것으로 불멸의 삶을 보여 주는 것은 우연이 아니다. 우리는 이를 서정주가 다시 작품을 발표한 1954년 이후의 텍스트들에서 확인할 수 있다. [143]

---

142) 고은, 위의 책, 23쪽.

143) 이런 측면에서 《귀촉도》 이전에 발표한 작품들과 전쟁 이후에 발표한 작품들을 묶어 간행된 《서정주시선》은 다음과 같은 의미를 갖는다.

첫째, 《귀촉도》 이후 진행되어 오던 '조선적인 것'의 지속적인 상상적 구축이다.

둘째, 전쟁 때 죽음을 관념적이 아니라 사실적으로 체험했던 그가 비극적이고 사실적인 죽음 대신에 삶을 긍정하는 생의 의지를 드러냈다는 점이다.

첫 번째의 조선적이고 한국적인 것의 지속적 구축은 그가 여전히 '동양적인 것=세계적인 것'이라는 상상에서 자유롭지 못했었다는 것을 뜻한다. 서정주는 고전 텍스트와의 대화를 통해 〈추천사〉, 〈춘향유문〉에서 동양적인 '이별의 의미'를 구축해 나간다. 이러한 고전 텍스트와의 상호텍스트성은 역사의 연속성을 보증받으면서 새로운 해석의 가능성을 창조할 수 있다는 장점이 있지만, 비극적인 역사적 현실을 전통적인 이별의 상황으로 바꾸어 놓을 가능성도 함께 존재하는 것이다.

두 번째, 《서정주시선》에 '생의 의지'를 보여 주는 작품이 많다는 것은 역설적으로 그가 경험한 비극적 현실로 말미암아 죽음에 압도당했었다는 것을 뜻한다. 그리고 이러한 생의 의지는 앞서 분석한 〈무슨꽃으로 문지르는 가슴이기에 나는 이리도 살고 싶은가〉의 연장선에 있다고 생각된다. 위 작품에서 시적 주체는, 고통스러운 현실을 유년의 경험을 떠올리면서 상상적으로 치유했듯이, 전쟁이 일으킨 죽음의 공포를 역설적으로 생의 의지를 강조하면서 치유하고자 한 것이다. 이런 측면에서 《귀촉도》에 등장하는 '누님'과 《서정주시선》에 등장하는 '누님'은 연속성을 갖는다.

서정주가 《귀촉도》 이후의 시들에서, 특히 《신라초》 이후의 시들에서 불교적 상상력이나 불교적 은유법을 통해 신라의 영원성을 노래했다는 것은 두루 아는 사실이다. 김승희는 "《귀촉도》,《신라초》이후의 시들에서는 불교적 '상상계' 안에 자신의 자아를 정립시키고 '신라'라는 거대하고도 아름다운 불멸의 상상계를 창조하고 그 거대한 상상 세계 속에서 안정된, '운명에 긍정적인' 주체의 모습을 보인다"[144]라고 평가했다.

신라는 서정주가 꿈꾼 유토피아의 세계이다. 이 세계의 모든 존재들은 연기緣起에 의해 필연적으로 연관되어 있다. 불교적 상상계는 자기 자신이 아닌 것들이 필연적으로 자기 자신과 연관되어 있다고 여긴다는 점에서 다분히 나르시시즘적이며, 이는 분열되고 분할된 세계를 통합된 것으로 사고하는 독특한 방식이라고 할 수 있다. 그러므로 연기 또는 윤회적 사고는 《화사집》에서 볼 수 있었던 분열과 파열의 세계를 봉합하는 중요한 원리가 되며, 나아가 동양이 아닌 타자로서 서구를 통합하는 핵심적인 기능을 하게 된다.

1) 절대적 죽음의 회피와 연기

비록 《신라초》에서 연기 또는 윤회라는 불교적 담론이 상징체계로 작용하지만, 그 상징체계는 앞에서 언급한 것과는 달리 어느 것도 배제하거나 통제하지 않는다. 다만 모든 것들을 필연적으로 이어 줄 뿐이다. 그러하기에 언어로 표상되는 상징체계에 들어섰다는 것은 사물의 죽음, 곧 자신의 원천을 잊고 다른 것을 뜻할 수밖에 없다. 하지만 연기라는 상징체계 안에서 사물은 다른 사물과의 관계

---

144) 김승희, 위의 책, 122쪽.

속에서 존재할 뿐이기에, "인연의 상징 질서, 윤회의 상징 질서 안에서는 절대 죽음도 절대 상실도 없게 된다. 그리하여 개체 인간에 극형으로 내려진 저주로서의 죽음, 자아 파괴로서의 죽음은 존재하지 않는다."[145] 인연의 상징 질서 안에서, 한 개체는 죽는 순간 소멸되고 끝나는 것이 아니라 다른 개체의 부분을 이루면서 생명력을 이어간다. 그렇기 때문에 그 개체는 소멸된 것이 아니며, 새로운 개체는 전적으로 새로운 것이 아닌 이전 개체의 흔적을 담고 있다. 이런 측면에서 인연의 상징체계에서는 개체 사이의 대립이나 투쟁이 존재하지 않는다. 모든 갈등과 대립은 무화되고, 모든 것은 서로에게 영향을 주면서 서로 필연적으로 연관되어 있을 뿐이다.

이렇듯 모든 사물과 사태들이 서로 의존하는 현상을 잘 보여 주는 것이 바로 서정주의 《신라초》이다. 특히 《신라초》의 맨 마지막에 실린 〈인연설화조因緣說話調〉는 '자아'라는 것이 '타자'라는 '다른 것'과 시간적·공간적인 차이의 간격을 두면서 자아에 타자의 흔적이 새겨져 있거나, 타자에 자아의 흔적이 새겨져 있는 '연기'를 잘 보여 주고 있다.

> 언제든가 나는 한 송이의 모란꽃으로 피어 있었다.
> 한 예쁜 처녀가 옆에서 나와 마주 보고 살았다.
>
> 그 뒤 어느날
> 모란꽃잎은 떨어져 누워
> 메말라서 재가 되었다가

---

145) 김승희, 위의 책, 124쪽.

곧 흙하고 한세상이 되었다.

그게 이내 처녀도 죽어서

그 언저리의 흙 속에 묻혔다.

그것이 또 억수의 비가 와서

모란꽃이 사위어* 된 흙 위의 재들을

강물로 쓸고 내려가던 때,

땅 속에 괴어 있던 처녀의 피도 따라서 강으로 흘렀다.

그래, 그 모란꽃 사윈 재가 강물에서

어느 물고기의 배로 들어가

그 血처에 자리했을 때,

처녀의 피가 흘러가서 된 물살은

그 고기 가까이서 출렁이게 되고,

그 고기를, ———그 좋아서 뛰던 고기를

어느 하늘가의 물새가 와 채어 먹은 뒤엔

처녀도 이내 햇볕을 따라 하늘로 날아올라서

그 새의 날개 곁을 스쳐 다니는 구름이 되었다.

그러나 그 새는 그 뒤 또 어느날

사냥꾼이 쏜 화살에 맞아서,

구름이 아무리 하늘에 머물게 할래야

머물지 못하고 땅에 떨어지기에

어쩔 수 없이 구름은 또 소나기 마음을 내 소나기로 쏟아져서 그 죽은 샐 사 간 집 뜰에 퍼부었다.

그랬더니, 그 집 두 양주가 그 새고길 저녁상에서 먹어 소화하고
이어 한 嬰兒를 낳아 養育하고 있기에,
뜰에 내린 소나기도
거기 묻힌 모란씨를 불리어 움트게 하고
그 꽃대를 타고 올라오고 있었다.

그래 이 마당에
현생의 모란꽃이 제일 좋게 핀 날,
처녀와 모란꽃은 또 한 번 마주 보고 있다만,
허나 벌써 처녀는 모란꽃 속에 있고
前날의 모란꽃이 내가 되어 보고 있는 것이다.

* 불이 다 타서 재가 되어

〈因緣說話調〉 전문

　　총 8개 연으로 이루어져 있는 〈인연설화조〉는 '모든 것은 서로 연관이 되어있다'는 연기의 원리를 잘 보여 주고 있다. 그러나 더 중요한 점은 '나'와 '처녀'가 서로 연관되어 있다는 것이다. 매 연마다 '나'와 '처녀'는 짝을 이루어 변화한다. 그러나 '나'는 말할 것도 없고, '처녀' 또한 고정된 어떤 것이 아니다. '나'와 '처녀'는 끊임없이 영향을 주고받으며 변화한다. '나'의 변화는 '처녀'의 변화에서 생기生起한 것이고, '처녀'의 변화 또한 '나'의 변화에서 생기한 것이다.

이 텍스트 전체에서 주목해야 할 단어는 '되다'[146]라는 동사이다. 이것은 변화를 뜻하는 말인 동시에, 한 개체의 소멸을 암시하고 있다. 다시 말해 모란꽃잎이 떨어져 재가 된다는 것은 '모란꽃잎'이라는 한 개체가 해체를 통해 '재'라는 새로운 개체로 변모되었음을 뜻하는 것이다. 이런 측면에서 한 개체의 소멸은 그것이 연기한 또 다른 개체의 생성을 뜻한다. 모든 사물이 죽음을 거쳐 새로운 생명을 얻게 되는 것이다. 하나의 존재는 결코 소멸하지 않으며 다른 존재와의 관계 속에서 항상 생명을 유지한다는 측면에서, 연기는 절대적인 죽음을 회피하는 사상이라고 생각된다. 따라서 서정주가 텍스트에 연기의 원리를 도입하여 불멸의 상상계를 창조한 것은 전쟁으로 만연해진 죽음을 상상적으로 회피하고자 하는 욕망에서 말미암은 것이라 볼 수 있다.

3연에서 우리는 육체의 해체를 목격한다. 그러나 그것은 《화사집》에서 볼 수 있었던 육체의 파편화와 다르다. 해체된 육체는 그 상태로 머무르는 것이 아니라 다른 존재에 머물면서, 해체되기 이전의 속성을 지속적으로 소유하고 있기 때문이다. 그러므로 《화사집》에서 육체의 해체가 죽음에 대한 공포와 파멸에 대한 두려움을 일으킨 것과 달리, 〈인연설화조〉에서는 또 다른 생명으로의 전이나 거듭남으로 나타난다. 다시 말해서 육체의 해체는 죽음의 공포를 일으키는 것이 아니라 또 다른 생명으로의 탄생을 일으킨다. 이런 측면에서, 모든 존재는 불멸하는 생명을 가진 존재가 된다.

6연에서 볼 수 있듯이 '새'가 두 양주兩主의 몸에서 소화된다는 것은 또 다른 해체를 뜻한다. 그 해체된 새의 몸은 양주의 영양분, 곧

---

146) 이런 측면에서 '연기'를 표상하는 동사가 바로 '되다'라고 할 수 있다. 왜냐하면, 이 동사는 한 상태에서 다른 상태로의 변화를 함축하는 단어이기 때문이다.

살과 피로 변하여 영아에게 이어진다. 여기에서도 한 개체의 해체는 또 다른 개체의 생성을 뜻한다. 더불어 해체된 개체가 생성된 새로운 개체 자체에서 '현현顯現'[147]하게 되는 것이다.

여인의 환생인 '소나기'는 '내'가 해체되면서 남긴 분신인 '모란씨'를 키우고 자라게 하며, 결국 그 꽃대를 타고 올라온다. '거기'라는 장소는 어떤 확실하게 정해진 공간이 아니다. 다만 연기에 의해 모란과 연결된 공간일 뿐이다. 재미있는 것은 '나'의 연기와 '여인'의 연기가 비슷한 절차나 과정을 밟는다는 점이다. 예를 들어 새가 양주의 몸에서 소화되는 것이 육체적인 몸에서 몸으로의 옮아감 곧 전이라면, 소나기가 꽃대의 수분이 되어 모란꽃을 자라나게 한다는 것 또한 몸에서 몸으로의 전이라고 볼 수 있다.

〈인연설화조〉의 마지막에서 나와 처녀가 마주선 것인지, 내 속에 처녀가 들어와 있는 것인지, 처녀 속에 내가 들어가 있는 것인지, 내가 나를 바라보고 있는 것인지, 처녀가 처녀 자신을 바라보고 있는 것인지 확정하거나 결정할 수 없다. '나'는 그녀의 몸 안에 있고, '그녀' 또한 내 몸의 일부를 이루고 있기 때문이다. 여기에서 우리는 '나'의 축과 '처녀'의 축의 상호 교체 가능성을 예측할 수 있다. 결국 '나'는 모란꽃·재·물고기·새·양주·영아·처녀('나'의 연기축)인 동시에, 육신·흙·물결·구름·비·물·모란꽃·나('처녀'의 축)인 것이다. '나'는 그 무엇으로 확정될 수 없으며, 연기와 관련된 모든 것의 일부이다. 이렇게 연기는 관계된 것들의 동시적 발생과 변화라고 말할 수 있겠다.

연기되는 것들은 서로 짝을 짓고 있으며, 짝이 풀릴 때 소멸의 과

---

147) 이런 측면에서 '顯現'이라는 말은 '흔적들의 드러남'을 뜻한다고도 볼 수 있다.

정을 겪는다. 그러나 소멸은 또 다른 짝짓기의 생성으로 변하게 되는데, 이것이 연기의 원리이다. 이런 측면에서 〈인연설화조〉가 보여 주는 연기의 원리란 '짝짓기-짝풀기-짝짓기……'가 영원히 반복되는 것을 뜻한다. 또한 앞서 보았듯이, 새로운 '짝짓기'를 거쳐 생성된 새로운 개체는 소멸된 개체의 흔적을 가지고 있다. 이 점에서 새로운 개체는 동떨어지고 독자적인 무엇이 아니라, 다른 개체의 흔적들이 무수히 중첩된 흔적들의 집적소集積所라는 것을 알 수 있다. 그것은 우리가 한 단층에서 시간을 달리하는 무수한 지질의 역사를 읽을 수 있는 것과 비슷하다.

뺨 비비듯 결국은 그게 그거다
하늬바람 마파람 소소리바람
바람의 떼 못 떠나고 보채쌓은 건
뺨 비비듯 결국은 그게 그거다

산아 푸른 산아 나보다는 덜 닳아진,
上代 三皇氏ㅅ적부터 닳은 나보다는 덜 닳아진,
나보다는 젊고 키가 큰 산아

내가 살다 마침내 네 속에 들어가면
바람은 우릴 안고 돌고 돌아서,
눈에도 잘 안 뜨일 나를 무늬해
산아 넌 마침내 차돌이라도 돼야 하렸다.

그러면 차돌은 또 아양같이 자리해서

자잘한 세사, 세사, 세사라도 돼야 하렷다.

그 세사의 세사는 또 뻘건 흙이라도 돼야 하렸다.

그렇거든 산아

그 대 우린 또 같이 누워

출렁이는 벌판의 풀을 기르는

제일 오래고도 늙은 것이 되리니

뺨 비비듯 결국은 그게 그거다.

하늬바람 마바람 소소리바람

바람의 떼 못 떠나고 보채쌓는 건

뺨 비비듯 결국은 그게 그거다.

〈無題〉 전문

　〈무제無題〉는 총 6연으로 이루어진 시이다. 특이한 점은 첫 연과 마지막 연이 반복되는 수미상관首尾相關 구조로 이루어져 있다는 것이다. 이 구조가 중요한 까닭은 바로 연기의 구조를 잘 보여 주기 때문이다. 마치 자신의 꼬리를 물고 있는 뱀처럼, 이 시에 쓰인 수미상관은 서로 연관되면서 돌고 도는 연기의 구조를 보여 준다. 인간의 삶이나 세계뿐만 아니라, 언어 또한 연기적으로 인간과 대상과의 관련 아래에서 생기生起하는 것으로, 언어 자체만을 독립적으로 따로 떼어 논의할 수는 없다. 다시 말해 언어는 연기적 산물이라는 것이 칼루파하나D. J. Kalupahana가 본 붓다의 언어 이해이다.[148]

---

148) 허인섭, 〈連續과 不連續〉, 《空과 緣起의 현대적 조명》, 고려대장경연구소, 1999, 23쪽.

그리고 이 시에서의 수미상관은 형식에서뿐만 아니라 내용면에 서도 연기의 원리를 잘 드러내고 있다. 2연은 겉으로 보기에 대단히 모순적이다. 1행에서 수많은 세월 동안 풍상을 겪으며 닳아져 온 산 을 많이 살아야 1백 년을 사는 인간인 자신보다 '덜 닳아졌다'라고 표현했다. 더군다나 그 산의 닳지 않음을 강조하기 위해 '푸른'이라 는 수식어를 사용했다. 물론 1행에서 그 닳아진 정도는 외면의 모습 이나 육체적인 성숙의 측면이 아니라, 어떤 정신적인 면에서의 비교 라고도 볼 수 있다. 그러나 우리는 2행을 통해 이 추측이 잘못되었 음을 읽을 수 있다. 2행에서 보자면, '나'는 단지 백 년의 수명을 가 진 인간이 아니라, 상대上代 삼황씨三皇氏부터 연기되어 온 '나'이다. 말하자면 나는 삼황 때부터 아버지에게서 아들로 또 그 아들로 이어 져 있는 나인 것이다.

'나'는 현존하는 존재로서가 아니라 아버지의 피가 이어져 있는 존재로서 중요한 의미를 갖는다. 왜냐하면 《화사집》의 '나'는 아버 지를 부재하는 존재로 여기면서 아버지와의 관계를 부정하고 있는 반면에, 여기에서 '나'는 아버지와의 연속성을 통해 결국 소멸되어 야 하는 인간의 운명을 극복하면서 영원한 생명을 얻고 있기 때문이 다. 이는 이데올로기적으로 《화사집》에서 거부했던 관념적이면서 초월적인 존재로서 인간을 받아들이는 것이며, 초월적인 존재의 부 재를 회피하는 것이다.

3연의 1행에서 '내'가 '네' 속에 들어갈 수 있는 것은 인간의 시간 이나 공간의 시간에서 불가능하다. '내'가 '네' 속으로 들어가는, 곧 '내'가 '네'가 되는 변화는 영겁의 시간, 소멸과 생성이 공존하는 시 간과 공간에서만 가능하다. 우리는 이를 〈인연설화조〉에서 보았다. 다시 말해 인간의 관점에서 보자면 1행에는 엄청난 시공의 비약이 존재하는 것이다. 그러나 이러한 시공을 무한대로 확대시키는 연기의 측면에서 보자면, '내'가 소멸되면서 '너'라는 또 다른 개체가 생겨나는 것은 너무나 당연한 것이다. 2행의 "바람은 우릴 안고 돌고 돌아서"라는 표현 또한 무수한 세월과 공간의 지나침을 함축하고 있는 것이다.

2행의 '우리', 또 〈인연설화조〉에서 볼 수 있었듯이, '나' 또는 '너'라는 개체는 중요하지 않다. 왜냐하면 그 개체들은 서로 이어져 있으며, 한 개체에 다른 개체의 성분이 녹아있기 때문이다. 이를 달리 해석하면 개체들은 서로 이어져 있기에 결국은 별 차이가 없는 것으로 볼 수 있지만, 다른 측면에서 보자면 변화되기 이전의 요소 또한 갖고 있다는 점에서 차이점도 가지고 있음을 알 수 있다.

마지막 연을 참조하면, 삼황씨 때부터 살아 온 '나'와 수많은 세월의 변화를 거쳐 온 '산'은 대지, 곧 땅에 한 줌의 흙으로 함께한다. 다시 말해 거대하고 웅장하고 젊은 산과 오래되고 유약하고 미천한 인간은 결국 연기의 원리, 그리고 영원한 시공의 측면에서 보자면 별 차이가 없는 한 줌의 흙으로 함께 남게 되는 것이다. 마지막 연은 이를 다시 한 번 확인해 주는 기능을 한다. 이러한 인식을 잘 드러낸 말이 바로 "결국은 그게 그거다"이다. 엄청난 것도, 거대한 것도, 미천한 것도, 미세한 것도, 인간도, 자연도, 모두 서로 연관되고 함께하고 있을 뿐이지, 서로 동떨어져 개별적으로 존재하는 것이 아니라는 인식을 보여 주고 있다.

그리고 이 시의 제목인 '무제無題' 또한 앞에서 말한 인식을 보여 주는 또 다른 장치라고 생각한다. 곧 어떤 중요한 것도, 절대적인 것도, 위대한 것도, 결국은 한 줌의 흙과 별 차이가 없는 것임을 제목

은 역설하고 있는 것이다.[149]

아래의 텍스트는 일종의 판타지를 통해 절대적인 죽음의 회피와
존재의 영원성을 잘 보여 준다.

국화꽃이 피었다가 사라진 자린
국화꽃 귀신이 생겨나 살고

싸리꽃이 피었다가 사라진 자린
싸리꽃 귀신이 생겨나 살고

사슴이 뛰놀다가 사라진 자린
사슴의 귀신이 생겨나 살고

영너머 할머니의 마을에 가면
할머니가 보시던 꽃 사라진 자리
할머니가 보시던 꽃 귀신들의 떼

꽃귀신이 생겨나서 살다 간 자린
꽃귀신의 귀신들이 또 나와 살고

---

149) 서정주는 《신라초》를 1부와 2부로 나누어 간행하였다. 인연과 연기를 고려하여 2
부를 엮었음은 그의 진술에서 확인할 수 있다. 2부는 다시 〈고조〉, 〈귓속말〉, 〈무제〉,
〈인연설화조〉 등의 4부분으로 나눴다. 여기에서 지적하고 싶은 것은 시인이 2부에서 어
떤 시들을 묶어, '無題'라는 제호를 달고 또 그 제호 아래에 묶은 시들 가운데 '無題'라는
제목을 취한 것이 네 편이나 된다는 점이다. 이는 작자가 연기를 고려하여 제목을 달았
다고 볼 수 있다.

사슴의 귀신들이 살다 간 자린
그 귀신의 귀신들이 또 나와 살고

〈古調 貳〉 전문

이 텍스트는 연기의 또 다른 범위를 보여 준다. 연기는 우리가 느끼는 현상의 세계에만 관계되는 것이 아니라 우리가 감각할 수 없는 무靈의 세계, 귀신의 세계에까지 관계된 것이다.

위 시는 크게 두 부분으로 나누어 설명할 수 있다. 국화꽃·싸리꽃·사슴 등이 사라진 자리에 귀신이 생겨나 산다는 것과 국화꽃 귀신·싸리꽃 귀신·사슴 귀신 등이 사라진 자리에 그 귀신들의 귀신들이 또 나와 산다는 것이 그것이다. 여기에서 어떤 개체가 죽는다고 해서 연기가 끝나지 않는 것임을 알 수 있다. '국화꽃'이 사라진 자리에 '국화꽃 귀신'이 생겨난다는 인식은 현상의 존재가 사라지면서 영적인 존재를 생기生起한다는 것을 보여 준다. 이는 한 개체의 소멸은 동시에 그것과 연관된 다른 개체의 생성이라는 연기의 원리를 보여 주는 또 다른 예이다.

〈무제〉에서 한 개체의 변화(소멸에서 생성)가 현상적이고 물질적인 측면에서의 연기를 보여 준 것이라면, 〈고조古調〉의 변화는 현상계에서 영적인 세계로 변화, 곧 현상계와 영계靈界 사이의 연기를 보여 준다는 차이점을 갖는다. 이 글에서는 앞으로 현상계에서 현상계로의 변화를 통해 이루어지는 연기를 '통합적인 연기syntagmatic dependent origination'[150]로, 현상계에서 영계 또는 영계에서 현상계로의 변화로 이루어지는 연기를 '계열적인 연기paradigmatic dependent

---

150) 앞서 분석한 〈인연설화조〉, 〈무제〉 등의 작품이 이 유형에 속한다.

origination'[151]로 부를 것이다.

그리고 또 하나 지적할 점은 '자리'라는 말이 갖는 중요성이다. 이는 단순히 어떤 개체나 영혼이 머물렀던 공간만을 의미하는 것이 아니다. 그 공간은 현재의 개체나 영혼에게만 차지되는 것이 아니라, 과거 그리고 미래의 개체나 영혼에게 공유된다. 그렇기에 그것은 중첩된 중층의 공간이자, '흔적'의 집적소라고 불러도 무방할 것이다. 다시 말해 '국화꽃'이 머물다 사라진 자리는 본래 국화꽃만이 머물다 간 자리가 아니며, 그 무엇인가가 머물렀던 흔적이 남아 있는 자리이다. 또한 '국화꽃'은 그 자리에 자신의 흔적을 남기고 소멸한다. 이런 측면에서 국화꽃이 머물다 간 자리는 국화꽃이 머물기 전의 그 무엇이 머물었던 흔적과 국화꽃의 흔적 그리고 그 귀신의 흔적과 그 귀신의 흔적의 흔적이 영원히 이어지는, '영원한 흔적trace의 집적소'임을 알 수 있다.

이러한 서정주의 시가 가지고 있는 연기적 사고는 그로 하여금 이질적인 시공간 사이의 필연적인 연관을 탐구할 수 있게 해 주었으며, 만물에 정령이 있어 대화할 수 있다는 논리를 가능하게 해 주었다. 서정주의 시에서 공간적으로 떨어져 있는 사람들 사이의 대화는 《질마재 신화》의 〈풍편의 소식〉을 그 시발점으로 잡을 수 있다. 〈풍편의 소식〉은 《삼국유사》 소재 '포산이성'의 설화를 상상적으로 구축하여, 두 성인이 바람을 통해 서로의 소식을 전달하는 이심전심의 세계를 그리고 있다. 서정주가 세계 각국을 여행하면서 쓴 대화체의 시는 〈풍편의 소식〉처럼 설화를 바탕으로 한 것은 물론이요, 서정주

---

151) 여기에서 분석하고 있는 〈고조 貳〉가 이 유형에 속한다. 유의할 점은 이 구분이 어떤 큰 의미를 갖는 것은 아니며, 다만 어떤 편의를 위해 분류된다는 의의를 가질 뿐이다.

자신과 신화적 인물 또는 신과 상상적이면서 직접적인 대화를 한 경우도 있으며, 제3의 인물을 내세워 신화적 인물과 신의 대화를 구축해 놓은 경우도 있다.

또한 《신라초》 이후에 두드러져 보이는 귀신과의 대화는 만물과의 교섭이나 영통을 보여 주는 대표적인 사례라고 할 수 있다. 이 경우에, 이미 죽은 것이든 살아 있는 것이든, 이 세상에 존재했던 모든 것에는 정령이 깃들어 있다. 그 정령이 현대 문명을 살아가는 서정주에게 말을 걸거나 아니면 그가 정령들에게 말을 건넨다는 측면에서, 이 세계는 모든 것이 서로 막힘없이 소통하는 대화의 세계이다. 그리고 그곳은 어떤 한쪽이 다른 한쪽을 공격하거나 폄하하는 세계가 아니라 상호적으로 인정하고 이해하는 세계이다.

연기의 측면에서 보자면, 어떤 존재의 절대적인 죽음은 존재하지 않으며, 그 존재는 다른 존재와의 연관성 속에서 생명을 유지하는 불멸의 존재가 된다. 이는 중요한 시사점을 갖는다. 연기의 원리는 《화사집》에서 거부했던 초월적 존재로서의 인간을 부정하는 것이지만, 다른 사물과의 관련 속에서 불멸하는 생명을 얻는다는 점에서 인간은 현실을 초월하는 또 다른 존재가 되는 것이다. 인간은 연기를 통해 불멸하는 생을 얻으면서 모든 것을 종결하는 죽음을 회피할 수 있으며, 마치 불멸하는 신과 마찬가지로 영원한 생명력을 얻게 되는 것이다.

연기는 《화사집》에서 거부했던 '신'이나 '아버지'와 같은 초월적이고 가부장적인 존재를 해체하면서, 초월적인 존재라는 것이 한낱 미명에 지나지 않음을 역설하는 것이다. 그러나 동시에 초월적 존재의 절대적인 죽음을 회피한다는 점에서, 초월적 존재가 그 명맥을 유지할 근거를 남겨 둘 수 있다는 것을 지적하지 않을 수 없다. 연기의 측면에서 보자면, 중요한 것은 필연적인 서로의 연관성이지, 그것이 초월적인 것인가 비초월적인 것인가 하는 것은 중요하지 않기 때문이다. 그러므로 서정주가 도입한 연기가 존재의 절대적인 죽음을 회피하는 측면을 강조한 것은 자신이 《화사집》을 통해 거부했던 초월적 존재의 지속 가능성을 제기하는 것이며, 이는 전쟁과 분단으로 파괴되어 버린 초월적 에고의 죽음을 회피하는 구실을 한다고도 볼 수 있다.

2) 부분과 전체의 상상적 연합과 타자와의 합일

칼루파하나는 연기의 원리를 '의존하여 일어나는 사태의 원리'라고 규정하였다.[152] 이런 측면에서 자아는 무수히 많은 다른 것들과 연기 관계를 형성하고 있는 하나의 그물코와 같기 때문에, 자아는 실체가 아니라 사건이라 할 수밖에 없다.[153] 다시 말해 '자아'라는 이른바 '같은 것'[154]은 '타자'라는 '다른 것'과 간격을 두면서, 동시에 다른 타자가 자아에 흔적으로 새겨져 있고 그 타자의 것이 시간적으로 연기되어 있거나 공간적으로 반송되어 있다고 할 수 있다.[155]

《신라초》에서 자신의 사유 체계 방법으로 확립된 연기적 사고는 존재하는 모든 것에 영혼이 깃들어 있다고 여기는 애니미즘animism 적 사고와 결합하면서 이 세계의 모든 것을 하나로 통합된 어떤 것으로 바라보게 만든다. 아울러 이러한 연기적 사고는 모든 존재가 서로 이어져 있고 관계를 맺고 있다는 점에서, 모든 존재의 절대적

---

152)　허인섭, 위의 글, 22쪽에서 재인용.

153)　김형효, 《노장사상의 해체적 독법》, 청계, 1999, 30쪽.

154)　제2장에서 '자아'를 주체에 의해 동일화된 이마고들의 전체라고 정의한 바 있다.

155)　김형효, 위의 책, 30쪽.

인 죽음을 거부하는 사상이라고 볼 수 있다. 애니미즘 또한 물활론 物活論의 입장에서 모든 존재의 영혼은 불멸하는 것이라 믿으므로, 존재의 절대적인 죽음을 거부하는 사상이라고 볼 수 있다. 다시 말해서 모든 존재는 다른 존재들의 흔적이며, 또한 그 존재들은 더 큰 우주라는 범주 안에서 서로 이어져 있는 동시에 우주 전체가 되기도 한다.

아지랑이가 피어 오른다
설고도 어지러운 사랑의 모습처럼
녀릿 녀릿 흔들리며 피어 오른다.

공덕동에 피어오르는 아지랑이는
공덕동에 사는이의 사랑의 모습.
만리동에 피어오른 아지랑이는
만리동에 사는이의 사랑의 모습.
순이네가 사는집 지붕우에선
순이네 아지랑이 피어 오르고
복동이가 사는집 지붕우에선
복동이네 아지랑이 피어 오르고

누이야 네 繡놓는 방에서는
네 繡놓은 아지랑이,
네 두 눈에 맑은 눈물방울이 고이면
맑은 눈물방울이 고이는 아지랑이 피어 오르고

> 〈그립다〉 생각하면
> 〈그립다〉 생각하는 아지랑이,
> 〈아!〉 하고 또 속으로 소리치면
> 〈아!〉 하고 또 속으로 소리치는 아지랑이,
>
> 아지랑이가 피어 오른다.
> 설고도 어지러운 사랑의 모습처럼
> 녀릿 녀릿 흔들리며 피어 오른다.

〈아지랑이〉 전문

이 텍스트에서 아지랑이는 아지랑이가 피어오른 장소를 대신한다. 구체적으로 아지랑이는 그 장소 속의 인간들의 행위를 대신한다. 곧 공덕동에서 피어오른 아지랑이는 공덕동에 사는 사람이 사랑하는 모습을, 동복이네 집 위에서 피어오른 아지랑이는 동복이네의 삶을, 누이가 수를 놓는 방에서 피어오른 아지랑이는 누이가 수를 놓는 행위를 대체하는 것이다. 심지어 눈에 눈물방울이 고이면 그곳에서 눈물방울이 고이는 아지랑이가 피어오르기까지 한다. 이렇게 아지랑이는 인간의 모든 행위를 대신하게 된다.

아지랑이는 인간의 행위뿐 아니라 인간의 생각과 그 생각에 대한 생각마저도 대신한다. 여기에서 우리는 추상적인 것마저도 물질적인 것으로 대체하는 사고방식을 읽어 낼 수 있다. 인간의 추상적 사고를 구체적 사물인 아지랑이로 표현했기 때문이다. 이러한 사고방식은 일종의 연기적 사고로, 아지랑이에는 피어오른 장소에서 인간들이 행한 흔적이 묻어 있다고 여긴다. 이런 측면에서 아지랑이는 단지 하나의 구체적인 물질로 그치는 것이 아니라, 인간의 생각과 행위 모두를 포함하고 있다. 그러므로 나무·돌·하늘 등과 같은 사물들에 정령이 깃들어 있다는 애니미즘적 사고와도 관련된다. 애니미즘적 사고에 따르면 '아지랑이'는 우주의 일부이자, 곧 우주 그 자체가 된다.

괜, 찬, 타, ……
괜, 찬, 타, ……
괜, 찬, 타, ……
괜, 찬, 타, ……
수부룩이 내려오는 눈발속에서는
까투리 매추래기 새끼들도 깃들이어 오는 소리.……

괜찬타, ……괜찬타, ……괜찬타, ……괜찬타, ……
폭으은히 내려오는 눈발속에서는
낯이 붉은 處女아이들도 깃들이어 오는 소리.……

울고
웃고
수구리고
새파라니 얼어서
운명들이 모두다 안끼어 드는 소리. ……

큰놈에겐 큰눈물 자죽, 작은놈에겐 작은 웃음 흔적,
큰이얘기 작은이얘기들이 오부록이 도란그리며 안끼어 오는 소리……

괜찬타, ……

괜찬타, ……

괜찬타, ……

괜찬타, ……

끊임없이 내리는 눈발속에서는

山도 山도 靑山도 안끼어 드는 소리. ……

〈내리는 눈발속에서는〉 전문

서정주는 내리는 눈발에서 서로 이질적인 것들이 통합되고 있는 환상을 본다. 1연에서는 새의 새끼들과 처녀處女아이들이 함께 깃들이어 오며, 2연에서는 운명이 안기어 오며, 3연에서는 산마저 안기어 온다. 여기에서 우리는 눈발 속에 자연과 인간이 모두 함께 안기어 통합체를 이루는 모습을 발견할 수 있다. '깃들이어', '안기어'는 주체와 대상을 하나로 묶는 기표들이다. 이는《화사집》에서 육체가 분열되고 세계가 파편화하여 있던 양상과는 매우 다른 것이다.

사물을 분절하거나 분할하는 시각과는 달리, 청각은 관계되는 사물들을 통합하는 경향이 있다. 따라서 서정주의 시에서 청각적 이미지가 지배적으로 드러날 때, 청각은 과거와 현재, 육체와 정신,[156] 이승과 저승, 성과 속 등을 통합하는 기능을 갖는다. 서정주가 내리는 눈발 속에서 모든 사물들이 깃들이고, 안기는 소리가 들린다고 표현한 것은 일종의 공감각적 표현이다. 다시 말해 눈이 내리는 시각적인 이미지가 청각적인 이미지로 전이된 것이다. 시각적인 측면

---

156) 〈무슨꽃으로 문지르는 가슴이기에 나는 이리도 살고 싶은가〉가 이를 잘 보여 준다.

에서 보자면, 카투리·매추래기 새끼들과 낯이 붉은 처녀들은 동물과 인간이라는 서로 다른 범주에 속하는 것들이지만, 이들은 모두 환청 안에서 하나로 어우러진다.

모든 사물의 어우러짐을 표시하는 기호인 '깃들이다'는 대개 짐승이 보금자리를 만들어 그 속에 들어가 살거나 자리를 잡는 행위를 뜻할 때 쓰이는 말이다. 그러므로 이 단어에는 밖에서 안으로 이동, 외부에서 내부로 공간 이동의 의미를 갖는다. 새의 새끼들이 익숙하지 않은 외부에서 편안하고 아늑한 보금자리와 같은 내부로 들어오듯이, 처녀들도 외부 세계에서 자신에게 익숙하고 편안한 집 안으로 들어오는 것이다. 이런 측면에서 보금자리와 집은 새끼들과 처녀들을 보호해 주는 공간이자, 그들에게 익숙하고 평온한 공간이다. 그러하기에 새의 깃듦과 처녀 아이들의 깃듦은 동일화된다. 새와 인간이라는 범주적 차이를 갖는 것이 아니라, 동일한 세계에 묶여져 있는 것이다.

따라서 '눈발'은 세상의 연약하고 미숙한 것들이 평안과 안정을 취할 수 있는 둥지이자 보금자리이다. 하나의 자연현상에 국한되는 것이 아니라, 그 눈을 밟거나 맞는 모든 존재들의 영혼이 깃드는 장소이다. 평안과 안락을 희구하는 모든 영혼들을 위한 안식처가 되는 것이다.

나머지 연들에서 볼 수 있는 '안끼어 오는' 또한 동떨어져 있던 것들이 하나로 통합되는 현상을 보여 준다. 2연에서 모든 운명들이 눈발에 안긴다. 고난했던(울고) 운명이든, 즐거웠던(웃고) 운명이든, 복종을 강요당했던(수구리고) 운명이든, 억눌렸던(얼어서) 운명이든, 그 운명들은 차이를 두지 않고 모두 눈발 속에 통합되는 것이다. 이렇듯 눈발은 모든 존재들의 운명을 함께 껴안고 있다는 점에서 모든 존재의 운명을 표상한다. 3연에서 눈발은 '아지랑이'와 마찬가지로 인간의 삶의 흔적들을 표상하며, 그것이 슬픈 것이든 기쁜 것이든 함께 껴안고 있다. 4연에서는 인간이나 인간의 운명뿐 아니라 고정되어 움직이지 않는 산이 안기어 드는 공간이 된다.

이처럼 '눈발'은 동물, 자연, 인간, 운명, 삶 모두를 구분 없이 받아들인다. 이것들은 서로의 차이가 사라진 채 눈발 속에서 통합된다. 이런 측면에서 눈발은 자연과 인간의 모든 것이 포섭되고 융합된 공간인, 하나의 우주가 된다. 이러한 사고에는 존재들이 분리되거나 동떨어져 있는 것이 아니라, 모든 존재들은 서로 이어져 있으며 통합되어 있다는 인식이 깔려 있다. 우주는 분절되고 분할되고 파열되어 있는 것이 아니라 하나로 이어져 있는 총체화한 세계이다. 그렇기에 그 사고의 밑바탕에는 모든 사물이 서로 필연적으로 관계를 맺고 있다고 생각하는 연기적 사고와 모든 사물에는 영혼이 깃들어 있다는 애니미즘적 사고가 자리하고 있음은 분명하다.

인간과 자연, 인간과 우주가 분리되어 있는 것이 아니라 하나의 통합체를 이루고 있다고 상상하는 것은, 연기의 원리를 바탕으로 이루어진 〈국화菊花옆에서〉에서도 살펴볼 수 있다.

> 한송이의 국화꽃을 피우기위해
> 봄부터 솥작새는
> 그렇게 울었나보다
>
> 한송이의 국화꽃을 피우기위해
> 천둥은 먹구름속에서
> 또 그렇게 울었나보다

그립고 아쉬움에 가슴 조이든

머언 먼 젊음의 뒤안길에서

인제는 돌아와 거울앞에 선

내 누님같이 생긴 꽃이여

노오란 네 꽃닢이 필라고

간밤엔 무서리가 저리 내리고

내게는 잠도 오지 않았나보다

〈菊花옆에서〉 전문

　〈국화옆에서〉는 끊임없이 이어지는 관계의 연쇄, 다시 말해 연기에 따라 세계가 통합되어 있음을 잘 보여 준다. 가을날 핀 한 송이 꽃은 그 자체만으로 존재하는 것이 아니라 다른 것들과 필연적인 관계 속에서 존재한다. 시간상으로 동떨어져 있는 것처럼 보이는 봄날 소쩍새와 가을에 핀 국화, 여름날 천둥과 가을 국화, 무서리와 국화는 서로 따로 존재하는 것이 아니라 긴밀한 관계 속에서 존재한다. 이런 측면에서 자연의 시간(봄에서 가을로 이어지는)은 단절된 것이 아니라 연속된 것이다. 아울러 국화꽃과 소쩍새의 필연적인 관계의 이면에는 엄청난 수의 관계가 개입되어 있으며, 사물은 마치 네트워크처럼 서로 이어져 있다.

　이렇듯 이 시는 각 계절을 대표하는 자연물 사이의 필연적인 연관성을 보여 주며, 동시에 자연과 인간의 상상적 연합 또는 필연적인 인과관계를 드러내기도 한다. 소쩍새의 울음, 천둥의 울음, 무서리의 저리 내림의 영향을 받아 개화한 국화꽃은 3연에서 아쉽고 가슴 졸이던 젊은 날을 지나 중년의 삶에 다다른 누님에 비유된다. 국화꽃과 누님의 유비類比 관계는 한편에서 국화와 누님, 곧 자연물과 인간의 상호적 관계를 드러내며, 다른 한편에서는 인간의 삶과 자연의 운행 사이의 동일성을 함축하기도 한다. 무서리가 내린 자연현상은 내가 잠을 자지 못하는 인간적인 현상과 동일시되고 상호적으로 연관되어 있다. 어쨌든 두 경우 모두 인간과 자연 사이의 동일성, 인간의 삶과 자연의 운행의 유사성과 연속성을 드러낸다. 그러므로 인간과 자연은 필연적으로 연합 통합하여 있다고 할 수 있다.

이때 우리는 인간과 자연이라는 범주를 포함하는 상위 범주 또는 메타 범주로서 우주의 개념을 상정할 수 있다. 우주적 차원에서 보자면 자연과 인간은 분리된 것도, 대립을 이루는 것도 아니다. 자연이 우주의 일부이듯이, 인간도 우주의 일부일 뿐이며, 그 부분들은 서로 관련을 맺고 있다. 이런 측면에서 우주의 일부분인 한 송이 국화꽃이 핀다는 것은 그것과 연관되어 있는 모든 것들, 곧 우주 전체가 함께 작용하는 것을 뜻한다. 그러므로 국화의 개화, 소쩍새와 천둥의 울음, 무서리의 저리 내림, 그리고 거울 앞에 선 누님과 내가 잠에 들지 못하는 행위는 모두 통합된 우주의 각 부분들이 서로 연관되면서 이루어지는 작용일 뿐이다. 그렇기에 국화의 개화는 곧 우주의 개화이며, 이는 부분 행위를 통해 전체를 나타낸다는 점에서 일종의 제유적 인식에 해당된다.

제유적 인식에서 부분과 전체는 하나로 연합되어 있으며, 그것의 상위 범주인 우주(세계)는 통합되어 있다. 여기에서 부분은 단지 거기에 국한되는 것이 아니라 전체를 표상하며, 전체 또한 어떤 특정 부분들의 합이 아니다. 전체란 그것에 속한 부분들이 서로 작용하여 그 작용들이 이루어 내는 모든 관계와 효과의 총합인 것이다. 이러한 제유적 인식은 국화꽃이 단순한 우주의 부분(곧 가을이라는 계절의 어느 시점, 또는 꽃이 핀 어느 순간)이 아니라 전체 그 자체이며, 그 전체가 곧 우주라는 것을 통각하는 데 있다.[157] 이는 세계가 분리되거나 분열되어 있는 것이 아니라 안정적으로 통합되어 있다고 여기는 총체성의 인식과 다르지 않다.

이러한 통합적 인식의 특징을 인정하지 않는 것은 아니다. 하지만 이러한 인식에는 개체 사이의 차이를 없애는 위험성이 존재하며, 모든 것을 동일화 원리 속에 묶게 되는 이데올로기적 경향이 다분하다는 것을 지적하지 않을 수 없다. 아울러 이러한 통합의 원리를 당대의 지배적 이데올로기나 지도 원리와 결합하거나 이용할 때, 모든 차이를 떨쳐 버리는 이데올로기로 작용할 수 있다는 점 또한 지적하지 않을 수 없다.

서정주의 시에서 부분과 전체의 상상적 연합이라는 제유적 인식은 인간과 자연 사이에서만 생기는 것이 아니라 인간과 인간 사이에서도 발생한다. 《동천》이 이를 잘 보여 준다. 여기에서 '나'는 '님'의 신체 일부분을 상상하면서 부재하는 '님'과의 상상적 합일을 꿈꾸기 때문이다.

> 내 마음 속 우리님의 고은 눈썹을
> 즈문밤의 꿈으로 맑게 씻어서
> 하늘에다 옴기어 심어 놨더니
> 동지 섣달 나르는 매서운 새가
> 그걸 알고 시늉하며 비끼어 가네

〈冬天〉 전문

---

157) 우리 현대시에서 이러한 인식을 가장 잘 드러낸 것이 조지훈의 〈코스모스〉이다.

서정주의 작품 가운데 〈동천〉만큼이나 간결하면서 강렬한 인상을 주는 것도 드물다.[158] 더군다나 이 작품은 '마음', '꿈' 등의 심리적인 것과 '눈썹', '새' 등의 물질적인 것이 교차하는 환상적인 텍스트이다. 한 편의 풍경화 같은 이 텍스트에서 전체시의 전개를 이끌어 가는 것은 바로 우리 님의 고은 '눈썹'이다. '눈썹'은 님의 신체 일부분으로 사랑하는 '님' 전체를 표상하기도 하며, '초생달'과의 형상적 유사성으로 말미암아 하늘로 옮겨지기도 하는 것이다. 이런 측면에서 시적 주체의 정념은 마음속의 눈썹에서 밤하늘에 뜬 초생달로 투사된다.

일반적으로 우리가 '하늘에 달이 걸려있다'라는 표현을 쓰는 것과 달리, 〈동천〉에서는 '심어 놨더니'라고 표현한다. 여기에서 시적 주체의 능동적인 의지를 읽을 수 있다. 또한 '걸어 놨더니'가 흔들리

---

158) 《동천》 연구에서 반드시 지적되어야 할 점은 바로 시 형식의 간결성과 압축성이다. 이는, 《신라초》에서 많이 보이는, 시적 주체의 진술을 위주로 하는 태도가 많이 사라졌다는 것을 뜻한다. 《신라초》에서 그러한 태도를 많이 보인 것은 서정주가 《삼국유사》 등의 서사를 원용하였고, 참고가 된 서사 텍스트의 내용들이 시에 삽입되었기 때문이라는 추정이 가능하다. 《동천》에서는 간혹 서사를 차용한 흔적이 있지만, 그럴 때조차도 진술 위주의 태도보다는 시의 압축미와 간결미를 살리기 위해 생략을 많이 사용했다. 이는 《동천》이 전대의 시집들과 형식적인 면에서 다른 특성을 보이는 증거라고 할 것이다. 예를 들어 《신라초》의 〈인연설화조〉와 《동천》의 〈내가 돌이 되면〉은 연기 사상을 공통적인 구성 원리로 삼고 있지만 형식적인 면에서 극명한 대조를 이루고 있음을 볼 수 있다.

이렇게 다분히 간결하고 압축적인 형식은 텍스트에서 서사성을 제거하고 반복적인 운율을 부각시킴으로써 시성詩性을 강화하는 측면도 있다. 그러나 중요한 사실은 이러한 압축된 형식이 서정주가 구축하고자 했던 '동양적인 것'의 한 속성일 수도 있다는 것이다. 이런 측면에서 《동천》은 서정주의 시력에서 '동양적인 것'의 잠정적인 완성을 보여 주는 시집이라 할 수 있을 것이다. 이는 《동천》 후기에 나오는 "《신라초》에서 시도하던 것들이 어느 만큼의 진경을 얻은 것인지, 하여간 나는 내가 할 수 있는 대로의 최선을 다해 온 셈이다"라는 서정주의 고백에서도 읽을 수 있다.

는 유동적인 어감과 관련이 된다면, '심어 놨더니'는 결코 흔들리지 않도록 고정시켜 놓았다는 의미를 드러낸다. 이런 측면에서 실제의 달은 시간의 흐름에 따라 움직이며 사라져 가지만, '내'가 심어 놓은 님의 표상인 '눈썹'은 절대로 움직이지 않는다. 여기에서 자연물로서 달은 그 기능을 상실하고, '나'의 내면에서 만들어진 환상적인 '달'로 다시 창조된 것이다. 그리고 달은 나의 님에 대한 변하지 않는 사랑을 환기시킨다.

그러나 더 중요한 점은 우리가 《동천》에서 부분 대상에 대한 욕망을 많이 읽을 수 있다는 점이다. 〈동천〉에서 내가 욕망하는 님의 표상으로서 '눈썹' 또한 님의 일부분이다. 라캉의 표현을 빌리자면, '눈썹'은 일종의 부분 대상(object petit a)이다. 부분 대상은 상징계 표면에 남겨진 실재계의 잔여물로, 부분 대상은 욕망의 원인이자 그 결과이다.[159] 이 말은 주체가 부분 대상을 통해서 실재계로의 복귀,

---

159) 이러한 타자의 욕망 속에는 본질적으로 해독할 수 없이 남아 있는 무엇인가가 있다. 라캉은 이를 X라 불렀다. 아이는 이러한 알려지지 않은 X에 대해 알아내고자 하는데, 바로 이때 자신의 욕망이 발견된다. 이렇듯 타자의 욕망은 아이가 갖고 있는 욕망의 원인으로 기능하기 시작한다. 주체의 욕망은 타자의 욕망이 되는 것이다. 이렇게 주체가 갖는 욕망의 원인으로 작용하는, 주체가 알고 싶어 하는 X를 라캉은 '대상object a'라고 불렀다.

'대상 a'는 어머니와 아이가 처음에 하나의 단일체였다가 그 단일체가 깨질 때 제시되는 잉여물remainer이거나, 그 단일체의 마지막 자취 또는 그 단일체의 마지막 암시reminder로 이해될 수 있다. 이러한 잔여물은 구강기에는 젖꼭지로, 항문기에는 똥으로 이러한 '대상 a'가 표상된다. 그리고 특이한 것은 시선(눈)이 이러한 분리 뒤에 남게 된 중요한 (상상적) 흔적물 가운데 하나라는 점이다. 오르가즘 또한 엄마와의 최초 상태를 재건하려는 착각(환상) 속에서 이루어지는 부분적인 만족이다. 어쨌든 정신병은 이러한 분리가 일어나지 않고, 아이가 어머니와 통합되어 있는 환상이 이어질 때 발생한다. 결국 라캉은 '대상 a'를 상징계의 도입으로 실재계의 이면에 남겨진 잔여물로 정의한다.

또한 주인의 담론에서 하나의 기표는 모든 다른 기표들을 위한 주체를 표상하나 불가피하게 항상 잉여가 생산된다. 바로 이 잉여, 곧 '대상 a'는 아이가 어머니에게

또는 부분이 아닌 전체와의 합일을 꿈꾸지만, 그것은 상상 안에서만 가능한 것이며 그 욕망은 달성되지 않는다는 것이다. 따라서《동천》의 부분 대상들—눈썹, 달 등—은 역설적으로 욕망의 대상인 님이 부재한다는 것을 암시한다. 왜냐하면 욕망은 결코 채워질 수 없기 때문이다.

《동천》에 '님'에 대한 진술이 많이 나오며 또한 그 님은 '부분 대상'으로 제시된다는 사실은 역설적으로 '님'이 현존하지 않는다는 것을 반증한다. 〈동천〉에서도 '고운 님'은 나의 상상 속에서만 존재할 뿐 실재하지 않는다. 다만 욕망될 뿐이다.

'님'이 실재하지 않는다는 것은 매우 중요한 의미를 갖는다. 서정주가 구축하려고 했던 '동양'이 상상으로 존재한다는 것을 보여 주기 때문이다. 그리고 서정주의 동양이 상상적으로만 존재한다는 것은《동천》의 세계가 다분히 인위적인 것이라는 데서도 그 근거를 찾을 수 있다.

서정주의 시세계는 상징의 세계에 가까이 접촉할수록 운문 형식을 갖추는 경향이 있으며, 상징의 세계에서 벗어나 상상의 세계에 가까워질수록 산문 형식을 갖추는 경향이 있다. 예를 들어《귀촉도》의 경우 〈귀촉도〉에서 '대동아공영권'이라는 상징적 담론에 가까워질수록 정제되고 간결한 운문 형식이 드러나며, 〈무슨꽃으로 문지르는 가슴이기에 나는 이리도 살고 싶은가〉에서처럼 상상의 세계에

서 떨어져 나갈 때 남게 되는 물질적 덩어리이다. 아이는 이렇게 부분적인 대상들을 통해 어머니와 완전한 통합을 꿈꾼다. 그렇기 때문에 '대상 a'는 결코 얻을 수 없는 대상을 지시하며, 실제로 욕망이 지향하는 것이라기보다는 욕망의 원인이 된다. 이것이 바로 라캉이 a를 욕망의 '대상 원인'이라고 부른 이유이다. 그리고 1973년에 라캉은 '대상 a'를 '존재의 모사'라고 주장한다. 그리고 그 이듬해 그는 '대상 a'를 세 가지의 질서가 모두 교차하는 장소의 중심에 위치시킨다.

다가설수록 텍스트는 산문화하는 경향이 보인다. 또한 상징 질서를 거부하는 《화사집》의 세계가 파도와 같은 리듬을 안은 채 산문 형식으로 기술된 것은 의미심장한 것이 아닐 수 없다.

이런 측면에서 《동천》은 《화사집》과 형식적인 면에서나 내용적인 면에서 매우 대조적인 모습을 보인다. 《화사집》은 가장 생명적인 몸부림, 다시 말해 음악성, 격한 호흡, 파도와 같은 반복적 리듬[160]을 보여 주면서 기존의 상징 질서를 거부한다. 반면에 《동천》은 정제되고 안정된 리듬을 보여 주면서 동양이라는 상상적 큰 타자의 세계를 받아들인다. 곧 《화사집》이 자유로운 리듬을 통해 전도된 세계를 보여 주었다면, 《동천》은 정제되고 안정된 리듬을 통해 어떤 질서를 공고히 했다고 볼 수 있다.

서정주가 자유로운 리듬을 통해 보여 준 전도의 세계는 더욱 인간적인 세계로 나타나고, 정제되고 안정된 리듬을 통해 구축된 세계는 비인간적인 세계로 드러난다. 여기에서 인간적인 세계와 비인간적인 세계를 나누는 기준은, 질마재의 인간형을 구분할 때 제시했듯이, 바로 성정性情을 거스르지 않는 자연스러움이다. 서정주에게 현실, 다시 말해서 인간을 지배하는 상징 질서는 인간의 자연스러운 성정을 방해하기에 비인간적인 것이다. 그러므로 《동천》에서 인위적으로 시어를 재배치하고 안정된 운율을 보여주는 것은 가장 비인간적인 측면을 드러낸 것이다. 《동천》의 세계는 가장 인위적인 행위를 통해 인간적인 것에서 멀어지는 역설을 보여 주고 있다.

이렇듯 불교적 이상에 바탕을 둔, 죽음을 초월한 상상계적 유토피아의 세계는 "고조, 설화조, 재롱조 등의 여유있는 어법과 시공

---

160) 김승희, 위의 책, 121쪽.

간에서 자유로운 시인의 우주적 꿈으로 인해 초기의 강렬한 부정성을 잃으면서 우주적 긍정과 운명에의 순응으로 나아감을 보여 준다.”[161] 그리고 이러한 우주적 긍정과 운명에 순응하는 원리로 작용한 인연, 곧 연기의 원리는 서정주가 《질마재 신화》 이후에 세계 각곳을 여행하면서 우리와 다른 이질적인 세계를 경험하고 해석하는 데에 중요한 원리가 된다.

서정주의 텍스트에서 연기의 원리는 우리와 다른 서구 문명과 서구인들을 동일화하는 전략으로 사용된다. 이는 《화사집》과 《귀촉도》 일부에서 볼 수 있었던 타자로서의 서구, 거부해야 할 존재로서의 서구와 화해 긍정하는 것이라고도 읽을 수 있다. 이의 연장선에서 서정주의 후기시에서 볼 수 있는 서구의 전유專有는 '나'와 다른 서구를 동일화하려는 욕망에 가깝다. 그러므로 연기의 원리는, 타자에게서 자신의 흔적을 찾는다는 점에서, 다분히 나르시시즘적인 요소를 갖고 있다고 볼 수 있다.

> 그러나 사실 이것은
> 사실 그대로
> 넓이 7백 50미터의, 높이 48미터의
> 아마도 몇 억만명은 좋이 넘는 사람들의
> 피의, 피의, 피의, 피의 합쳐진 暴流인 것이다.
> 그나마 피의 그 붉은 빛마저
> 햇볕에 두루 蒸發당하고 만
> 너희들의 선인들의 빛 바랜 피인 것이다!

---

161) 김승희, 위의 책, 124쪽.

그나마

사람이었던 그 피 그대로도 못 지니고

온갖 땅위의 동물들의 피,

온갖 식물들의 수분과 雜湯되어서

더 아 야! 야야야아얏!

더 아 이고! 아이고고고!

흘러 쏟아져 내리고 있는 그것인 것이다!

조용히 좀 생각해 보아라.

얼마 전까지 체온을 맞대고 살다가

숨 넘어간 그대들의 어머니, 아버지,

그대들의 애인의 피를!

그들의 피만은 안 증발되고

구름도 안 될 수도 있는가를,

구름되려 증발당할 때에

붉은 그 빛깔과도 이별해야 했던 것을!

아니라고 할 수가 누가 있는가?

아니거든 증거를 어디 한번 대어 봐라.

이 땅위에 살던 인류와 동식물의 그 많은 피들이

대기권을 벗어나 어느 하늘에 가 고일 수나 있는가를…….

한용운선생도 말씀하셨듯이,

이 나이아가라 폭포도

〈돌뿌리를 울리며……〉 흐르다가 쏟아져 내리는

우리들 사람들의 선인들의, 애인들의

피들도 합쳐 우는 暴流인 것이다!

아야야야야야얏 아파하는 외오침인 것이다!

〈나이애가라 폭포 옆에서〉 부분

시적 주체는 너비 7백 50미터, 높이 48미터의 나이아가라 폭포물을 몇 억만 명의 피가 합쳐져 내린 것이라고 보고 있다. 이는 일종의 환상이다. 사람이 죽은 뒤에, 사람의 수분이 증발하여 구름이 되고, 그 구름이 다시 비로 내려 지금 서정주가 보고 있는 폭포가 되었다고 상상하기 때문이다. 따라서 폭포의 물은 현재 나이아가라 폭포 주변에 살고 있는 사람들의 선조들의 피뿐 아니라, 땅 위에 사는 온갖 동식물들의 피도 합쳐진 잡탕이라고 말하고 있다. 함께 체온을 맞대고 살다 간 가족, 애인들의 피도 붉은 빛깔과 이별한 후 이 폭포에 합류한 것이다.

더 나아가 이국땅에서 흐르고 있는 이 폭포에는 동양인들의 피, 동양인의 애인들의 피도 합쳐져 함께 소리를 내고 있다고 말한다. 이런 측면에서 이국의 폭포는 더 이상 '나'나 동양인들과 연관이 없는 것이 아니라 동양 사람들의 흔적마저도 포함하고 있는 것이 된다. 이렇듯 동양과 이질적인 서구인 타자는 연기의 원리에 따라 서로 다른 것이 아니라 이어져 있는 어떤 것이 되며, 서로 하나되는 모습을 보여 주고 있다.

몬트리얼 국립은행 42층 스카이라운지는

북극의 그 지독한 지랄하는 폭풍설이

산다운 산의 制止도 없이

제멋대로 몸부림치며 몰아닥쳐 오는 곳,

억만년에 눈 못 감은 온갖 잡귀들

그 풍설에 휘말려 와 고함치는 곳입네다.

그 피나 물기운이

어느만큼만 순했어도 좋았으련만

너무나도 뻣세고 극성스러서

시체에서 증기로 구름되던 마당에도

아늑하고 포근한 하늘 속엔 못 앉고

북극 한풍 모진 데로 몰려가서 엉겼다가

그래도 문득 사람 세상이 그리우면

폭풍 따라 지랄하러 몰려오는 곳입네다.

〈몬트리얼의 북극풍설〉 부분

서정주에 따르면, 몬트리올 국립은행 42층 스카이라운지는 진시황, 칭기즈칸, 히틀러, 시저, 클레오파트라와 같은 비극적인 영웅들의 원혼이 그 한恨을 못 잊어 인간들에게 하소연하는 장소이다. 이들은 이승에서 이루지 못한 욕망으로 눈을 감지 못하고 죽었다가, 그 원한을 하소연하기 위해 바로 이곳에 와서 소리치고 있다고 보고 있다. 이러한 원혼들의 피나 물 기운은 한이 스며들어 있기에 온순하지 못해서, 아늑하고 포근한 하늘에 머물지 못하고 북극의 차가운 바람 속으로 몰려가 있다가, 세상이 그리워질 때 이곳에 와서 하소연한다. 사람이 죽은 뒤에 그 피가 말라 하늘가의 구름이 되었다가 그것이 눈이 되어 사람들 앞에서 휘몰아치고 있다는 것이다. 이 눈보라는 서양인뿐 아니라 동양인의 원혼들도 섞여 있다는 점에서, 온갖 원혼들이 잡탕처럼 섞여 있는 나이아가라 폭포의 물과 같다.

익숙하지 않은 사물이나 세계를 인식할 때, 자기에게 익숙한 세계나 사물로 그것들을 들여다보는 것은 당연한 것이다. 서정주의 경우 질마재적 사고방식이나 생활 습관이 가장 자연스럽고 우주와 호흡하는 것이기에, 이질적인 타자의 문명을 해석하는 기준이 되는 경우가 많다. 이때 질마재적인 것은 곧 한국적이고 동양적인 것을 대표하게 된다. 이렇게 질마재적이고 한국적인 것을 동양적인 사고방식의 핵심으로 삼아 이질적인 문명을 해석하는 데에는 어떤 논리가 개입되어 있다. 서로 다른 것을 다른 것으로 보지 않고 연관되어 있는 것으로 보는 논리, 곧 연기의 논리이다.

연기의 논리에서 보자면 이질적인 세계는 동떨어진 다른 것이 아니라 동양적인 문명과 필연적으로 관련이 있는 어떤 것이다. 이런 측면에서 《신라초》는 《화사집》이나 《귀촉도》에서 볼 수 있었던 "역사나 사회, 정치와 같은 큰 타자The Other들이 지배하는 현실과의 치열한 싸움, 전복顚覆에의 욕망, 파괴적 대항성을 갖지 않으며, 상징계와 상상계의 틈새에서 고통을 겪는 '사이의 긴장'을 보여 주지 못한다"162)고 할 수 있다.

《신라초》에서 볼 수 있는 상상적 유토피아로서 '신라'라는 상징계와 인연 또는 윤회라는 상징 질서는 긴장과 갈등을 드러내는 것이 아니라 너무나도 조화로운 관계를 보여 주고 있다. 따라서 이곳은 모든 갈등과 부정이 사라진 무한 긍정의 세계이다. 영원한 신라라는 유토피아의 측면에서도 이 세계는 대립과 갈등이 사라진 곳이다. 연기라는 상징 질서 자체가 대립이나 부정보다는 서로의 필연적

---

162) 김승희, 위의 책, 125쪽.

인 연관성을 강조하기 때문이다. 비록 상징 질서에서 개체들은 서로 차이점을 갖고 있지만, 이는 역사나 사회, 정치와 같은 상징 질서에서 볼 수 있는 배제와 통제, 공격의 근거로서의 차이가 아니라 변화의 원리로서의 차이라는 의미를 가질 뿐이다. 더욱이 서정주가 시에 도입한 연기는 모든 사물 사이의 차이를 인정하는 원리로 기능하기보다는 타자에게서 자신의 흔적을 읽어 내고, 서구에서 동양의 흔적을 읽어 내는 동일화의 원리로 기능한다는 점은 지적하지 않을 수 없다.[163]

---

163) 어찌 보면 연기의 원리 자체는 1차적 나르시시즘적인 속성을 다분히 갖고 있다고 볼 수 있다. 왜냐하면 연기는 '차이의 공존'을 주된 원리로 삼고 있기 때문이다. 그러나 이러한 원리는 서정주의 텍스트에 도입되면서 차이 나는 것들을 동일화시키는 원리로 작용하게 된다. 연기의 원리는 2차적 나르시시즘적인 속성을 띤다고 할 수 있다. 서정주가 후기시들에서 연기의 원리를 바탕으로 서구를 전유하는 대목에서 우리는 이를 확인할 수 있다.

3.

동양적인 것의 구축과 봉합 이데올로기

앞서 살펴보았듯이, 서정주는《화사집》에서 볼 수 있었던 분열과 파편화의 세계에서 오는 긴장과 불쾌감을 해소하기 위해, 세계와 자아 사이의 봉합을 시도한다. 그렇기에 서정주를 둘러싼 세계는 통합된 이미지로 제시된다. '인간과 자연', '과거와 현재', '과거의 나와 현재의 나', '동양과 서양', '자아와 타자' 사이의 통합으로 드러나는 것이다. 결국 '자아와 타자' 사이의 통합으로 정리될 수 있는 이 문제들은 사실 통합된 것이 아니라 분리되어 있는 것들이다. 다시 말해서 자아가 통합된 세계를 상상하는 것은 반대로 이 세계가 통합되어 있지 않음을 말하는 것이다. 통합된 세계의 이미지는 자아가 환상을 통해, 서로 분리된 세계를 상상적으로 봉합한 결과로 만들어진 것이다.

서정주의 시에서 이러한 상상적 봉합의 또 다른 측면은 이질적인 동양 3국을 상상 속에서 통합하는 것으로 드러난다. 동양 3국의 봉합은 일제시대에 상상된 것이다. 곧 조선·일본·중국이 서로 다른 타자로서 존재하면서 발생시키는 현실의 갈등을 봉합하기 위해, 3국이 하나로 통합되어 있다는 상상을 한 것이다. 이 상상은 당시 일본 지식인들이 퍼뜨린 '대동아공영 담론'과 함께 진행된다. 서정주가 상상한 동양과 '대동아공영 담론'은 일본 지식인들이 서양과의 전쟁에 필요한 이데올로기적인 단합을 위해 구축한 담론에서 나온 것이다. 이것을 그가 의미 있는 것으로 인식하면서, 그 이데올로기에 호응하는 텍스트들을 생산해 낸 측면이 강하다고 볼 수 있다.

또한 서정주가 주도적으로 참여하여 발견한 신라의 세계, 구체적으로 '신라 정신', '풍류도', '한국의 미' 등도 당대의 이데올로기적 흐름에 호응한 성격이 강하다. 왜냐하면 '신라 정신', '한국적인 것'의 발견으로 요약되는 논의들은 이미 1950년대와 1960년대에 걸쳐 《사상계》를 중심으로 담론화되고 있었기 때문이다. 이는 사실 '한국적인 것'이 지식인들에 의해 상상적으로 만들어 낸 것임을 반증한다. 특히 범부 김정설 등이 시도한 '신라 정신', '화랑정신' 등은 분단 상황이나 분열된 국론을 통일시키는 통합 이데올로기로서 기능했다. 또한 실제적으로 군이나 단체에서 조직원들을 한데 묶는 지도 원리로 기능했다는 사실은 서정주의 상상적 구축과 당대 지배 이데올로기와의 상관성을 잘 보여 준다.

1) 동양적인 것의 구축과 '대동아공영 담론'

1948년 선문사에서 간행된 《귀촉도》에는 《화사집》에서 볼 수 있었던 시적 경향이 많이 보인다. 그것은 1939년에 간행된 《화사집》에 싣지 못했던 작품들을 《귀촉도》에 같이 묶었기 때문이라고 추정된다. 또한 《서정주시선》에 수록된 〈국화옆에서〉(1947), 〈추천사〉(1947), 〈춘향유문〉(1948), 〈한강가에서〉(1948) 등의 작품들이 《귀촉도》 간행 이전 또는 같은 시기에 발표되었다는 점에서 《서정주시선》과 《귀촉도》의 연속성을 짐작해 볼 수도 있다.

그리고 더 세밀하게 검토해야 할 사실은, 《귀촉도》의 대표시라고 할 수 있는 〈귀촉도〉가 발표된, 1943년을 전후로 해서 서정주의 친일 작품들이 쏟아져 나왔다는 점이다. 이 시기는 일제 치하 말기로, 조선어를 말살하고 '대동아공영권'이라는 미명 아래에서 아시아 식민들을 해방한다는 명분으로 태평양전쟁을 일으켰던 때이다.

서정주는《귀촉도》에서 '조선적인 것'과 '동양적인 것'과의 동일화를 거쳐 동양 3국의 상상적 통합을 꿈꾼다. 이러한 상상적인 오인은 '대동아공영권'이라는 식민지 이데올로기를 통해 진실한 것으로 받아들여진다. 다시 말해서 '조선적인 것=동양적인 것'이라는 논리는 '대동아공영권'의 이데올로기, 곧 서구적 지배로부터 동양을 구출하기 위해 동양 3국의 단결을 강조하고, 동양 3국의 차이를 없앤 것이라고 볼 수 있기 때문이다.

서정주는 〈시의 이야기―주로 국민시가에 대하여〉라는 평론에서 국민시가 내지 국민문학이 필연적으로 문학의 첫 단계라고 주장하면서 다음과 같은 논지를 펼치고 있다.[164]

① 서구 제국의 문화가 그 근원에 있어서는 조금씩이라도 모두 희랍, 로마 문화의 혜택에서 출발하는 것처럼, 동양의 정신문화라는 것은 그 전부가 근저에 있어서 한자漢字를 중심으로 하는 일환一環의 문화를 운위하는 것임은 두말할 필요도 없다. 동아공영권東亞共榮圈이란 또 좋은 술어述語가 생긴 것이라고 나는 내심 감복感服하고 있다. 동양에 살면서도 근세에 들어 문학자의 대부분은 눈을 동양에 두지 않았다.

② 시인은 모름지기 이 기회에 부족한 실력대로도 좋으니 먼저 중국의 고전에서 비롯하여 황국皇國의 전적典籍들과 반도半島의 옛것들을 고루 섭렵하는 총명을 가져야 할 것이다. 동양에의 회귀가 성盛히 제창되는 금일이다.

③ 자네 혼자만의 천재天才가 빚어낸 것이라고 속으로 고집하는 자

---

164) 서정주, 〈시의 이야기―주로 국민시가에 대하여〉,《매일신보》1942년 7월 13~17일자.

네의 그 독창적 경지라는 것을 깨끗이 무시해 버리고 제발 괴테나 푸쉬킨과 같은 이들의 본을 받아서 커다란 보편적인 작가 태도를 가져야 할 것이다. 그러나 (중략) 보편이란 내가 무슨 어느 걸 체득하여서 하는 소리는 아니다. 이건 사실은 내가 보일 게 아니라 자네들이 손수 자네들의 자기自己라는 것을 오래오래 공간에다 팽개치는 동안에 스스로 수영할 때의 해양海洋의 넓이와 같이 자네들의 전신全身을 둘러싸게 되는 것이라 할 것이다.

①에서 서정주는 동양의 학자들이나 문인들이 동양 문화에 대한 관심을 소홀히 해 왔다는 측면을 강조하면서, 일제의 '동아공영권東亞共榮圈'이라는 논리가 감복할 만한 것이라고 평가한다. 이는 1940년대 당시에 일제가 조선을 비롯한 동아시아를 식민 통치하면서 내세운 논리를 암묵적으로 인정하는 수준을 넘어서 감복하고 있다는 점에서 당대의 지배 질서, 상징 질서에 동화되어 있음을 읽을 수 있다. 서정주의 이러한 태도는 해방 이후에 많은 논자들로부터 비판을 받아 왔는데, 그는 《팔할이 바람》의 〈종천순일파從天順日派?〉에서 이렇게 변명하고 있다.

나는 이때 그저 다만,
좀 구식의 표현을 하자면——
'이것은 하늘이 이 겨레에게 주는 팔자다'하는 것을
어떻게 해서라도 익히며 살아가려 했던 것이니
여기 적당한 말이려면
'종천순일파' 같은 것이 괜찮을 듯하다

〈從天順日派?〉 부분

이는 수많은 논란과 비판을 불러일으켰지만, 이 글에서 주목해야 하는 부분은 "이것은 하늘이 이 겨레에게 주는 팔자다"이다. 여기에서 우리는 서정주가 일제의 식민 지배를 거역할 수 없는 운명으로 받아들이고 있다는 사실과, 어떤 굴욕과 복종보다도 살아간다는 자체를 중요하게 여김을 알 수 있다. 이는 《화사집》에서 볼 수 있었던 지배 질서에 대한 거부와 매우 차원이 다른 것이며, 그 뒤 미당의 시 전체를 관류하는 현실 긍정의 시발점이 된다.

《화사집》에서는 유교적 질서로 표상되는 당시 지배 질서에 적극적으로 거부 의사를 표시했지만, 일제 식민 체제라는 또 다른 지배 질서에는 적극적으로 순응하고 있다. 여기에서 유의해야 할 점은 《화사집》이 창작된 시기 또한 식민 치하였다는 점이다. 따라서 《화사집》에서 시적 주체가 어떤 거역할 수 없는 거대한 힘을 느꼈다면 그것은 바로 일제의 식민 질서이다. 하지만 시적 주체는 식민 질서와의 투쟁을 회피하고, 그 대신 유교 질서로 표상되는 전통과 과거의 부정으로 나아갔다. 이때 서정주가 거부할 제1의 대상이 유교 질서가 될 수 있었던 것은 1930년대 중반의 일제 통치가 1940년대 초반보다는 유연했다는 역사적 측면에서도 고려해 볼 수 있다.

이러한 전통과 과거의 부정은 '동아공영권'이라는 일제의 지배 논리에 의해 왜곡되는데, ②에서 그러한 부분을 읽을 수 있다. '한자'로 표상되는 동아시아 문화는 서정주가 거부하고자 했던 유교 질서와는 상동적인 관계에 있다고 볼 수 있다. 그러므로 ②에서 시인들에게 '중국의 고전', '황국의 전적', 그리고 반도의 옛것들을 고루 섭취하라고 권장한 것은 《화사집》에서 보여 주었던 태도와는 모순되는 것이다.

사실 '동아공영권'이라는 논리는 식민 통치를 정당화하기 위해 만들어진 지배자들의 신화이다. 여기에 일본 지식인들까지 이 신화에 동조하여 '일본적인 것=동양적인 것=세계적인 것'이라는 논리를 만들어 냈다.[165] 나쓰메 소세키夏目漱石는 '일본 문학'이라는 말을 쓰는 대신 '동양 문학'이라고 말했다. 일본의 낭만파 또한 조선이나 중국이라는 타자와의 직면에 눈을 감고 일본적인 것만을 추구했는데, 그 바탕에도 중일·러일전쟁 뒤 '일본적인 것=동양적인 것=세계적인 것'이라는 논리가 깔려있다. 특히 일본 낭만파들은 현실을 부정하고 어떤 절대적인 '미美'만을 믿었다. 다시 말해 조선이나 중국인들이 직면한 상황에 눈 감고, 가장 일본적인 아름다움을 그려냈을 뿐이었다. 가장 대표적인 것이 가와바타 야스나리川端康成의 《설국雪國》[166] 이다. '설국'은 '타자'와 결코 만나지 않기 위해 만들어진 '다른 세계'이기에, 역사적 문맥만이 아니라 '역사' 자체도 완전히 없어진다.

　일본의 예술가들은 중일전쟁(1933)에 대해 침묵했었다. 중국인이라는 상대적인 타자에 직면했기 때문이다. 그러다가 태평양전쟁이 일어나자 지식인들은 답답한 기분에서 해방되었다. 태평양전쟁은

---

165) 가라타니 고진, 송태욱 역, 《현대일본의 비평》, 소명출판, 2002, 163~164쪽; 일본적인 것은 다이쇼기에 발견된 자기 표상인데, 그것은 러일전쟁 뒤 서양과의 긴장이 없어지고 또 '脫亞'를 이루었다는 자족적 의식에서 생긴 것이다. '일본론', '일본문화론' 등이 쓰여진 것이 바로 이 시기이다.

166) 가라타니 고진, 위의 책, 168쪽; 《설국》의 주인공은 언제라도 되돌아올 수 있는 여행객에 지나지 않는다. 그가 온천의 게이샤들과 애정 관계로 고뇌한다고 해도 그는 거기에서 치명적인 상처를 받지 않는다. 상처받은 여자들을 냉철하게 바라보는 주인공의 자기의식 또한 동요하지 않는다. 왜냐하면 다른 세계임에도 그는 전혀 '타자'와 만나지 않았기 때문이다. 가와바타는 '일본 낭만파'가 역설적으로 떨쳐 버리려고 했던 '타자'나 '서양'을 모두 괄호에 넣어 버렸다. 《설국》은 바로 이때 사용한 장치이다. 그래서 일체의 현실은 보지 않는 것, '거울' 속에 비친 像만을 감상하는 것이다. 그래서 어떤 전쟁 이데올로기와도 無緣한 망해 가는 '아름다운 일본'이라는 像만이 정착된다.

아시아를 서양의 식민지에서 해방시키는 '대동아전쟁'이었으며, 이 전쟁의 절대성이 일본의 예술가들에게 '미적인 것'의 근거를 제공했기 때문이다. [167]

공교롭게도 서정주의 친일 작품들은 모두 '대동아전쟁'과 관련된 것들이다. 서정주의 친일 작품들은, 〈종천순일파?〉에서 볼 수 있는 것처럼, 일본의 지배를 거스를 수 없는 운명적인 것으로 인식하고, 서양으로부터 동양을 해방시킨다는 '대동아전쟁'의 논리에 수긍했기에 가능한 것이었다. 이런 측면에서 서정주가 만난 서양은 왜곡된 식민 논리로 만난 타자이며, 이렇게 왜곡된 인식은 노년에 미당이 서양을 여행할 때에도 영향을 미친다. 나중에 자세히 설명하겠지만 미당은 태평양전쟁 당시의 일본 지식인들과 비슷하게 '질마재적인 것=한국적인 것=동양적인 것'이 곧 '세계적인 것'이라는 인식을 보여 준다.

자료 ③에도 논리적인 역설이 숨어 있다. 한 작가가 국민작가 또는 보편적인 문학을 쓰기 위해서는 자기만의 것을 버려야 한다는 것이다. 여기에는 '한국적인 것'에만 집착하다 보면 유아독존에 빠져 절대 푸시킨이나 괴테와 같은 보편적인 작가가 될 수 없다는 논리가 깔려 있다. 아울러 '반도의 옛것' 이외에 '동양 고전'이나 '황국의 전적'들을 나름대로 공부해야 보편 작가 또는 국민 작가가 될 수 있음을 역설하는 것이다.

이상을 종합해 볼 때, 서정주의 친일 작품은 당대의 지배 질서를 용인하고 더 나아가 지배 질서의 논리를 적극적으로 실천한 결과물이라고 생각된다. 다시 말해 친일 작품들은 '동아공영권'의 논리를

---

167) 가라타니 고진, 위의 책, 177쪽.

적극적으로 실천한 결과물인 것이다. 이는 상징계와의 동일시에 해당된다. 아울러 또 다른 동일시의 대상인 '동양적인 것'은 사실 '동아공영권'이라는 논리의 산물이라는 점에서 일종의 상상적 큰 타자[168]이다.

강상중에 따르면, 근대 일본인들이 설정한 '동양사'라는 용어는 근대 일본에 대한, 그리고 세계에서 일본의 위치에 대한 일본의 관점이 가진 애매한 성격을 반영하고 있다고 한다. 왜냐하면 동양이라는 범주 자체가 바로 문명과 문화,[169] 차이와 동일성을 어떻게 유화宥和시킬 것인가 하는 비서구 사회의 공통된 고뇌 속에서 만들어진, 이른바 '상상의 시공간'이었기 때문이다.[170]

이런 측면에서 근대 일본인들이 구성한 동양사학은 종래의 중국

---

168) 사실 《귀촉도》에는 이러한 '동양적인 것'이라는 상상적 큰 타자와의 동일시보다 '고향'과의 상상적 동일시가 더욱 우세하다. '고향'과의 동일시는 《화사집》의 〈수대동시〉 이후로 이어져 오는 것이며, 《귀촉도》에서는 '누님'과 '네 소녀'라는 고향에 대한 부분 대상과의 동일시로 변화된다. 더 나아가 〈무슨꽃으로 문지르는 가슴이기에 나는 이리도 살고 싶은가〉에서 '소녀'들은 '꽃'의 정령으로 변화된다. 이러한 변화는 《서정주시선》의 〈국화옆에서〉에 등장하는 '누님'과 '국화꽃'의 동일시로 이어진다.

169) 문명과 문화는 모두 18세기 후반에 대두된 시민계급의 도덕과 가치관을 표명한 말이지만, 상당히 다른 내용과 방향성을 가지고 있다. 그 어원상 '문명'(civilisation은 civitas)은 고대 도시국가의 시민에 연결된 말이고, 궁정을 중심으로 한 인간관계, 곧 예의작법 등의 개념을 포함하고 있기 때문에 도시 생활을 모델로 하고 있다고 할 수 있다. 이에 반해 '문화'(culture는 cultura)는 오히려 농촌 생활을 모델로 하고 있으며 농작물과 가축을 기른다는 의미에서 전화하여 인간의 마음과 정신을 기른다는 비유적인 의미로 사용되었다. 그 뒤 역사적 과정 속에서 문명의 개념은 서서히 인류의 진보(따라서 미래)와 보편성을 강조하게 되었고, 반면에 문화는 인간 생활의 다양성과 개별성에 역점을 두면서 물질적인 진보에 대해 정신의 우월성을 강조하게 되었다. 이런 측면에서 문화는 미래보다는 과거(전통)가 중시되는 경향이 있다. 니시카와 나가오, 윤대석 역, 《국민이라는 괴물》, 소명출판, 2002, 103쪽 참조.

170) 강상중, 〈'동양'의 발견과 오리엔탈리즘〉, 이경덕·임성모 역, 《오리엔탈리즘을 넘어서》, 이산, 2004, 125쪽.

을 '지나支那'로 바꿔치기 하고, 이를 '동양'이라는 더 넓은 시공간에 다시 자리매김하여 상대화했다. 그러면서 그 '동양' 속에서 일본의 역사적인 이야기의 기원을 발견하고자 했던 것이다. 그렇게 함으로 서양과 대등한 대화가 가능할 것이라고 생각했다.[171] 이리하여 일본은 '동양'의 일부이면서 '동양 문명의 정수'를 모으고, 동양 문화와 서양 문화를 혼합시켜 서양과 동일한 '진보=문명'의 길을 걸을 수 있다는 논리인데, 이러한 관념은 일종의 나르시시즘적인 '일본이질론'[172]과 다름없다.

근대 이후 프랑스와 독일 사이에서 반복된 전쟁의 역사를 '문명' 과 '문화' 사이의 투쟁의 역사라고 규정[173]한 니시카와 나가오西川長夫에 따르면, 하나의 개별적인 문화가 자기의 우월성을 확신했을 때 보편주의, 곧 문명으로 전화하는 사례로 히틀러와 일본의 국수주의를 들고 있다.[174] 구체적으로 일본의 '대동아공영권'이라는 논리는 청일전쟁과 중일전쟁에서 승리한 일본의 자신감이 만들어 낸, '문화'에서 '문명'으로의 전화 과정에서 생긴 관념이라 할 수 있다. 그러나 이러한 '대동아공영'이라는 상상의 나르시시즘은 중국·조선·일본 사이의 모든 차이·분산·불연속을 무시하고, 일본의 '기원'이라는 하나의 동일성으로 통합한 신화의 세계이다. 여기에는 '타자'가

---

171) 강상중, 위의 책, 125쪽.

172) 강상중, 위의 책, 127쪽.

173) 니시카와 나가오, 위의 책, 107~108쪽; 그는 인류의 진보와 보편성을 기치로 내건 문명 개념이 선진국으로 전파된 것은 그것이 선진국의 국익과 가치관에 적합했기 때문이며, 개별성과 다양성을 강조하고 미래보다는 과거의 전통을 강조했던 문화 개념이 후발국으로 전파된 것은 그것이 후발국의 국익에 적합했기 때문이라고 보고 있다.

174) 니시카와 나가오, 위의 책, 108쪽.

없는 공허한 동일성의 원리만 남아 있을 뿐이다.[175]

　'대동아공영권'은 당시 서양 중심의 위계적 세계 질서에서 일본을 자유롭게 하여, 유럽에 대한 아시아의 열등한 지위를 스스로 벗어나게 할 수 있을 것이라는 논리가 깔려 있다. 하지만 이는 결국 일본을 유럽 열강과 동일한 지위로 끌어올리려는 시도에 지나지 않았다. 아울러 '동양' 내지 아시아가 지정학적으로 정의될 수 있는 질서로 확립된 것은 청일전쟁 이후 식민지 제국 일본의 침략에 의해서였다. 일본이 침략하기 전에는 이 지역에 일정한 지정문화적인 공간은 성립되어 있지 않았기 때문에, 아시아의 일체감 따위는 존재할 수 없었던 것이다. 따라서 아시아 또는 '동양'이란 바로 일본의 제국주의적 침략에 의해 형성된 지역적 질서[176]나 관념에 지나지 않았다.

> 눈물 아롱 아롱
> 피리 불고 가신님의 밟으신 길은
> 진달래 꽃비 오는 西域 三萬理.
> 흰옷깃 염여 염여 가옵신 님의
> 다시오진 못하는 巴蜀 三萬理.
>
> 신이나 삼어줄ㅅ걸 슱은 사연의
> 올올이 아로색인 육날 메투리.
> 은장도 푸른날로 이냥 배혀서
> 부즐없은 이머리털 엮어 드릴ㅅ걸.

---

175) 강상중, 위의 책, 131쪽.
176) 강상중, 위의 책, 133쪽.

초롱에 불빛, 지친 밤 하늘
구비 구비 은하ㅅ 물 목이 젖은 새,
참아 아니 솟는가락 눈이 감겨서
제피에 취한새가 귀촉도 운다.
그대 하늘 끝 호올로 가신 님아

* 註. 육날메투리는 신중에서는 으뜸인 메투리중에서도 가장 아
름다운 조선의신발이었느니라. 귀촉도는, 행응 우리들이 두견이라
고도하고 솟작새라고하고 접동새라고도하고 子規라고도하는 새가,
귀촉도…귀촉도…그런發音으로서 우는것이라고 地下에도라간 우리
들의 조상의때부터 들어온데서 생긴 말슴이니라.

〈귀촉도〉 전문

우리의 시가詩歌 전통에서 소쩍새, 접동새, 자규子規, 두견새 등으
로 불리는 '귀촉도'는 슬픔을 표상한다. 아울러 민간전승과 김소월
시와의 상호텍스트적인 관련 아래에서, '진달래'는 '이별' 또는 '사
별'을 표상한다. '서역西域'이나 '파촉巴蜀' 또한 전통적으로 들어가면
다시 나올 수 없는, 곧 죽음의 공간을 표상한다는 점에서 '사별'을
암시한다. 시적 주체는 사랑하는 님의 죽음을, 님과의 사별을 슬퍼
한다. 하지만 시적 주체를 더욱 슬프고 괴롭게 하는 것은 사랑하는
님이 가는 공간에 함께 갈 수 없는 자신의 처지와, 님이 떠날 때에
자기 신체의 일부분인 머리털로 신을 만들어 주지 못했다는 자책감
이다. 그리고 이는 슬픔을 표상하는 새, '귀촉도'에 투사되어 있다.
　그러나 〈귀촉도〉에서 관심을 끄는 부분은 이 텍스트의 병행텍스

트paratext[177]라고 할 수 있는 제목과 각주이다. 주네트G. Genette에 따르면, 제목과 같은 병행텍스트는 독자의 텍스트 수용을 통제하는 기능을 한다. 다시 말해 제목은 독자에게 텍스트 해석의 지침 노릇을 하는 것이다.[178]

우선 각주를 보자. 각주에서는 '메투리'를 조선의 신발 가운데 가장 아름다운 신발이라고 강조한다. 그러므로 서정주는 이 시에서 가장 조선적인 것, 가장 한국적인 것을 강조한 것이 된다. 그리고 다음 진술에서 그는 '귀촉도'라는 이름이 조상 대대로 내려온 관습적인 것임을 강조함으로써 다시금 한국적인 것을 강조하고 있다. 이렇게 본다면 〈귀촉도〉는 가장 조선적이고 한국적인 소재를 바탕으로 가장 조선적이고 한국적인 정서를 드러낸 작품이 된다.

그러나 이 텍스트를 무의식적이고 이데올로기적인 층위에서 읽는다면, 다분히 한국적인 것만은 아니다. '서역', '파촉', 그리고 시의 제목인 '귀촉도'가 그 단서이다. 전통적으로 '서역'이나 '파촉'은 중국 영토와 그 접경 지역이라는 실제 공간을 뜻하는 것이 아니라, 해가 서쪽으로 떨어지는 것을 기준으로 해서 죽은 자들이 잠드는 공간이라고 말할 수 있다. 하지만 기호란 작가의 의도나 관습적인 의미에서 벗어나 작가의 태도나 이데올로기를 무의식적으로 함축하고 있는 일종의 내적 발화라는 점에서, 우리는 이들을 통해 텍스트에 덧씌워진 담론을 추적해 볼 수 있다. 다시 말해 '서역'이나 '파촉'이 중국과 관련된 지명이며, 이 시의 제목이자 새의 울음소리로 추

---

177) Graham Allen, 'Structualist Approaches: Genette and Riffaterre', *Intertextuality*, Routledge, 2000, p.103

178) Graham Allen, *ibid.*, p.107; 주네트는 병행텍스트를 중요한 상호텍스트성의 한 측면으로 생각했다. 따라서 병행텍스트를 연구하는 것은 텍스트가 저자의 목적으로 이루어졌다는 것을 확인하는 목적을 갖고 있다.

정되는 '귀촉도歸蜀途'는 '촉으로 돌아가는 길이나 방법'이란 뜻을 갖는다는 점이다.

이런 해석은 마지막 연의 끝부분에 "제 피에 취한 새가 귀촉도 운다"라는 구절에서 가능하다. 왜냐하면 '귀촉도'를 새 자체나 울음소리로 파악한다면, 이 문장은 의미가 중복되어 뜻이 통하지 않기 때문이다. 이런 측면에서 이 기표들은 조선적인 것을 드러내는 동시에 다분히 중국적인 것을 환기한다. 물론 역사적으로 '조선'이 문화적인 면에서 중국의 영향에서 자유롭지 못했기 때문에 이러한 결과를 낳았다고도 볼 수 있다. 이런 측면에서 일본 지식인들이 말했던 '일본적인 것=동양적인 것'에 상응하는 '조선적인 것=동양적인 것'이라는 논리가 성립한다. 또한 서정주 자신이 각주에서 밝혔듯이, 전통적으로 슬픔을 환기하는 새의 이름 가운데 우리말로 된 '접동새', '두견새' 등이 있었음에도 '귀촉도'라고 이름한 것에서, 이 텍스트에 한국적인 것만이 아닌 중국적인 것들도 깃들어 있음을 읽을 수 있다. 이런 측면에서 다분히 '중국적인 것'과 '조선적인 것'과의 동일시가 발생하며, 이를 통해 상상의 동양이 구축된다.

서정주가 일본 제국주의와 일본 지식인들에 의해 상상적으로 만들어진 '동양'이라는 관념, 더 구체적으로 '대동아공영권'이라는 논리에 적극적으로 공감하고 그 논리를 적극적으로 실천한 것이 바로 서정주의 친일 작품들이다. 이러한 친일 작품에 대한 세간의 비판에는 어떠한 변명의 여지가 없는 것으로 판단된다. 다만 문제가 되는 것은 우리가 《귀촉도》의 세계를 어떻게 바라보는가이다.

앞서 지적했듯이, 판타지와 이데올로기는 필연적이라기보다 우연적인 관계를 맺게 된다. 《귀촉도》에서 볼 수 있는 고향으로 회귀 또는 질마재적인 것으로 회귀는 '동양적인 것'으로 회귀라는 이데올로기적인 의미를 갖는다. 이는 당시 문단 상황과 관련시켜 보면 더욱 명확해진다.

　'동양적인 것'의 발견과 관계되는 1930년대 후반에서 1940년대 초반의 문단에서는 신체제론을 옹호하는 경향[179]과 민족주의 문학자들을 중심으로 하는 한국 고전 탐구와 조선주의가 논의[180]되었다.

---

179) 신체제론을 옹호하는 경향은《인문평론》을 중심으로 전개된다.
　　1939년 11월호: 金原省푬, 서두수 해설, 〈표현의 일본적 특성〉.
　　1939년 12월호: 井上哲次郎, 김두헌 해설, 〈일본정신의 본질〉.
　　1940년　1월호: 長谷川如是閑, 김오성 해설, 〈일본적 성격〉.
　　1940년　7월호: 李朝, 〈문화의 이념〉.
　　1940년　8월호: 정진섭, 〈신체제운동의 필연성〉.
　　1940년　9월호: 卷頭言, 〈신질서와 문학〉.
　　　　　　〈특집〉: 서두수, 〈일본문학의 특질〉.
　　　　　　배호, 〈지나문학의 특질〉.
　　　　　　김준, 〈조선문학의 특질〉.
　　1940년 11월호: 卷頭言, 〈고전의 재음미〉, 〈신체제운동의 실천화〉.
　　　　　　〈특집〉: 백철, 〈신체제와 저너리즘〉.
　　　　　　서광제, 〈신체제와 영화〉.
　　　　　　이민, 〈신체제와 연극〉.
　　1941년　2월호: 卷頭言, 〈文章報國〉.
　　　　　　김오성, 〈원리의 전환〉.
　　　　　　최재서, 〈轉形期의 문화이론〉.
　　　　　　고승제, 〈신문화의 창조〉.
　　1941년　6월호: 윤규섭, 〈신체제와 문학〉.

180) 한국 고전 탐구와 조선주의에 대한 논의는 주로《문장》을 중심으로 전개되었다.
　　이희승, 〈조선문학연구抄〉(1939. 2~1939. 10), 고전소설《토끼전》(2), 육자배기 〈새타령〉(3), 가사 〈瀟湘入景〉(4), 〈강호별곡〉(5), 〈遊山歌〉(6), 〈매화가〉(10) 등을 해설.
　　이병기, 1939년 2월호에서 8월호에 걸쳐《한중록》을 註解. 1940년 1월호부터《인현왕후전》 역주.
　　이윤재, 1939년 11월호에서 1940년 4월호에 걸쳐《도강록》(조선한문고전)을 역주. 이 밖에도 1940년 4월호에서 1941년 4월호까지 특별 부록의 형태로《鼠大州傳》, 〈兎鼈歌〉,《봉산 가면극》 각본 및 〈巫覡의 神歌〉(손진태), 고사본《춘향전》 등을 연재하였다.

이 시기에 창작된 서정주의 시는 한편으로 신체제론을 옹호하는 경향(친일 시)과, 다른 한편으로 조선주의 논의와 맞물리는 경향(《귀촉도》)을 보인다. 《귀촉도》의 세계는 민족주의자들이 세우고자 했던 '조선주의'와 병행하는 동시에, 다른 측면에서 동양의 입장에서 동양을 보자는 일본 사학계의 논리와 병행하는 면도 있다. 다시 말해 《귀촉도》의 세계를 전적으로 '대동아공영 담론'에 부합하는 세계로 파악하는 것은 무리가 있지만, 한편으로는 '대동아공영'의 논리와 함께하는 측면이 있다고 할 수 있다.

이와 관련하여, 김윤식은 당시 《문장》을 중심으로 활동하던 민족주의자들의 고전에 대한 관심을 동경 사상계의 〈만엽萬葉에의 귀환歸還〉에서 자극받은 것으로 파악하였다.[181] 이러한 측면을 고려하더라도, 이 글에서 '대동아공영 담론'이 《귀촉도》의 세계에 직접적으로 영향을 미쳤다고 보는 것은 아니다. 다만, 《귀촉도》의 세계가 당시 이데올로기적인 환경 가운데 하나인 '대동아공영 담론'과 병행 관계에 있었을 가능성을 지적하고자 하는 것이다.

2) '한국적 미'의 발견과 '신라 담론'

불교적 상상력의 도입은 '신라 정신'의 발견과 매우 밀접한 관련이 있다. 이는 1950년대 후반부터 1962년 초반까지 《사상계》를 중심으로 이루어졌던, '동양의 재발견'과 '동양적인 것'의 반성이라는 담론들과 함께한다. 1957년 《사상계》 49호를 중심으로 연재되었던 '동양의 재발견'은 〈동양문화의 본질〉, 불교미술을 중심으로 연구한 〈동양미술의 특질〉, 〈동양의 역사적 현실〉, 〈무의 동양철학적 의

---

181) 김윤식, 《한국근대문예비평사연구》, 일지사, 1980, 387쪽.

의〉 등의 논문이 수록되어 있다. 동양문화론, 동양예술론, 동양철학론 등으로 비추어질 수 있는 이 논의들은 서양적인 것과 비교 속에서 동양적인 것을 진술하고, 그 대표적인 사상을 불교(㉣를 제외하고)로 파악하고 있다는 공통점이 있다.

㉮ A(서양 문화)는 항상 富強性의 방향으로 나아가는 문화요, B(동양 문화)는 安定性의 방향으로 나아가는 문화다. (중략) A는 항상 하나의 外界가 '나'와 대립하고 있음을 느끼어 영원히 外向征服을 꾀하든가 그렇지 않으면 외향의존을 하지마는 B는 항상 외계에도 내부와 같은 것이 있음을 느끼어 渾然一體가 되니 다만 融和를 구할 뿐이요, 더 확장은 구하지 않는다. A의 우주관은 자연과 인생의 대립이요, B의 우주관은 자연과 인생의 합일이다. [182]

㉯ 불교라면 곧 陳腐한 遺物과 같이 생각하여 敬遠하는 듯하나 그 것 은 매우 타락될 一面이요 동양 정신의 眞髓는 실로 이 불교에 있는 것이며 동양 미술의 精萃는 실로 불교미술에서 찾아볼 수 있다고 한 것이다. [183]

㉰ 그런 고로 불교는 이러한 현상의 실태를 가리켜서 無常이라 하여 常住의 착각을 시정한 것의 즉 無의 의미이다. [184]

㉱ 동양은 그것이 근대 서양에 대하여 공통의 사실에 있어서 우리들 동양인은 오래 동안 동양을 의식하지 못하면서 동양 생활에 젖어있는 형편이매 그것의 반성을 가지게 된 것도 능동적으로가 아니

---

182) 김경탁, 〈동양문화의 본질〉, 《사상계》 49호, 1957, 228쪽.
183) 황수영, 〈동양미술의 특질—불교미술과 관련하여〉, 《사상계》 49호, 1957, 256쪽.
184) 김동화, 〈무의 동양철학적 의의〉, 《사상계》 49호, 1957, 256쪽.

라 서양인의 강요에 못이겨서 하는 수동적 입장에서였다.[185] (중략) 동양이 이러한 모색에 있어서 例의 소박한 '精神文化論'을 하거나 또는 동양의 과거를 덮어 놓고 美化함으로써 그것에 연연해 하거나 하는 태도는 확실히 현실의 냉엄함을 인식한 소이가 아니다.[186]

㉮에서 볼 수 있듯이, 서양 문화의 핵심어는 '갈등'과 '대립'이요, 동양 문화의 핵심어는 '융화'와 '합일'이다.[187] ㉱에서는 당시에 동양적인 것을 정신적인 것으로, 서양적인 것을 물질적인 것으로 파악하려는 경향이 많았음을 읽을 수 있다. ㉯는 어찌 보면 ㉱가 경계 대상으로 삼고 있는 논의이다. ㉰는 불교적 '무無'의 관념에서 현상 세계에 집착하지 않는 것이 동양적 '무'의 본질임을 설파하고 있다. 아울러 이는 서정주가 그의 시들을 통해 그려 낸 세계의 모습과 일치한다. 그리고 ㉱에서 읽을 수 있듯이, '동양적인 것=정신적인 것'이라는 담론은 일종의 상상적인 구축에 지나지 않는다.

《신라초》의 세계는 불교적 상상계의 세계이자, 회고된 신라의 세계이다. 서정주에게 신라는 자연과 인간이 서로 소통하는 자연주의자들이 살았던 세계이며, 인간과 세계가 통합되어 있는 총체성이 발현된 시기이다. 서정주는 신라에서 한국적인 것의 근원과 한국적인 미의 근원을 발견한다. 이는 일제 말기에 추구했던 '조선적인 것'과 한편으로 공통점이 있으면서 약간의 차이점도 있다. '조선적인 것'의 추구는 서양적인 것에 대항하는 동양적인 것의 발견이었다.

---

185) 정재각, 〈동양의 역사적 현실〉, 《사상계》 49호, 1957, 242쪽.
186) 정재각, 〈동양의 역사적 현실〉, 《사상계》 49호, 1957, 249쪽.
187) 이와 비슷하게 구본명은 통양 고대 특히 중국의 고대 사상을 논하면서, 동양 사상은 자연(세계)과의 합일을 포함하나 서양 사상은 합일을 함의할 수 없다고 지적하고 있다. 구본명, 〈서양적인 것과 동양적인 것〉, 《사상계》 55호, 1958, 59쪽.

따라서 서정주가 서양 문화와의 지속적인 대비를 통해 '한국적인 것'을 이야기한 점은 '조선적인 것'의 추구와 통하는 부분이 있다.[188] 그러나 더 중요한 것은 신라를 통해 발견하려는 '조선적인 것'이 '동양적인 것' 또는 동양 3국이 같은 문화적 토대를 공유하고 있다고 보는 관점과는 다른, 우리 자신의 것을 찾아 나가려는 시도라는 점이다.

서정주는 《신라초》에 실린 시들을 쓰면서 동시에, 〈신라문화의 정체〉(《세대》 1963년 7월호)와 〈한국적 전통성의 근원〉(《세대》 1964년 7월호)을 통해서 '한국적인 것'을 구축하려고 시도했다. 아울러 1960년대 말과 1970년대 초에는 《현대문학》을 통해 신라에서 '한국적인 미'를 발견하려 했으며, 그것을 문학적 행위로 작품화한 것이 《신라초》에 실린 시들이다.

이것은 언제나 매(鷹)가 그 밝은 눈으로써 되찾아낼 수 있는 것이다.

그것이 만일에 솜같이 가벼운 것이기나 하고, 매(鷹)의 눈에 잘 뜨이는 마당귀에나 놓여 있다면, 어느 사 간 사람의 집에서라도 언제나 매(鷹)가 되채어 올릴 수까지 있는 것이다.

이것들이 제 고장에 살고 있던 때의 일들을 우리의 길동무 매(鷹)는 그전부터 잘 안다. 東靑松山, 北金剛山을, 南与砥를, 西皮田을 오

---

188) 서정주, 〈한국의 미〉(連載 1) '토함산 석굴암찬', 《현대문학》 1969년 3월호, 19쪽; "여기선 단순히 우리의 현재의 미학 대상의 영역이 狹小하다는 실감에서 불교의 삼세인연관 속에서 우리가 파악할 수 있는 전술한 바와 같은 것들의 요소를 받아들여 그 영역을 좀 넓혔으면 어떨까 하는 시도에서였다. (중략) 그렇지만 나는 불교의 삼세인연관을 주로 하는 미의 시도는 서구의 슈르레알리즘이 한 것보다도 훨씬 비교도 안될 만큼 더 미의 영역의 확대와 미의 비약과 그 혁명을 가져올 것으로 안다."

르내리며 보아 잘 안다.

눈을 뜨고 봐라, 이 솜을, 이 솜은 木花 밭에 네 딸의 木花꽃이
었던 것.

눈을 뜨고 봐라. 이 쌀을. 이 쌀은 네 아들의 못자리에 모였던
것, 모였던 것.

틀이! 틀이! 틀이! 삭은 재 다 되어가는 틀이!

이것은 우리들의 노래였던 것이다.

〈신라의 상품〉 전문

《삼국사절요》 권4를 상호텍스트로 하고 있는 이 시는 신라인들의
소유 관념에 대해 말하고 있다. 텍스트의 내용으로 보아 신라인들의
셈법은 현대인들의 타산적인 셈법과 대비된다. 곧 '매'가 벌여 놓은
일을 그대로 받아들이면서 서로 소유권은 주장하지 않는 것이다.

여기에서 '매'는 상호텍스트적으로 중요한 의미를 갖는다. "우리
의 길동무 매〔鷹〕는 그전부터 잘 안다"에서 '매'가 잘 알고 있는 것은
신라의 정신이다. 이 '매'는 《삼국유사》 권3 '영취사조'에서 자기가
쫓던 꿩을 불쌍하게 여겼던 '매'이자, 《삼국유사》 권5 '선도성모수희
불사'에서 사소의 전령사 노릇을 했던 '매'이기도 하다. 이런 측면에
서 '매'는 신라 정신을 표상하는 시적 기호이다. 그러므로 '매'는 '인
자하면서도',[189] '시비와 이해를 돌보지 않는 신선들을 만드는 매개
역'[190]을 담당하거나, '자유自由한 영생永生'[191]의 표상이다. 다시 말해
서 '매'는 정신이 걸릴 데 없는 자유한 영생에 마음을 쓴 신라인들의

---

189) 서정주, 〈신라의 독수리〉, 《서정주문학전집》 4, 일지사, 1972, 54쪽.

190) 서정주, 위의 책, 54쪽.

191) 서정주, 위의 책, 57쪽.

등가물이다. 이러한 정신은 '매'를 매개로 신라인들에게 지속적으로 나타나며, 《질마재 신화》에서는 '매'의 동음이의어인 '연鳶'을 통해 질마재 사람들에게까지 이어진다.[192]

　'매'를 매개로 한 '자비'와 '자유', '신선과 같은 마음', '영생'의 지속을 강조한 것이 위 텍스트의 주지이다. 그것은 마지막 부분인 "이것은 우리들의 노래였던 것이다"에서 확인할 수 있다. 다시 말해, 서정주는 신라의 '매'와 관련된 문헌들을 통해 소위 '신라 정신'이라는 것을 찾아내고, 그것을 질마재 사람들과 연관시켰다. 동시에 그것이 우리의 정신사에서 이어져 내려온 우리의 고유한 것임을 주장하고 있는 것이다. 이러한 과정은 우리가 서정주의 논리에 공감을 하건 안 하건, 그가 주장하고 있는 '신라 정신'이 발견된 것이며, 지속적으로 구축되어 온 것임을 시사한다.

---

192) '鳶'은 종이로 만든 '연'의 의미와 매의 일종인 '소리개'의 의미를 갖고 있는데, 《질마재 신화》의 〈김유신풍〉과 〈지연승부〉에서 '鳶'의 두 가지 의미는 서로 교차한다. '鷹'와 '鳶'의 상관성에 대해서는 다음 논문을 참고할 것. 정형근, 〈질마재 신화 연구〉, 서강대 석사 논문, 1998, 41~44·50~51쪽.

4.

2차적 나르시시즘과 부권 상실의 회피

서정주가 《귀촉도》에서 《동천》에 이르는 시적 여정, 그리고 후기의 많은 시편[193]을 통해 드러낸 통합된 상상의 세계, 곧 '조선적인 것', '한국적인 것', '부분 대상과의 상상적 통합', '신라', '불교적 상상계' 등은 2차적 나르시시즘을 통해 구축된 세계이다. 앞서 밝혔듯이, 2차적 나르시시즘은 자아가 자기 자신의 이미지가 아닌 타자의 이미지를 마치 자신의 것처럼 상상하거나, 아니면 타자의 이미지를 자신의 이미지로 받아들이는 오인의 과정을 말한다.

서정주가 《귀촉도》에서 '조선적인 것'을 구축할 때, 그가 규정한 것들은 사실 딱히 조선적인 것이라고 할 수 있는 것이 아니었다. 하지만 서정주는 그것을 조선적인 것으로 오인하였으며, 그 오인으로 말미암아 당대 일본 제국주의와 그에 부합했던 일본 지식인들이 서구와 전쟁을 벌이기 위해 계발해 낸 '대동아공영' 담론과의 병행 속에서 그것을 의미 있는 것으로 자각했다. 다시 말해서 일본 지식인들이 스스로 벌인 전쟁을 합리화시키기 위해 내세운 논리를 조선인들에게도 의미가 있다고 여기면서, 그 논리에 입각하여 구축한 것이 《귀촉도》에서 볼 수 있는 조선적인 것의 실체이다. 이는 타자의 논리를 자신의 논리로 승인하는 것이자, '대동아공영'이라는 이데올로기의 호명에 응답함으로써 그 이데올로기를 받아들이게 되는

---

193) 세계를 여행하면서 또는 여행하고 난 뒤에 쓴 시집들을 말한다. 주로 《서으로 가는 달처럼》, 《늙은 떠돌이의 시》의 일부, 그리고 세계의 산에 대해 적은 《산시》가 이에 해당된다.

것이다.

서정주가 《삼국유사》와 《삼국사기》, 그리고 《삼국사절요》 등을 통해 《신라초》와 그 뒤의 시편들에서 구축한, 이른바 '한국미의 발견'은 서정주가 주동이 되어 발견한 측면이 강하다. 따라서 분열되고 파편화한 세계를 봉합하는 데에 필요한 봉합 이데올로기와 함께하고 있다. '풍류도', '화랑정신', '신라 담론' 등은 전쟁으로 파편화하고 분열되었던 사회 전체를 정신적으로나마 통일하기 위해 범부와 같은 당대 지식인들이 옛 문헌들을 통해 상상적으로 창조해 낸 이데올로기들이다. 서정주는 문헌들을 통해 '신라의 세계'를 상상적으로 구축하였는데, 구축된 신라는 당대의 동양에 대한 논의, 한국적인 것에 대한 논의와 맞물리면서 한국적인 것의 핵심으로 등장하게 되었다. 그리고 신라를 통한 한국적인 것의 구축은 당대의 영향력 있는 사상가 범부 김정설의 '화랑정신'과 '풍류 정신'의 영향을 받은 것임에 틀림이 없다.

아울러 1950년대 초반부터 《사상계》를 중심으로 전개되었던, '동양의 발견'과 '한국적인 것'의 발견에 관한 담론들 또한 서정주의 한국적인 것의 발견과 긴밀한 연관 관계에 있었음은 분명하다. 서정주는 옛 문헌들을 통해 '신라'를 상상적으로 구축하였으며, 다른 한편에서는 당대의 사상가들이 사회적 통합을 위해 계발한 '신라 담론'의 호명에 부응하였다. 그렇게 함으로써 당대인들에게 '신라'의 세계가 마치 그들이 구축했던 것과 같은 모습으로 실재했던 것으로 오인하게 만들었던 것이다.

통합되고 안정된 사회의 전형으로서 '신라'의 구축에 강력하게 작용한 또 하나의 원리가 바로 '연기'라는 불교적 담론이다. 연기에 따르면 이 세계의 모든 부분들은 분리되고 파열되어 있는 것이 아니라, 서로 이어지는 관계를 통해 필연적으로 하나로 통합되어 있다. 이러한 연기의 세계에서는 사물들 사이의 긴장 관계나 인간과 자연의 분열이 존재하지 않는다. 서로에게 영향을 미치고 작용하면서 하나의 커다란 기계와 같이 움직여 나갈 뿐이다.

부분은 단지 전체의 일부가 아니라 전체 그 자체와 같다고 볼 수 있다. 이러한 인식은 부분들 사이의 차이를 떨쳐 버리면서 전체(우주)에 동화된 단일체로서 세계라는 이미지를 제시한다. 아울러 서정주는 이러한 단일체로서 세계라는 관념 아래에서 연기의 원리를 통해 서구(타자)를 동양의 관점에서 동일화한다. 서구의 분석적이고 합리적인 논리에 맞설 수 있는 통합의 논리를 불교적 상상력에서 발견한 것이다.

《화사집》에서 파편화한 육체로 드러났던 부분 대상들은 이 시기에 이르러 환상 속에서 통합된 것으로 상상된다. 그렇지만 《동천》의 분석에서 볼 수 있었듯이, 님과 통합되는 환상은 역설적으로 님의 부재를 보여 준다. 그 통합이 상상적인 것이며, 실재에서 세계는 분리되고 분열되어 있음을 드러내는 것이다. 서정주는 분열되고 파편화한 세계를 나르시시즘의 욕망을 통해 통합되어 있는 것으로 상상한다.

1950년대와 1960년대를 통해 당대 문학인들과 지식인들이 '신라'와 같은 상상된 세계를 꿈꾸었던 것은 반대로 사회가 안정되지 못하고 분열과 혼란에 쌓여 있었음을 반증해 준다. 《화사집》은 이렇게 분열되고 파열된 신체와 세계가 통합되어 있다고 주장하는 당대의 이데올로기들을 거부하는 모습을 보여 준다. 그러한 거부는 시적 주체로 하여금 일종의 쾌감을 느끼게 했다. 하지만 당대 지배 이데올로기의 거부에서 오는 희열은 동시에, 그 지배 이데올로기에 의해 자신이 파멸될 수 있다는 두려움에 다다르게 만든다. 서정주는 그 두려움에서 벗어나기 위해 분열된 세계를 통합된 것으로 상상하며, 당대의 봉합 이데올로기들이 이를 추인하게 된 것이다.

이러한 2차적 나르시시즘의 욕망은 자아 본능이라고 볼 수 있다. 그러므로 이 장에서 다룬 2차적 나르시시즘과 《질마재 신화》에서 볼 수 있는 1차적 나르시시즘은 모두, 《화사집》에서 볼 수 있었던 파멸의 긴장감에서 벗어나 평안한 원초적 상태를 꿈꾸는 자아 본능들이라 할 수 있다. 다만 1차적 나르시시즘의 세계가 원초적으로 통합되어 있는 세계를 뜻한다면, 2차적 나르시시즘의 세계는 통합되어 있지 않은 세계를 자아의 시각으로 통합해 내는 세계를 뜻한다는 차이점이 있다.

서정주에게 신라 정신은, 이병도에게서와 마찬가지로, 분단된 국토와 이념적으로 분열된 나라의 통합 근거를 제시하면서, 인간과 자연, 주체와 대상, 자아와 타자 사이의 관계를 통합하는 본보기로 작용한다. 그가 보기에 신라는 이 같은 모든 요소들이 갈등하지 않고 서로 조화롭게 자신의 색깔을 드러내는 세계이기 때문이다. 더욱이 신라 정신의 핵심으로 제시되는 '풍류 정신'과 '연기'는 성스러운 것과 세속적인 것을 하나로 묶어 주는 기능을 한다. 특히 화랑도에 깃든 풍류 정신은 국가에 대한 충성이라는 세속적 가치를 성스러운 것으로 만들어 주는 기능을 한다.

또한 '신라'와 '풍류도'에 대한 논의가 단순히 '한국적인 것'의 성격 규정이 아니라, 국민을 훈육하고 규율하는 원리, 곧 국민 도덕의 전통적 근거로 추구되었다[194]는 것은 중요한 이데올로기적인 의미

---

194) 최현식, 위의 책, 189쪽.

를 갖는다. 서정주와 김동리의 사상 형성에 깊은 영향을 끼쳤던 범부 김정설은 "군인의 정신 훈련은 더 말할 나위 없고 청년 일반의 교양, 나아가서는 국민 일반의 교양을 위해서 화랑정신의 인식과 체득은 실로 짝 없는 진결眞訣이며 시급한 대책이라 할 것이다"[195]라고 주장했다. 그러면서 범부는 '풍류도'와 '화랑' 더 나아가 '신라 정신'의 근원이 되는 인물로 '백결선생'을 들었다. 여기에서 그가 《삼국유사》 권5 제8 '물계자'에 실린 내용을 통해 '백결선생'의 삶을 상상적으로 구축하였음을 확인할 수 있다. [196] 그리고 이러한 화랑도에 근거한 새로운 민족정신과 국민에의 상상은 결국 1960년대 이후 박정희 군사정권의 근대화 논리를 뒷받침하는 강력한 이데올로기로 작용하였다. 따라서 이는 특정한 의도 아래 민족, 국가 또는 운동의 이데올로기로 선택·서술·묘사하는 과정에서 새롭게 만들어지거나 윤색된 제도적 생성물임이 분명해 보인다. [197]

---

195) 김정설, 〈화랑〉, 《풍류정신》, 정음사, 1987, 2쪽; 최현식, 위의 책, 189쪽에서 범부와 서정주의 관계가 지적되었다.
196) 김정설, 위의 책, 56~80쪽; 서정주 또한 《신라초》의 〈백결가〉를 통해 백결선생의 물욕적인 삶에 대해 말하고 있다.
197) 최현식, 위의 책, 190쪽.

제4장

완전한 자기통합과 메타 이데올로기

1. 통합된 육체와 전前오이디푸스 단계로 귀환

    1) 육체의 전경화와 가부장적 질서의 해체
    2) 비천한 것들의 카니발과 신분 질서의 전도

2. 신화적 세계와 유년으로 회귀

    1) 근접 감각과 시각중심주의의 와해
    2) 구술성의 전경화와 문자의 소거 과정

3. 1차적 나르시시즘과 부권 강화의 전도

《화사집》에서 《동천》에 이르는 시적 여정에서 볼 수 있었던 부분 대상들은, 상징계에 남겨진 실재계의 잔여물이라는 점에서, 주체로 하여금 떨어져 나오기 이전의 전체를 욕망하도록 이끄는 욕망의 원인이 된다. 그리고 그 욕망은 현실에서는 결코 실현될 수 없지만 상상 속에서 실현되고 있음을 보여 주는 것이 바로 《귀촉도》에서 《동천》에 이르는 시적 여정이다.

서정주는 《화사집》에서의 파편화하고 분열된 세계가 나르시시즘적인 동일화와 오인과 봉합 이데올로기의 수용을 통해 통합되어 있다고 상상한다. 다시 말해서, 자신이 아닌 타자의 이미지를 자신의 것으로 받아들여 이 세계를 통합된 것으로 인식하는 것이다. 이러한 인식에는 타자와의 차이를 상상적으로 없애고, 나와 타자를 같은 것으로 보는 오인의 문제가 있다. 이러한 거울 단계의 상상적 오인을 통해서, 주체는 타자의 세계를 자신의 세계로 받아들이는 것이다. 그러나 이러한 오인의 세계는 다만 통합된 이미지로 존재할 뿐이다.

《질마재 신화》와 그 뒤의 몇몇 시편들은 지배 질서, 곧 상징화의 영역에서 벗어난 인간과 자연의 만남을 잘 보여 주고 있다. 이런 측면에서, 여기에서 볼 수 있는 세계는 1차적 나르시시즘의 세계이다. 나르시시즘은, 그것이 1차적인 것이든 2차적인 것이든, 모두 자기 자신에 대한 사랑을 기본 원리로 한다. 2차적 나르시시즘이 자기가 아닌 것에서 자기의 모습을 발견하고 사랑하는 것이라면, 1차적 나르시시즘은 모든 것이 자기를 중심으로 통합되어 있는 자기의 모습을 사랑하는 것이다.

그러므로 1차적 나르시시즘은 주체와 대상, 자아와 타자, 인간과 자연 등이 분리되지 않고 통합되어 있는 세계를 상상한다. 그리고 그러한 상상은 파편화와 분열과 죽음에 맞서는 원초적 통합에의 환상이라고 할 수 있다. 따라서 1차적 나르시시즘은 자아 보존 욕구의 가장 적극적인 형태라고 볼 수 있다. 인간의 발달단계에서 분열이나 분리되지 않고 세계가 자기를 중심으로 통합되어 있다고 느끼는 때는 바로 유년이다. 그러므로 서정주에게 1차적 나르시시즘은 상실된 유년을 회복하고 봉합하려는 방식으로 작용한다.

이러한 1차적 나르시시즘적 세계로 귀환은 당대의 역사적이고 사회적인 상황과 대비될 때 그 의미가 더 명확해진다. 잘 알려져 있다시피 《질마재 신화》가 간행된 1970년대는 미국과 소련을 중심으로 세계를 나누고 첨예하게 대립하던 냉전 체제가 흔들리며, 세계 질서가 다극화하고 화해 분위기가 확산되는 시기였다. 아울러 6·25 이후 처음으로 남북한 당국자가 자리를 함께하여 통일 문제를 논의하기 시작했던 시기이기도 했다.

그러나 박정희 정권은 통일 문제를 독재 권력을 연장하기 위한 수단으로 활용하였으며, 1인 장기 독재 체제를 확립하기 위한 작업에 들어갔다. 또한 산업화의 강력한 추진과 총력안보를 빌미 삼아 유신 체제라는 독재 체제가 이어졌고, 이러한 통치 권력의 강화가 정치·사회적 통제로 확대되면서 여러 가지 사회적 갈등과 대립을 낳게 되었다. 이에 따라 노동 계층의 성장과 불합리한 삶의 조건에 대한 반발, 농촌의 소외와 지역 격차에 따른 갈등, 산업 시설의 확대와 공해 문제 등이 새로운 사회문제로 대두되기 시작했다.

더욱이 유신체제의 확립은 강력한 가부장적 제도의 확립, 다시 말해서 전쟁으로 위기에 내몰렸던 부권의 강화를 표상하는 사건임에 틀림이 없다. 그러므로 1970년대는 강력한 가부장적 제도인 유신체제의 확립을 통해, 한편으로는 정치와 사회를 통제하면서, 다른 한편으로는 독재적인 정치권력을 바탕으로 강력한 산업화가 추진되던 시기였다.

이에 따라 1970년대 문학에는 산업화에 따른 전통 사회의 급격한 붕괴와 그 결과로 발생하게 된 소외 계층의 문제 등이 중요한 관심사로 대두하게 되었다. 또 신경림과 같은 시인은 농촌공동체의 급격한 붕괴를 비판하는 작품을 쓰기도 했다. 서정주의《질마재 신화》 또한 산업화와 근대화로 사라져 가고 붕괴되어 가던 전통문화의 복원과 가치 부여라는 이데올로기적인 의미를 갖는다고 할 수 있다. 이런 측면에서 유종호가 "《질마재 신화》가 가난한 문화와 낡은 인습 속에 담겨 있는 긍정적 대목을 산문의 형태를 통해 깊이 있게 그려 내고 있다"[198]고 평가한 것은 생각해 볼 만하다.

아울러 1970년대 중반에는 시인 김지하를 필두로 임진택, 채희완, 김민기 등이 주축이 되어 전통의 의미를 새롭게 해석하기 시작했다. 그들은 현재에서 눈을 돌려 오히려 과거에서 희망을 발견했다. 탈춤을 비롯하여 판소리, 풍물, 굿, 남사당 연희, 민요 등 전통적인 문화를 낡은 것이 아니라, 폭압의 세상을 뒤엎어야 할 처음이자 마지막 주체인 민중의 문화요, 무기로 새롭게 인식[199]하기 시작하였다. 대학가를 중심으로 한 전통문화 연구는 공고해져 가는 유신 체제, 곧 가부장적 권위 강화에 저항하는 저항 문화로 자리 잡았다.

이러한 전통적 예술형식을 현대적으로 해석하여 지배 체제에 저항하는 문화적 무기로 사용했다는 것은, 당시 서정주가《질마재 신

---

198) 유종호, 〈소리지향과 산문지향〉, 박철희 편,《서정주》, 서강대 출판부, 1995, 175쪽.

199) 김지하, 〈현실동인 제1선언〉,《김지하전집》3, 실천문학사, 2002, 124쪽; 전통과 현실은 함수관계다. 올바른 전통 계승의 방향은 현실 지향과 통일되어 있으며, 전통의 참된 가치 해석은 현실주의 미학의 건축 과정에서 비로소 가능하다. 또한 전통을 발전적으로 해석·적용하는 과정에서 비로소 현실주의는 그 미학적 토대를 굳히게 된다.

화》에서 사라져 가는 전통문화, 그 가운데서도 이름 없는 사람들의 삶을 시에 도입한 것과 일정 정도 구조적인 상동성을 갖는다.《질마재 신화》에서 공고해져 가는 지배 이데올로기 또는 부권 강화에 대한 적극적인 저항은 찾아보기 힘들다. 하지만《질마재 신화》전체에서 하층민들과 비천한 것들이 전경화되면서 고급스럽고 상층사회에 속하는 것들을 전도시키고, 또 산업과 과학, 기술의 발전에 사상적 근거가 되는 이성중심주의적인 문화와 생활 태도에 반하는 진술들을 자주 하고 있다. 이는《질마재 신화》가 적극적인 정치적 의미에서 부권 강화에 대한 저항이 아니라, 크리스테바식으로 말하여 문학적 실천으로서 저항이라는 뜻을 갖는다고 볼 수 있다.

1.

통합된 육체와 전前오이디푸스 단계로 귀환

질마재는 모든 이분법이 해체되고, 그동안의 인류 문화에서 금기시해 왔던 '육체', '욕설', '성', '주술' 등이 자연스럽게 드러나는 공간이다. 이것들은 모두 이성이라는, 또는 문화라는 이름 아래에 억압해 왔던 것들이다. 다시 말해서 이것들은 상징화나 의미화의 그물망을 뚫고 나온 것들이다. 상징화나 의미화가 한편으로 사물의 죽음과 관련이 관련된다는 점에서, 금지되어 왔던 것들의 귀환은 사물 그 자체의 부활이라고도 볼 수 있다.

이렇듯 1차적 나르시시즘의 세계는 주체와 대상이 분리되지 않고 통합되어 있다. '내'가 타자의 시선이나 규정에 따라 존재하는 것이 아니라, '내'가 '나'로서 존재하는 세계이다. 이런 측면에서 이 세계는 의미화되기 이전, 곧 상징화되기 이전 세계를 뜻하기에 전前오이디푸스 단계에 해당한다.

오이디푸스 단계란 좁은 의미에서 남자 아이가 아버지를 경쟁자로 느껴 아버지를 살해하고 어머니를 차지하고 싶다는 욕망을 드러내는 단계를 말한다. 이 과정에서 아이는 아버지에게 거세 위협을 느끼는데, 이 두려움에서 벗어나기 위해 아버지와 동일화를 꾀한다. 이때 아버지를 경쟁자가 아니라 하나의 모방해야 할 모델로서 인식하게 된다. 아이가 아버지와 동일화를 꾀하는 것은 중요한 의미를 갖는다. 이를 통해 거세 위협에서 벗어나면서 하나의 주체로 태어나기 때문이다.

넓은 의미에서 오이디푸스 단계란 인간 주체가 자신을 규정하는 타자의 시선이나 목소리에 위협을 느끼고, 그것을 받아들임으로써 자신도 그 일원이 되는 것을 말한다. 이때 타자의 세계는 의미화의 세계, 곧 상징의 세계이며 분절의 세계이다. 특히 큰 타자인 이데올로기나 상징 질서 등은 아버지의 역할을 하는 '아버지의 은유'로서, 인간 주체를 규정하고 통제하는 법으로서 기능한다.

이런 측면에서 1차적 나르시시즘의 세계가 전오이디푸스 단계로의 귀환이라는 사실은 상징화의 영역, 곧 의미화의 영역 이전의 세계임을 뜻하는 것이다. 전오이디푸스 단계는 주체와 대상, 삶과 죽음, 성과 속 등이 분리되지 않고 통합되어 있는, 원초적으로 통합되어 있는 세계이다. 여기에는 아버지의 목소리나 시선 다시 말해 아버지의 법이 깃들지 않는 세계이므로, 어떤 분절이나 분리도 일어나지 않는다. 그러므로 이 시기의 시적 주체가 전오이디푸스 단계로 귀환을 꾀한 것은 타자의 시선이나 아버지의 법에 따라 규정되고 통제되기 이전의 세계로 돌아가는 것이다.

이는 곧 자신의 본원적인 존재를 찾기 위한 것이었다고 생각해 볼 수 있다. 다시 말해서 전오이디푸스 단계로의 귀환은 본원적인 '나'를 찾아가는 과정이자, 자신에 대한 사랑을 표현한 극단적인 자기애의 한 양상이라고 볼 수 있다. 이처럼 본원적인 '자기'를 찾아 나섬으로써 자아를 보존하고자 하는 욕망은 《질마재 신화》와 그 뒤의 몇몇 시편들에서 잘 보여 주고 있다.

1) 육체의 전경화와 가부장적 질서의 해체

앞서 지적했듯이, 《질마재 신화》와 그 뒤의 몇몇 시편들[200]에 나오는 사물들의 부활은 《화사집》에서 볼 수 있었던 '손톱', '입술', '폐' 등의 부분 대상의 전경화와는 다른 것이다. 《화사집》에서 파편화한 육체의 전경화는 파편화하기 이전의 전체적인 육체와의 통합을 암시한다. 따라서 중기시의 부분과 전체의 통합이라는 상상적 세계로 나아가는 단서를 제공하는 것이다. 그러나 《질마재 신화》에 드러나는 육체는 파편화한 것이 아니라, 그것만으로도 충만하고 풍요롭고 생산적인 육체이다. 여기에는 욕망이 필요치 않으며, 육체 자체가 자신의 모습을 드러낼 뿐이다.

小子 李 생원네 무우밭은요. 질마재 마을에서도 제일로 무성하고 밑둥거리가 굵다고 소문이 나었는데요. 그건 이 소자 이 생원네 집 식구들 가운데서도 이 집 마누라님의 오줌 기운이 아주 센 때문이라고 모두들 말했읍니다.

---

200) 《질마재 신화》 뒤의 몇몇 시편들이란 주로 유년을 떠올리게 하고, 세계(타자)와 내가 원초적으로 통합되어 있다고 생각하는 시편들을 말한다.

옛날에 新羅 적에 智度路大王은 연장이 너무 커서 짝이 없다가 겨울 늙은 나무 밑에 장고만한 똥을 눈 색시를 만나서 같이 살았는데, 여기 이 마누라님의 오줌 속에도 장고만큼 무우밭까지 鼓舞시키는 무슨 그런 신바람도 있었는지 모르지. 마을의 아이들이 길을 빨리 가려고 이 댁 무우밭을 밟아 가로질러가다가 이댁 마누라님한테 들키는 때는 그 오줌의 힘이 얼마나 센가를 아이들도 할수없이 알게 되었읍니다. ―「네 이놈 게 있거라. 저 놈을 사타구니에 집어 넣고 더운 오줌을 대가리에다 몽땅 깔기어 놀라!」 그러면 아이들은 꿩 새끼들같이 풍기어 달아나면서 그 오줌의 힘이 얼마나 더울까를 똑똑히 잘 알 밖에 없었읍니다.

〈소자 이 생원네 마누라님의 오줌 기운〉 전문

바흐친에 따르면, 성기와 배설물은 '물질적 육체의 원리'에 기초한 그로테스크 리얼리즘의 극치를 보여 주는 것이다. 여기에서 '물질적 육체 원리'란 인간의 신체와 그 기능에 관련된 원칙을 말한다. 그리하여 코, 입, 젖가슴, 성기, 항문, 창자, 배 등과 같이 돌출되어 있거나 구멍이 뚫려 있는 신체 부위가 중시된다. 이것들은 대개 이성을 표상하는 머리에서 멀어진 신체의 아랫부분과 관련된다는 측면에서, 이성적인 것의 전도와 관련이 있다. 이 시는 그동안 문학사에서 회피되어 왔던 여성의 음경을 초점화하고 있다.

위 텍스트는《삼국유사》권1〈기이〉제1 '지철로왕'과 상호텍스트적인 관계에 있다. 상호텍스트의 장구만한 똥이나, 위 텍스트의 오줌은 모두 생산력, 생명력, 창조력과 관련을 맺고 있다. 성기 또한 인간의 창조적 행위와 관련된다. 이 시에서 '마누라님의 무밭이 제일로 무성하고 밑둥거리가 굵은 것'은 바로 이러한 풍요와 생명력을 상징한다.

그러나 더 중요한 문제는 어떤 상황이나 사실을 진술하는 방법으로 전개되던 텍스트에 "네 이놈 게 있거라. 저 놈을 사타구니에 집어넣고 더운 오줌을 대가리에다 몽땅 깔기어 놀라!"라는 직접 진술이 들어간다는 점이다. 이는 설명조의 전체 텍스트에서 이질적인 부분이다. 게다가 상스러운 욕설이 들어가면서 차분하게 진술된 텍스트에 긴장감과 재미를 준다. 여기에서 우리는 그동안 시에서 배제되어 왔던 육체적 요소가 전경화하면서 텍스트를 유희적으로 만들고 있음을 목격한다.

사실 이 시의 상호텍스트에는 지철로왕의 음경과 그 부인이 눈 똥의 크기가 보통 사람들의 그것들보다 월등히 크다는 정도로만 적혀 있다. 시적 주체는 여기에 마누라님의 풍성한 무밭을 연결시키면서, 지철로왕과 부인의 음경이 풍요로운 생산력과 관련되도록 만든다. 고전 문화에서 억압되고 무겁게 다루어져 왔던 '성'의 문제를 전경화하여 희극적인 것으로 만들고 있는 것이다.

바흐친은 《프랑수와 라블레와 중세의 민중 문화》에서, 라블레F. Rabelais가 인간의 신체와 그 이미지를 텍스트로 형상화할 때 유독 어느 한 방향만을 강조하는 점에 주목한다. 강조된 방향은 바로 육체의 하위 층위이다. 이는 부정적으로 여겨졌던 육체의 하위 층위에 대한 긍정화이다. 또한 현실의 관념에서 상스럽게 여겨지는 욕설을 전경화한 것 또한 '위와 아래'의 관념을 전도시킨 것이다.

이 생원네 마누라님의 행위는 매우 희극적이며, 그 행위에 놀라 달아나는 아이들의 모습 또한 독자로 하여금 유쾌한 웃음을 자아낸다. 이러한 유쾌한 웃음을 불러일으키는 대상은 이 생원네 마누라님뿐 아니라 유년 시절의 서정주도 포함된다. 그렇기에 이 시의 웃음은 남을 조롱하거나 비웃는 것이 아니라 자기 자신도 웃음의 대상으로 삼는 해학적인 웃음이다. 유쾌한 웃음의 세계, 해학적 웃음의 세계에서는 모든 인물들이 동등하게, 모두가 행복하게 웃음을 만들어내고 또 그 웃음의 대상이 된다.

陰 스무날 무렵부터 다음 달 열흘까지 그네가 만든 개피떡 광주리를 안고 마을을 돌며 팔러 다닐 때에는 「떡맛하고 떡 맵시사 역시 알묏집네를 당할 사람이 없지」 모두 다 흡족해서, 기름기로 번즈레한 그네 눈망울과 머리털과 손 끝을 보며 찬양하였읍니다. 손가락을 식칼로 잘라 흐르는 피로 죽어가는 남편의 목을 추기었다는 이 마을 제일의 열녀 할머니도 그건 그랬었읍니다.

달 좋은 보름 동안은 무시당했다가도 달 안 좋은 보름 동안은 또 그렇게 이해되는 것이었지요.

앞니가 분명히 한 개 빠져서까지 그네는 달 안 좋은 보름 동안을 떡 장사를 다녔는데, 그 동안엔 어떻게나 이빨을 희게 잘 닦은 것인지, 앞니 한 개 없는 것도 아무 상관없이 달 좋은 보름 동안의 戀愛의 소문은 여전히 마을에 파다하였읍니다.

방 한 개 부엌 한 개의 그네 집을 마을 사람들은 속속들이 다 잘 알지만, 별다른 연장도 없었던 것인데, 무슨 딴손이 있어서 그 개피떡은 누구 눈에나 들도록 그리도 이뿌게 만든 것인지, 빠진 이빨 사이를 사내들이 못 볼 정도로 그 이빨들은 그렇게도 이뿌게 했던 것인지, 머리털이나 눈은 또 어떻게 늘 그렇게 깨끗하게 번즈레하게 이뿌게 해낸 것인지 참 묘한 일이었읍니다.

〈알묏집 개피떡〉 부분

알묏댁은 서방질 때문에 달이 밝을 때 마을 사람들로부터 무시당한다. 하지만 달이 밝지 않은 그믐을 전후해서는(정확히 음력 스무날 무렵부터 다음 달 열흘까지) 떡을 만들어 파는데, 마을 사람들이 흡족해 한다. 이 시는 이러한 원인과 결과에 의해서 진술되고 있다.

이 시에서 '달'은 알묏댁의 정숙함과 부정함을 동시에 매개한다. 여기에서 우리는 달을 매개로 하는 대립항을 볼 수 있다.[201] 알묏댁의 부정을 가능하게 하는 것도 달이며, 알묏댁의 정숙함을 가능하게 하는 것도 달이다. 다시 말해 달은 인간으로 하여금 수많은 이질적 사물들을 연결시키고 접촉시킬 수 있도록 만들어 준다.[202] 우리는 이 시에서 달을 매개로 알묏댁의 부정한 모습과 정숙한 모습이 융화되는 것을 볼 수 있다. 그것은 알묏댁을 바라보는 마을 사람들의 인식에서도 그러하다.

이런 측면에서, 우리는 《질마재 신화》에서 두 개의 대립항 사이에 떠도는 인물들을 많이 발견할 수 있다. 알묏댁은 부정한 인물이지만 동시에 정숙한 인물이기도 하다. 그믐과 연관된 보름 동안은 알묏댁을 부정한 인물로 생각하게 하지만, 떡을 정결하게 만드는 나머지

---

201) 송효섭, 《삼국유사와 한국문학》, 학연사, 1985, 249쪽; 아래의 그림을 보면, 《질마재 신화》에는 기호들이 대립항 사이를 떠돌고 있음을 볼 수 있다. 이것이 바로 이 분법적 사고를 해체하는 《질마재 신화》의 특성이라 할 수 있다.

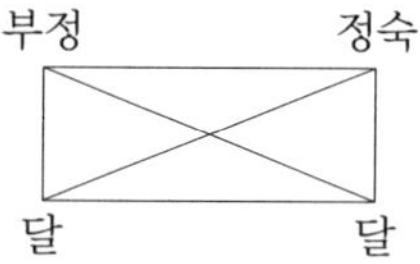

202) 미르체아 엘리아데, 이동하 역, 《성과 속 종교의 본질》, 학민사, 1996, 139~140쪽; 엘리아데에 따르면, 일반적으로 순환, 이원성, 양극성, 대립, 갈등과 같은 관념뿐 아니라, 대립자들 사이의 융화, 반대의 일치coincidentia oppositorum와 같은 관념도 달의 상징에 따라 발견되거나 명료화한 것들이다.

시간 동안은 정숙한 인물로 비추어지기 때문이다. 그렇기에《질마재 신화》에서 '부정과 정숙'이라는 이분법적 체계는 와해되며, 인물들은 두 대립항 사이에서 떠돌아다닌다.

문학적 언어의 측면에서, 달은 우주의 순환을 상징한다. 달이 생성과 소멸의 과정을 반복하듯이, 이 시에서 질마재 사람들은 밝은 보름 동안의 알묏댁의 행실에 대해서 비난하고 나머지 보름 동안의 행실에 대해서 만족하는 것을 반복한다.

달의 주기적인 순환은 죽음과 삶의 주기적인 반복이다. 다시 말해 달이 보름을 향해 치달을 때는 생성하는 과정에 있는 것이며, 달이 그믐을 향해 치달을 때는 죽어 가는 과정에 있는 것이다. 알묏댁이 달이 밝은 보름 동안 마을 사람들에 의해 배척받는다는 것은 알묏댁의 상징적인 죽음을 뜻한다. 반대로 달이 없는 보름 동안 마을 사람들에게 받아들여진다는 것은 알묏댁의 상징적인 삶을 뜻한다. 이러한 상징적인 생과 사는 주기적으로 반복된다.

그러하기에 이 시에는 달과 연관되는 상징적 의미와 배치되는 요소가 있다. 달이 보름달이 되어 가는 과정에서 알묏댁의 부정이 저질러진다는 점에서 그러하다. 이는 잘 보이지 않는 곳에서 인간의 부정이 펼쳐진다는 관념을 전도시키고 있는 것이다. 반대로 달이 소멸되어 가고 있는 과정에서 알묏댁의 정숙한 행위가 이루어진다는 점도 마찬가지이다. 곧 '생성-부정'의 고리와 '소멸-정숙'의 고리는 문학적 상징으로서 달의 의미를 전도시키기에 충분하다.

2) 비천한 것들의 카니발과 신분 질서의 전도

《질마재 신화》와 질마재에 대한 기억을 다룬 시편들에서 '앉은뱅이 사내'(〈신선 재곤이〉), '머슴아이'(〈단골 무당네 머슴 아이〉), 서방질

을 하는 '과부댁'(《말피》), '석녀'(《알묏집 개피떡》), '황먹보'(《김유신
풍》) 등은 모두 비천한 존재들이자 실존했던 인물들이다. 이들은 당
시 근대화를 강력하게 추진하던 지배 세력에게는 청산되거나 사라
져야 할 존재들이며, 질마재의 구도 안에서는 최하층을 차지하면서
가끔씩 손가락질을 당하거나 기껏해야 연민의 대상이 되었던 존재
들이다.

이들 비천한 것들의 귀환은 두 가지 차원에서 전도를 포함한다.
하나는 이들이 인위적인 도덕이나 규범을 벗어났지만, 자연을 닮았
기에 자연스러운 것으로 정당화함으로써 서정주가 그 존재들에게
긍정적인 의미를 부여한다는 점이다. 또 이러한 의미 부여를 통해
세속적이고 인위적인 신분 질서를 전도시킨 것은 당시 산업화와 도
시화의 촉진으로 소외되어 가던 농촌과, 그 가운데서도 농촌의 하층
민들과 그들의 삶에 긍정적인 의미를 부여하게 된다. 그리하여 새롭
게 조성되기 시작한 도시와 이성 중심의 질서화를 거부했다는 측면
에서의 전도가 일어나는 것이다. 《질마재 신화》가 도시와 이성 중심
의 질서화에 반기를 들고, 또 그것을 전도시키는 모습을 보여 주고
있다는 근거는 《질마재 신화》 곳곳에서 발견할 수 있다.

아무리 집안이 가난하고 또 천덕꾸러기래도, 조용하게 호젓이 앉
아, 우리 가진 마지막껏─똥하고 오줌을 누어 두는 소망 항아리만은
그래도 서너 개씩은 가져야지. 上監녀석은 宮의 각장판방에서 백자
의 매화틀을 타고 누지만, 에잇, 이것까지 그게 그 까진 정도여서야
쓰겠나.

〈소망(똥깐)〉 부분

위에서 인용한 텍스트의 어조는 매우 희극적이며 해학적이다. 중요한 것은 시적 주체가 이러한 희극적 어조로 세계를 긍정하고, 역사에서 소외될 인물들이나 주변 문화에 긍정적 가치를 준다는 점이다. 〈소망(똥깐)〉에서는 '상감(임금)'과 같은 고귀한 존재마저도 오줌과 똥을 누는 원초적인 인간으로 제시하면서 웃음을 자아낸다. 임금의 권위나 위엄은 박탈당하고, 천덕꾸러기는 오줌과 똥을 눈다는 측면에서 임금과 대등한 위치에 서게 된다. 서정주는 이러한 해학적 웃음으로 '위와 아래', '성과 속' 등의 이분법을 무화한다.

　　이것에다가는 지붕도 휴지도 두지 않는 것이 좋네. 여름 폭주하는 햇빛에 일사병이 몇 천개 들어 있거나 말거나, 내리는 쏘내기에 벼락이 몇 만 개 들어 있거나 말거나, 비 오면 머리에 삿갓 하나로 응뎅이 드러내고 앉아 있는, 휴지 대신으로 손에 닿은 곳의 흥부 박잎사귀로나 밑닦아 간추리는――이 한국 〈소망〉의 마지막 用便 달갑지 않나?

〈소망(똥깐)〉 부분

'하늘의 해와 달과 별이 잘 비치는' 곳이 바로 소망이다. 곧 소망에는 자연이 있으며, 자연이 숨 쉬는 곳이다. 그곳에서 일을 보는 사람 또한 자연과 호흡할 수밖에 없다. 이렇듯 불편하고 지저분한 소망을 인간이 자연(우주)과 호흡하는 장소로 높이 여기고 있는 것은, 화장실이라 불린 현대 문명을 전도시키는 행위이다. 이데올로기적인 차원에서는 과학과 이성의 산물에 대한 전도라고 할 수 있다.

　　이 말피 이것은 물론 저 신라적 김유신이가 천관녀 앞에 타고가

던 제 말의 목을 잘라 뿌려 정떨어지게 했던 그 말피의 효력 그대로
서, 이조를 거쳐 일정초기까지 온 것입니다마는 어떨갑쇼? 요새의
그 시시껄렁한 여러 가지 이별의 방법들보단야 이게 훨씬 찐하기도
하고 좋지 안을갑쇼?

〈말피〉 부분

　여기에서 '말피'는 물질로 국한되는 것이 아니라, 신라 정신을 표
상한다. 중요한 점은 시적 주체가 신라 때부터 이어져 내려온 이별
법과 당대의 이별법을 대조시키고, 전통적인 이별법에 더 나은 가치
를 부여한다는 것이다. 이는 당대의 문화 속에서 탄생한 이별법을
비판한 것이라 할 수 있다. 이때 비판을 받는 이별법은 당대의 문화
현상 전체를 표상한다는 점에서, 시적 주체는 신라 정신이 깃들어
있는 전통적인 이별법으로 당대의 문화 현상을 비판하고 전도시키
고 있다.

　　세상에서도 제일로 싸디싼 아이가 세상에서도 제일로 천한 단골
무당네 집 꼬마둥이 머슴이 되었습니다. 단골 무당네 집 노란 똥개
는 이 아이보단 그래도 값이 바싸서, 끼니마다 얻어먹는 물누렁지
찌끄레기도 개보단 먼저 차례도 오지는 안 했습니다. (중략)
　「이 놈의 새끼야. 이 개만도 못한 놈의 새끼야. 네 놈 웃는 쌍판이
그리 재수가 없으니 이 달은 푸닥거리 하자는 데도 이리 줄어 들고
만 것이라……」 단골 무당네까지도 마침내는 이 아이의 웃음에 요렇
게쯤 말려 들게 되었습니다.
　그리하여 이 아이는 어느 사이 제가 이 마을의 그 교주가 되었다
는 것을 알았는지 몰랐는지, 어언간에 그 쓴 말투가 홱딱 달라져 버

렸읍니다.

「……헤헤에이, 제밀헐 것! 괜스리는 씨월거려 쌌능구만 그리여. 가만히 그만 있지나 못허고……」 저의 집 主人—단골 무당 보고도 요렇게 어른 말씀을 하게 되었읍니다.

〈단골 무당네 머슴 아이〉 부분

이 시의 주인공인 단골 무당네 머슴아이는 신분의 변화를 보인다. 똥개보다 값싼 아이에서 무업巫業의 교주가 된 것이다. 이와 달리 무당은 상대적으로 지위가 낮아졌다. 여기에서 우리는 일종의 상태 전도를 볼 수 있다. 이처럼 높은 곳에 자리 잡고 있는 권위나 인물을 낮은 차원으로 끌어내리고 조롱의 대상으로 삼는 것은 그로테스크 리얼리즘의 한 원리이다.[203] 바흐친은 이를 '유쾌한 상대성'이라 부른 바 있다.

위 텍스트에서 머슴아이를 개보다 낮게 취급했던 무당이 그 머슴아이로부터 무시를 당하는 장면은 실소를 자아내게 한다. 비록 이 웃음이 무당의 강등에서 비롯된, 다시 말해서 무당의 희화화에서 비롯된 웃음이긴 하지만, 머슴아이 또한 매우 우스운 존재로 제시된다는 점에서 풍자적이라기보다는 해학적 웃음에 가깝다. 이러한 해학적 웃음의 세계, 유쾌한 상대성의 원리가 지배하는 세계에서 '위와 아래', '성과 속' 등은 분리되어 있는 것이 아니라 공존하면서, 세계를 웃음으로 가득 채운다.

---

203) 성현경, 《한국옛소설론》, 새문사, 1995, 423쪽.

2.

신화적 세계와 유년으로 회귀

《질마재 신화》는 다음 두 가지 측면에서 신화적인 의미를 갖는다. 개인적인 신화로 분리 분절되기 이전의, 원초적 세계로서의 신화적 의미와 상징화하고 의미화한 세계를 뛰어넘은 신화적 의미이다.

첫 번째의 신화적 의미, 곧 나와 세계가 분리되지 않고 통합되어 있는 1차적 나르시시즘의 세계는 파멸의 긴장감에서 벗어나 편안하고 아늑한 원초적 상태로 회귀함과 다름없다. 따라서 서정주의 나르시시즘적인 경향을 보이는 시들은 영원성과 관련을 맺고 있다. 이는 역설적으로 원초적인 상태로의 복귀, 다시 말해 죽음을 향해 움직일 수밖에 없는 인간의 모순적인 상황을 보여 주는 것이다.

《질마재 신화》의 1차적 나르시시즘은《귀촉도》와 그 뒤의 시편들에서 볼 수 있는 2차적 나르시시즘과 다르다. 2차적 나르시시즘은 세계(타자)와 나의 분리를 경험한 뒤에 그 분리를 상상적으로 통합하는 것이지만, 1차적 나르시시즘은 분리 자체를 인정하지 않고 본래부터 통합되어 있다고 상상하는 것이기 때문이다. 그러므로 2차적 나르시시즘의 세계에서는 비록 세계가 분열과 갈등 상태에 있지만, 주체가 이를 통합하여 세계가 마치 원래부터 단일하게 총체화하여 있는 것으로 상상하는 것이다. 이런 측면에서 세계와 나, 자연과 인간 사이에는 갈등이 존재하게 되는데, 이 갈등을 상상을 통해 봉합하는 것이 2차적 나르시시즘의 세계이다. 이와 달리 1차적 나르시시즘의 세계는 세계가 본래부터 통합되어 있는 것으로 상상하기에, 원초적으로 나와 세계 사이에는 어떠한 분리나 갈등이 존재하지 않는 것이다.

두 번째, 상징화하고 의미화한 세계를 뛰어넘었다는 측면에서 신화적 의미를 갖는 《질마재 신화》와 그 뒤의 몇몇 시편들은 상징화한 세계가 만들어 낸 이데올로기 자체를 거부하는 속성을 갖고 있다. 다시 말해서 《질마재 신화》는 상징화한 세계가 만든 '성과 속', '위와 아래', '남과 여', '과거와 현재' 등 모든 이데올로기들을 해체하면서, 그 경계들이 모호해지거나 아니면 원초적으로 통합되어 있는 세계이다. 그러므로 《질마재 신화》는 기존 이데올로기들이 만들어 낸 분절과 분리를 거부한다는 측면에서 일종의 메타 이데올로기를 드러내고 있다. 메타 이데올로기란 이데올로기에 대한 이데올로기적 반응을 말한다. 다시 말해 《질마재 신화》가 보여 주는 세계는 이데올로기를 거부하는 세계이지만, 그 자체가 또 하나의 이데올로기가 된다는 측면에서 메타 이데올로기가 되는 것이다. 또한 1차적 나르시시즘의 충동은, 2차적 나르시시즘의 충동과 마찬가지로, 자기 보존을 위한 자아 본능의 결과로 상상된다. 따라서 나르시시즘의 세계는 외부에서 오는 자극으로부터 벗어나 자아가 평안한 상태를 유지하기 위해 도입된 것이라 할 수 있다.

서정주의 시에서 세계가 원초적으로 통합된 것이라고 상상하는 또 다른 방법은 주술적 세계관을 도입하는 것이다. 제임스 프레이저 J. G. Frazer는 주술을 다음과 같은 두 가지 원리로 요약하였다.

첫째, 비슷한 것은 비슷한 것을 낳는다. 곧 결과는 원인과 비슷하다는 일종의 유사의 법칙Law of Similarity으로, 동종요법적 주술 Homoepathic Magic 또는 모방주술Imitative Magic이라고도 일컫는다. 우리의 일상생활에서 '엿·떡 붙이기'가 '시험에 붙기를 바라는 마음'과 연결되는 것이나, 서정주의 〈무등을 바라보며〉에서 '산의 지란 가꾸기'가 '가난을 이기는 귀한 마음'과 연관[204]되는 것이 그 예이다.

둘째, 이전에 서로 접촉했던 사물은 물리적인 접촉이 끝난 뒤에도 공간을 사이에 두고 상호적 작용을 계속한다. 일종의 접촉의 법칙Law of Contact으로 감염주술Contagious Magic이라고도 일컫는다.[205]

서정주의 《질마재 신화》 뒤의 시편들에는 시공간을 사이에 두고 있는 인물과 사물의 정신적 감응을 다루는 것이 많다. 특히 이러한 모방주술이 시에 많이 보이는 것은 세계가 시공을 초월하여 하나로 통합되어 있다는 서정주의 인식이 깔려있기 때문이다.

> 모시밭 골 감나뭇집 설막동이네 과부 어머니는 마흔에도 눈썹에도 쌍긋한 제물향이 스며날 만큼 이뻤었는데, 여러해 동안 도깝이란 별명의 사잇서방을 두고 전답 마지기나 좋이 사들인다는 소문이 그윽하더니, 어느 저녁엔 대사립문에 인줄을 늘이고 뜨끈뜨끈 맵고도 비린 검붉은 말피를 좌악 그 언저리에 두루 뿌려 놓았습니다.
>
> (중략)
>
> 이 말피 이것은 물로 저 신라적 김유신이가 천관녀 앞에 타고가던 제 말의 목을 잘라 뿌려 정떨어지게 했던 그 말피의 효력 그대로서, 이조를 거쳐 일정초기까지 온 것입니다마는 어떨갑쇼? 요새의 그 시시껄렁한 여러 가지 이별의 방법들보단야 이게 훨씬 찐하기도 하고 좋지 안을갑쇼?

〈말피〉 부분

---

204) 김열규, 《한국문학사》, 탐구당, 1983, 156쪽.

205) 제임스 조지 프레이저, 김상일 역, 《황금가지》, 을유문화사, 1975, 42~81쪽 참조; 로지는 이를 은유와 환유의 대립에 대응시켰다.(David Lodge, *The Modes of Modern Writing*, E. Arnold, 1983, pp.80~81)

위 시는 《동국여지승람》 제21 〈경주불우조慶州佛宇條〉에 실린 ‘천관녀 설화’를 선행텍스트로 갖는다. 따라서 김유신과 설막동이네 어머니의 행위에는 ‘비슷한 행위는 비슷한 결과를 초래한다’는 유사법칙이 작용하고 있다. 다시 말해, 김유신이 사랑하는 여인 천관녀와 이별하기 위해 아끼는 애마의 목을 자름으로써 자신의 의사를 천관녀에게 전달했듯이, 설막동이네 어머니 또한 자신에게 전담 마지기나 사들이게 해 준 도까비 서방과의 이별하기 위해 도까비 서방이 출입하는 대사립문에 말피를 뿌림으로써 자신의 의지를 전달했기 때문이다.

다만 ‘말피’가 천관녀 설화에서는 비극적인 이별을 불러일으키지만, 〈말피〉에서는 아이러니한 이별을 불러일으킨다. 중요한 것은 변형이 아니라 그 변형의 효력이다. 효력은 신라부터 조선시대를 거쳐 일제시대 초기(이 시의 여주인공이 살았던 시기)까지, 천 년의 세월을 넘어서 김유신으로부터 설막동이네 어머니에게 이어진다. 다시 말해서 시간과 공간, 계층의 차이를 넘어서 말피의 효력이 지속되고 있는 것이다.

> 신라 선덕여왕이 여자라고 업신여기고 도적놈의 새끼들이 수군거리고 있다가 마침 밤하늘에 유성이 흘러내리는 걸 보고 (중략) 김유신이 역시 밤하늘에 불붙인 짚 제웅을 매달은 종이鳶을 날려 올리며 「그 고약한 별이 내려왔다 무서워서 다시 올라간다. 보아라!」 널리 왜장을 치게 해 감쪽같이 그 국민의 불안을 없이해 버렸다는 이 얘기는 삼국유사에도 들어있어 책 볼 줄 아는 사람은 두루 잘 알지만,
>
> (중략)
>
> 그리고 해가 졌는데, 연석은 또 오매를 부를 줄 알았더니 이번에

는 아무 소리 없이 후다닥따 우아랫두리 입은 걸 몽당 벗어 내팽개
쳐 버리더니 와르르를 그 개어 논 뻘흙 옆으로 다가가서 왼 몸뚱이
를 두 눈주먹만 내놓고는 가맣게 까맣게 흙탕으로 번지르르 칠하고
나서는 아까 그 피모시 줄 끝에 매하고 방울하고 같이 매단 종이燈
에 부싯돌로 불을 덩그랗게 붙여 밝히곤, 그것들을 모두 두 손에 감
아쥐고 뒷집 長者네 집 大門간 큰 감나무 위로 뽀르르르 다람쥐새끼
같이 기어올라갔다.

(중략)

하고, 그 이뿐 딸과, 그 잘 여무는 논밭과, 좋은 요이부자리에,
살림 세간을 주어 그 먹보를 사위 삼았다는 이얘긴데, 글세 어쨌었
는지 우리 두 눈으로 똑똑히 보지 못해서 뭐라 장담할 수는 없지만
서도, 하여간에 저 김유신의 삼국유사 속 얘기가 이렇게 번안되어
내려온 걸 들어보는 건 꽤 재미가 있다.

〈김유신풍〉 부분

이 시는《삼국사기》권41 〈열전〉 제1 '김유신'에 실린 설화를 상호
텍스트로 가지고 있다. 김유신이 불붙인 짚을 연에 매달아 날려 정
국政局을 안정시켰다는 이야기의 다른 형태라고 할 수 있다. 그러므
로 신라 김유신의 행위와 질마재 황먹보의 행위 사이에는 유사법칙
이 작용하고 있다. 김유신의 행위가 자신이 바라는 정국의 안정을
가져왔듯이, 황먹보의 행위는 자신이 바랐던 장자의 딸과 재산을 얻
게 되는 것이다.

선행텍스트에서 김유신은 '종이연'에 불붙인 짚을 매달아 간교한
소문을 물리침으로써 간신들의 책략을 막는다. 이와 달리 황먹보는
살아있는 '매'에 종이등을 매달고 거기에 불을 붙인 후, 방울을 매달

아 하늘로 날려 보내 자신의 목적을 달성한다. 여기에는 한 가지 변형이 있는데, 바로 종이연에서 매로의 전이이다.

이런 측면에서 황먹보와 김유신 사이에는 시공을 초월하는 어떤 유대감이 존재한다. 《질마재 신화》에서 상호텍스트 속 인물과 텍스트 속 인물 사이에 공감적인 유대가 성립하는 작품들은 공간에서의 거리를 뛰어넘을 뿐만 아니라 시간과 계층의 차이를 뛰어넘는 연속성을 지닌다. 이렇듯 세계는 시공간과 계층의 차이를 넘어 연속되고 통합되어 있다.

시공간의 차이를 넘어선 정신적 감응을 보이는 텍스트들과 비슷하게, 생사의 차이를 넘어서 산 자와 죽은 자가 대화하고 연결되어 있음을 보여 주는 것은 속신俗信적 사고를 반영한 작품들이다.

바닷물이 넘쳐서 개울을 타고 올라와서 삼대 울타리 틈으로 새어 옥수수밭 속을 지나서 마당에 건히 고이는 날이 우리 외할머니네 집에는 있었습니다. 이런 날 망둥이 새우 새끼를 거기서 찾노라고 이빨 속까지 너무나 기쁜 종달새 새끼 소리가 다 되어 앞발로 낄낄거리며 쫓아다녔읍니다만, 항상 누에가 실을 뽑듯이 나만 보면 옛날 이야기만 무진장 하시던 외할머니는, 이때에는 웬일인지 한 마디도 말을 않고 벌써 많이 늙은 얼굴이 엷은 노을빛처럼 불그래해져 바다 쪽만 멍하니 넘어다보고 서 있었습니다.

그때에는 왜 그러시는지 나는 아직 미처 몰랐읍니다만 그분이 돌아가신 인제는 그 이유를 간신히 알긴 알 것 같습니다. 우리 외할아버지는 배를 타고 먼 바다로 고기잡이 다니시던 어부로, 내가 생겨나기 전 어느 해 겨울의 모진 바람에 어느 바다에선지 휘말려 빠져버리곤 영영 돌아오지 못한 채로 있는 것이라하니, 아마 외할머니는

그 남편의 바닷물이 자기 집 마당에 몰려 들어오는 것을 보고 그렇
게 말도 못 하고 얼굴만 붉어져 있었던 것이겠지요.

〈해일〉 전문

여기에서 외할아버지는 산 자가 아니다. 외할아버지는 배를 타고
먼 바다로 고기잡이를 나갔다가 영영 돌아오지 못하고 죽었다. 따라
서 바다에서 죽은 외할아버지가 바닷물을 타고 할머니를 만나러 온
다는 사고는 현실에서 이해하기 어렵다. 그러나 질마재는 현실의 세
계이자 신화의 세계이다. 시적 자아인 '나'는 이 신화적 세계를 이해
하고 공감할 수 있다. 왜냐하면 나 또한 신화적 세계에 속한 일원이
기 때문이다.

여기에서 우리는 죽은 자와 산 자 사이의 혼교魂轎를 본다. 왜냐
하면 바닷물을 타고 할머니를 만나러 온 존재는 산 자가 아니라 죽
은 할아버지의 영혼이기 때문이다. 이때 물은 죽은 것을 부활시키
는 상징적인 역할을 수행한다. 물과의 접촉은 언제나 부활을 가져온
다.[206] 외할아버지의 영혼이 바닷물과의 접촉을 통해 부활하여 외할
머니를 만나러 오기 때문이다. 그러므로 외할아버지가 바닷물에 잠
겨 돌아갔다는 것은 영원한 죽음을 뜻하지 않는다. 물에 잠기는 것
이 궁극적인 사멸을 의미하는 것은 아니기 때문이다.

물에 잠긴다는 것은 미분화된 세계, 잠정적으로 통합되었다가 다
시 새로운 창조, 새로운 생명, 새로운 인간으로 이어지는 것을 뜻한
다.[207] 따라서 물은 할아버지를 미분화된 세계에 잠기게 했다가 새
로운 생명으로 거듭나게 한다. 다시 말해 살해자의 역할을 하는 동

---

206) 미르체아 엘리아데, 이동하 역,《성과 속 종교의 본질》, 학민사, 1996, 115쪽.
207) 미르체아 엘리아데, 위의 책, 116쪽.

시에 할아버지를 재생시키는 기능을 하는 것이다. 이렇듯 물은 위 텍스트에서 자신의 의미소로 죽음과 부활이라는 대립적인 의미를 모두 지니는 모순적인 단어이다.

이렇듯 《질마재 신화》의 세계는 산 자와 죽은 자가 연결되어 있기 때문에 서로 대화를 할 수 있다. 이는 일종의 혼교로, 이 땅의 신비주의의 핵심이자 생사불리生死不離의 사상을 잘 드러낸다. 시적 주체는 산 자와 죽은 자를 하나로 통합하는 신비 체험에 대해 공감을 표시한다. 이러한 신비 체험은 시적 주체에게는 실제적인 사건이자 진실 그 자체이다. 그러므로 질마재의 세계는 신화가 살아있는 공간이며, 신화가 질마재 사람들의 일상적 행동을 결정하는 사회이다. 이런 사회에 살고 있는 사람들에게 신화는 의식적인 기만欺瞞 장치가 아니라 경험적인 진실로 받아들여지는 것이다.

결론적으로 서정주의 후기시에 드러나는 이러한 현상들을 종합하면, 시공을 초월한 정신적 감응이라고 정리할 수 있겠다. 이는 서정주가 이미 《질마재 신화》의 〈지연승부〉에서 밝혔던 천 년 전 신라인들과의 정신적 대화, 곧 시공을 초월한 정신적인 유대이다. 이러한 신라인들과의 시공을 초월한 정신적인 대화를 전 세계적으로 확대해, 우리 조상들뿐 아니라 이미 죽은 전 세계 귀신들과의 대화, 더 나아가 무정물과의 대화로 확대한 것이다. 이런 측면에서 《질마재 신화》는 서정주의 신화적이고 대화적인 상상력의 원리를 내포하고 있는 작품이며, 그 뒤의 시집들도 이러한 원리를 한국적 동양적인 것을 넘어 세계적이고 우주적인 차원까지 확대한 것이라고 볼 수 있다. 이렇듯 정신적인 감응, 곧 정신적인 대화는 시공을 초월하여 끊임없이 이어지는 것이다.

현재에는 이미 과거와 미래가 깃들어 있으며, 이질적인 서양 문명에도 이미 동양적인 것이 깃들어 있다. 그러므로 이 세계 또는 이 우주는 이질적인 것들이 충돌하는 세계가 아니라, 이질적인 것들이 서로 동질성을 확인하면서 웃고 즐기는 대화의 세계이다. 이곳에서는 성스러운 것과 속된 것, 동양적인 것과 서양적인 것, 인간적인 것과 비인간적인 것, 산 자와 죽은 자, 유정물과 무정물의 구분 등이 불필요한 것이 되고 만다. 이 대화의 세계에서 필요한 것은 서로를 인정하고 이해하는 정신적 교감이며, 인간의 발달단계에서 볼 때 유년 시절과 일치한다고 볼 수 있다. 이러한 시공을 초월한 정신적 감응은, 문명이라는 이름 아래 분리와 단절을 유발하는, 현대 정신에 대한 대안이라고 할 수 있다.

1) 근접 감각과 시각중심주의의 와해

서정주는 《질마재 신화》와 그 뒤의 시편들에서 근접 감각을 통해 유년을 떠올리는 모습들을 많이 보여 주고 있다. 이는 추상적인 시간(과거)의 감각화와 관련이 있다. 촉각, 미각, 후각, 피부감각 등의 근접 감각은 문명적인 것이라기보다 자연적인 것에 가깝다. 시각이나 청각이 대상과 거리가 먼 반면에 이들 감각은 대상과 거리가 가깝고 직접적이라는 점에서 근접 감각이라 불린다. 대상과 거리가 멀거나 가깝다는 사실은 중요한 문제를 제기한다. 대상과 거리가 멀다는 것은 몸보다는 사고 곧 이성적 작용이 우세하다는 것을 뜻하며, 대상과 거리가 가깝고 직접적이라는 것은 이성적 사고 작용보다는 신체의 반응이 우세하다는 것을 뜻한다.[208]

---

208) 샤크텔에 따르면, 이러한 것에 대한 경험들(특히 유년시절의 경험)은 문화라는 이름으로 억압당하므로, 대개 회피되거나 억압되어 사람들의 기억에서 사라지곤 한다. 프로이트에 따르면, 인간은 통상 1세부터 6세까지의 개인적 경험을 거의 기억

인간이 사물과 직접적으로 접촉함을 느끼는 시기는 아마도 유년 시절일 것이다. 물론 유아기 때도 사물과 직접적으로 접촉하지만 그 경험의 폭이 제한되어 있다는 점에서 사물 또는 자연과 직접적인 접촉이 가능한 것은 유년 시절이라고 할 수 있다.

> 1924년 이른 봄에 우리 식구는 줄포로 이사갔는데,
>
> 이 봄 조기철 한동안은
>
> 학교 학생들의 점심 도시락에서까지
>
> 구워 놓은 굴비 냄새가 온 교실에 넘쳐서
>
> 봄 줄포의 냄새는 이것이로다 했더니만,

하지 못한다고 한다. 또 인간이 유년 시절의 경험에 대해 기억하지 못하는 것은 유아의 성적 충동을 억누르는 사회적인 억압 때문이라고 한다. 그러나 이러한 논의는 인간이 성적 충동과 관계가 없는 유년 시절의 경험 또한 기억하지 못한다는 점에서 문제가 있다고 볼 수 있다. 샤크텔은 인간이 유년 시절의 경험을 거의 기억하지 못하는 원인을 다르게 제시하고 있다. 그것은 유년 시절의 기억 구조와 성인의 기억 구조의 차이에서 말미암는다. 유아는 유년 시절에 자신과 바깥 세계를 구별하지 못하기에, 자신과 세계를 하나의 통합된 세계로 느낀다. 따라서 유아는 자신 앞에 펼쳐진 세계를 자신의 육체로써 경험한다. 곧, 냄새 맡고 만지고 맛보는 것이다. 유아가 세계를 경험하는 데 사용하는 감각은 시각이라기보다는 촉각이나 후각, 미각이다. 이때 유아는 거의 동물에 가깝다고 볼 수 있다. 그러나 이러한 유아의 동물적인 경험은 부모나 사회에게 제한을 받게 된다. 다시 말해 유아는 일종의 교육으로 자신의 쾌락을 억압당하게 되며, 그로써 부모와 사회가 요구하는 문화적 자질을 얻는다. 이로써 사회가 인정하는 일원이 되는 것이다.(Ernest G. Schactel, 'On Memory and Childhood Amnesia', *Metamorphosis*, Basic Books, Inc., New York, 1959)

반면에, 상징계에 들어선 인간은 언어를 통해 이것과 저것을 분별한다. 언어는 사회의 공통된 문화를 사회의 일원에게 습득시키는 도구이자 문화 그 자체이다. 또한 문화는 일종의 기억이다. 곧 문화는 지식을 축적하고 보존하기 위한 체계의 힘을 가리킨다. 다른 말로, 문화란 인간 사회에서 창조되고, 보존되고, 축적되고, 전달되는 기억이다.(Krinka Vidkovic Petrov, 'Memory and Oral Tradition', *Memory*, Butler, Basil Blackwell Ltd, 1989, pp.77~78)

이것 말고도 내게는 난생 처음의 신기한 남새들이 났으니

그 첫째는 코에 싸한 그 倭내음새라는 것이었네.

(중략)

우리들이 〈짱골라〉라고 불렀던

중국 사람 호떡집 냄새도,

비단 장사 왕서방네 가게에서 나는 냄새도

새것이랴, 나는 날마다 맡아보러 나가고,

또 이곳 합승 자동차부의 차에서 나는

휘발유 냄새도

호기심으로 맡아보곤 지냈지만

그중의 매력은 역시나 그 왜내음새였네.

〈줄포1〉 부분

시적 주체가 유년 시절 생활했던 줄포를 기억하는 첫 단추는 바로 그곳에서 경험했던 '내음새'들이다. 소학교에 입학했다거나, 공부를 잘해 상장을 탔다거나 하는 것들이 아닌 줄포에서 풍기는 냄새들을 기억하는 것이다. 시적 주체에게 줄포는 온갖 새로운 냄새들의 집합소였다. 점심시간에 풍기는 '조기 내음새'에서부터 '왜 내음새', '호떡 내음새', '휘발유 내음새' 등 질마재에서 경험하지 못했던 냄새들이 유년의 서정주에게 즐거움을 선사한 것이다.

여기에서 우리는 노년의 시인이 냄새라는 후각을 통해 유년을 생생하게 회고하고 있다는 것을 알 수 있다. 평소 자신의 뇌리에서 잊혀졌던 유년이 냄새를 통해 생생하게 부활하여, 마치 방금 경험했던 것을 말하듯이 표현하고 있다. 아울러 다양한 새로운 냄새들 가운데 '왜 내음새'가 유독 유년의 시인에게 매력이었던 것은 요시무라 아

야코라는 일본인 여선생과의 추억과 관련되기 때문이다. 이처럼 과거는 이야기나 사연으로 기억되는 것이 아니라 '내음새'라는 구체적인 물질로 기억된다.

> 솔숲 지나 대숲 지나
> 콩밭, 콩밭, 들깨밭.
> 반공일엔 두고 맡는
> 들깨밭 냄새.
> 할머니 막 그리워지는 들깨밭 냄새.
>
> 이 들깨밭 지나서
> 沼河 나룻배 타며는
> 흰 상투 흰 수염의 장승 같은 뱃사공
> 노질해서 건너 언덕에 나를 내렸네.
>
> 그러곤 또 들깨밭.
> 들깨밭, 콩밭.
> 들깨밭 콩밭 넘어
> 대수풀, 솔수풀,
> 할머니 더 그리워지는
> 솔품 송진 내음새.

〈반공일날 할머니집 찾아가는 길〉 전문

이 시는 서정주가 줄포 소학교 재학 시절 반공일날 질마재에 사는 할머니 댁에 다녀오던 경험을 진술한 시이다. 1연은 줄포에서 나룻터까지 오는 길에 대한 묘사를, 2연은 나룻배를 타고 건너는 광경을, 3연은 나루에서 질마재로 들어서는 대목을 묘사하고 있다.

재미있는 것은 1연과 3연을 구성하는 소재가 거의 비슷하다는 점이다. 그러나 1연에서는 들깨 냄새가, 3연에서는 송진 냄새가 부각되어 있다. 들깨 냄새는 할머니에 대한 그리움을 불러일으키고, 송진 냄새는 할머니를 더욱 그리워하게 만든다. 그렇기에 송진 냄새는 들깨 냄새보다 더 그리움을 불러일으키는 소재이다. 여기에서 할머니가 계신 곳이 들깨 냄새보다는 송진 냄새가 가까운 곳이라는 추정이 가능하다. 아니면 들깨 밭은 할머니 댁에서 멀고, 할머니 댁에 가까워질수록 소나무 숲을 마주하기 때문일 것이다. 어쨌든 시적 주체는 들깨와 송진 냄새를 통해 할머니와 고향에 대한 그리움을 아름답게 묘사하고 있으며, 마치 현재 경험하는 것처럼 유년 시절을 생생하게 그려 내고 있다.

이렇듯 서정주의 시에서 후각은 유년의 경험을 생생하게 상기시키는 중요한 요소이다. 미각과 촉각 또한 즐거웠던 유년 시절을 떠올리게 하는 구실을 한다.

고요하고 깨끗하게 박꽃이 피는
그 박꽃 시간에 어머니 지은
보리밥도 쌀밥도 다 맛이 좋았지
수수밥 누룽지도 맛이 좋았지
아무렴 그 숭늉도 맛 참 좋았지.
　하얀 하얀 박꽃은 울 어머니 꽃.
　해질 무렵 어머니가 잘 아시던 꽃.

〈박꽃이 피는 시간〉 부분

이 시의 내용은 《질마재 신화》나 다른 시집에 실린, 박꽃이 피는 시간과 관련된 시들과 비슷하다. 다른 점이 있다면, '보리밥', '쌀밥', '수수밥', '숭늉' 등에 대한 미각적 경험을 늘어놓고 있다는 것이다. 이 시를 《질마재 신화》의 〈박꽃 시간〉과 비교해 보면 그 차이를 알 수 있다. 〈박꽃 시간〉은 시간을 박꽃이 피는 사건으로 구체화시켰다면, 이 시는 더 구체적으로 '쌀밥', '수수밥', '누룽지', '숭늉' 등의 물질들로 추상적인 시간을 감각할 수 있게 만든다.

회갑 지낸 어느날

대구 교외의 어느 주막까지 흘러 와 보니

옆에 앉은 갈보 계집아이는

꼭 내 소학교쩍 동기만 같고,

소학교가 내 인생에선 제일 좋았던 게 생각나고,

장난감도 군입거리도 따로 없던 내 소학생때

가장 재미 났던

또래의 계집아이들과 서로 몸에

간지럼 먹이고 놀던 게 불쑥 그리워

「뭐 더 할 거 있니?」하며

그 갈보계집아이와 낄낄낄낄 낄낄거리며

한 식경을 겨드랑이 발바닥에 서로 간지람 먹이며

참 여러 십년만에 모처럼 한바탕 잘 웃고 놀다.

〈대구 교외의 주막에서〉 부분

후각이나 미각뿐 아니라 촉각도 유년을 떠올릴 때 중요한 구실을 한다. 회갑까지 지낸 노인이 젊은 여자와 간지럼을 피면서 노는 것을 주책이 없다고 판단할 수 있다. 하지만 시에 드러났듯이 그 행위는 단지 즐거웠던 유년의 경험을 재반복하는 것에 지나지 않는다. 그러므로 이 순간 서정주는 나이를 잊고 소학교 시절의 소년이 되며, 술집 계집아이는 소학교 때 같이 장난을 쳤던 또래의 계집아이가 된다. 앞에서 밝혔듯이, 소학교 시절로 대표되는 유년은 서정주에게 가장 행복했던 시기이다.

이렇듯 서정주는 미각, 후각, 촉각 등 근접 감각을 통해 과거를 되살리면서, 그 과거를 다시금 되살리고 있다. 그리고 이러한 추상적인 시간의 감각화는 이성과 상징 질서가 금기시해 온 것들을 전경화하는 것이며, 동서양에 공통적인 시각중심주의적인 시각을 와해시키는 것이다. 또한 서정주는 근접 감각을 통해 상징화에 저항하면서 반추할 수 없는 과거를 다시금 재경험하는 것이며, 이는 또한 상실된 유년을 다시금 봉합하려는 의도에서 이루어지는 것이라고 볼 수 있다.

2) 구술성의 전경화와 문자의 소거 과정

앞서 연구 방법에서 언급한, 질마재의 인물형에 관한 서정주의 진술은 질마재의 세계를 가늠해 볼 때 중요한 지침이 된다. 서정주가 제시한 질마재의 인물형들은 인간의 심리 구조와 연관되기도 하지만, 글(문자)을 알고 있는가 없는가에 따라 나누어 볼 수 있다. 문자 문화에 익숙한 사람들과 문자 이전의 구술문화적 전통에 익숙한 사람들이 그것이다.

가만 있자. 마을 사람들은 대개 무슨 마음 무슨 마음으로 살고 있었던가—인제는 그것을 생각해 볼까.

인제 와 풀이해 보니, 그들의 정신을 대개 세 갈래의 유파流派로 나눌 수 있을 것 같다.

첫째는 유자儒者, 둘째는 자연주의, 셋째는 뭐라 이름을 붙였으면 좋을진 모르겠으나, 노래 잘 하고 춤 잘 추고 소고·장고·꽹과리 잘 치고 멋내길 좋아하고 또 건달패이기도 했던 사람들—일종의 심미파라고나 할까.[209]

유자儒者는 조선시대에도 그랬던 것처럼 마을의 가장 큰 세력을 형성하고 있었다. 그들의 위엄과 치산治産은 그들의 자손과 마을 사람들을 강다짐으로 다져 내는 것에 힘을 발휘했다. 하지만 어린 서정주는 이를 무섭고 인색하게 인식하였다.[210] 여기에서 주목할 부분은 유자들이 마을을 위엄과 경제력으로 다스리고 통제했다는 점이다. 유자들의 말은 곧 질마재라는 마을의 법이었으며, 위엄과 위력을 갖고 있었다는 점에서 타자들을 통제하는 일종의 상징 질서에 해당한다.[211]

아울러 서정주가 자신의 아버지를 이렇게 무섭고 매력 없는 유자로 분류했다는 것은 서정주의 부친이 젊은 시절 한학을 공부했다는 전기적인 사실을 떠나, 상징 질서를 유지 존속시키는 집행자로 파악

---

209) 서정주, 《미당 자서전》 1, 민음사, 1994, 44쪽.

210) 서정주, 위의 책, 44~45쪽.

211) 이데올로기적인 측면에 볼 때, 유자는 규범을 제정하고 국민들을 통제하는 당대의 지배 체제와 상동적인 관계에 있다. 당시의 지배 세력은 한편으로는 가부장적 지배 체제를 공고히 하면서, 다른 한편으로는 경제개발을 강력히 추진했었다. 정치 제도적 측면에서는 유신체제가 확립되고, 경제체제의 측면에서는 국가가 경제계획을 세우고 밀어붙이는 계획 경제가 확립되었던 것이 이를 증명한다. 그 결과로 국민들은 통제와 억압 속에 놓이게 되었고, 농촌공동체가 와해되고 있었던 시절이었다.

하였음을 뜻한다. 이는 〈자화상〉에서 '애비'를 거부해야만 하는 상징 질서에 종속되는 동시에 그 질서를 지속시키는 인물로 파악했던 점과 등가적이라 할 수 있다. 이런 측면에서 〈자화상〉은 유자로 표상되는 아버지에 대한 거부, 다시 말해 조선시대부터 지속되어 온 유교적 질서에 대한 거부로 시작된다. 그러나 결국 아버지의 흔적 또는 유교적 질서의 막대한 책임을 인식하는 시라고 볼 수 있다.

서정주가 어려서부터 좋아하는 것은 질마재의 자연주의 일파였다. 그들은 무엇보다 무섭지도, 인색하지도 않은 것이 특징이다. 대개 글을 배우지 못해서 문자는 모르지만,[212] 천 년을 두고 실생활로 이어져 온 생활 전통에 의지하는 사람들이다. 여기에서 우리는 서정주가 글, 구체적으로 한문漢文을 쓰는 사람들을 제도와 권위에 의지하는 사람들로 평가하고 있으며, 그 권위는 글을 안다는 것에서 생긴다는 사실을 무의식적으로 지적하고 있다는 것을 알 수 있다. 이런 측면에서 '글'은 질마재 전체를 통제하는 상징 질서 그 자체이다. 이와 달리 자연주의 일파는 글을 모르는 사람들이다. 이런 측면에서 유자파와 자연주의파는 글을 알고 모름에 따라, 또 그것에서 파생되는 마을의 권력을 갖고 있느냐 없느냐에 따라 구분되는 것이다.

여기에서 서정주가 염두하고 있는 '천 년 전'이란 바로 신라시대이다. '신라'는 서정주에게 중요한 정신적 거점이다. 서정주는 자신의 정신적 원형이랄 수 있는 신라 정신이 권력층인 유자에게로 이어진 것이 아니라, 무식하면서도 자연이 가진 맛을 두루 본[213] 자연주의파에게로 이어지고 있다고 말하고 있다.

자연주의파들은 자연이 가진 맛을 두루 보면서 또 자연의 이법에

---

212) 서정주, 위의 책, 50쪽.
213) 서정주, 위의 책, 50쪽.

순응하면서 살아가는 사람들이다. 서정주에게 이들은 자연의 일부이면서 자연 그 자체로 받아들여진다. 이런 측면에서 상징화의 영역에서 벗어나 알 수 없는, 신비한 실재계the real와 접촉하면서 맞닿아 있는 인물들이다.

마지막으로 심미파는 유자파보다는 그립고 다정하지만 자연파와 같이 남 꺼릴 것 없이 의젓하지를 못하고, 늘 무얼 숨기는 양, 딴 데 남몰래 눈 맞춘 사람을 두고 사는 것 같던 사람들을 말한다.[214] 이들은 대개 멋도 잘 내고 늘 신바람을 내기도 하였으나, 어린 서정주가 보기에는 좀 점잖지 못한[215] 부류였다. 점잖지 못하다는 것은 이들이 대개 남색을 하고, 과부의 몸으로 유부남과 교류하는 인물들이기 때문이다. 또한 이들은 한결같이 학문을 모르고, 조선시대에 집안에서 별 벼슬아치가 난 일이 없는 이유로 한 사람도 양반 대우를 받지 못하는[216] 부류에 속했다.

심미파가 글을 모르기에 마을의 권력에서 제외되어 있다는 점을 통해 글이 권력과 권위를 상징한다고 볼 수 있다. 이들의 역할은 흥청거리며 노래하고 춤추면서 마을에 활력을 불어넣는 것이다. 따라서 심미파는 일종의 예술적 인간형으로 분류할 수 있겠다.

한 가지 짚고 넘어가야 할 점은 서정주가 심미파에 대해 도덕적인 잣대를 들이대고 있다는 사실이다. 이는 서정주가 모든 규정이나 법에서 자유로운 자연주의파를 지향하면서도, 여전히 도덕이나 법과 같은 상징적 질서에서 자유롭지 못하다는 것을 보여 준다. 아래의 글은 이러한 사실을 더욱 분명하게 증명해 준다.

---

214) 서정주, 위의 책, 51쪽.
215) 서정주, 위의 책, 53쪽.
216) 서정주, 위의 책, 52쪽.

그래 나는 이십대에 내가 쓴 《나의 방랑기放浪記》란 글에서 그들의 힘을 좀 과장해 느끼고, 또 일정 때에 남은 양반 행세배들게 심한 반발을 품은 나머지 이 심미파를 내 정신적 족보로 삼아 "나는 너희들 고루한 양반이 아니라 산 '쌍놈'의 족속이다"는 뜻의 말을 쓴 일이 있으나, 물론 이건 반어적인 것이었음에 불과하다.[217]

재미있는 것은 서정주의 젊은 시절의 지향점이 '자연주의파'가 아니라 '심미파'였다는 사실이다. 서정주가 보기에 심미파들은 고루한 양반인 유자들에게 반항하면서 자유롭게 살아가는 사람들이었다. 서정주가 한때나마, 특히 젊은 시절에, 이들에게 매력을 느꼈던 이유는 이들이 마을의 지배 계층인 유자들에게 반발했기 때문이다. 심리적으로 서정주는 고루하고 인색한 마을의 유자들에게 반항하고 싶은 욕망이 있었으나, 그 욕망을 실천하지 못하고 다만 그것을 실천하는 심미파들에게 심리적인 동질성을 느꼈던 것이다.

언표행위의 주체는 〈자화상〉에서 상징 질서, 구체적으로 가족을 얽어매고, 가족들의 희망사항을 억압하고 통제하는 유교적 질서에 반기를 든다. 이 행위는 심미파의 행위와 같은 것으로 볼 수 있다. 이러한 사실은 서정주의 초기시를 해석하는 데 중요한 단서를 제공한다. 〈화사〉에서 뱀에게 반역을 주문한 것이나, 〈바다〉에서 '에비', '에미', '형제와 친척과 동모' 그리고 '네 게집'까지 잊어버리라고 한 것은 한 존재를 통제하며 얽어매고 있는 상징 질서 또는 유교적 질서를 거부하라는 진술로 읽을 수 있기 때문이다.

분명 서정주가 언급하고 있는 질마재 사람들은 분명 일제시대에

---

217) 서정주, 위의 책, 53쪽.

살았던 근대인이지만, 유자파와 같이 글을 읽고 쓸 수 있는 몇 사람을 제외하고는 문자와는 연관이 없는 사람들이다. 서정주가 분석한 심미파의 도덕에 얽매이지 않는 성정의 표출과 자연주의파의 자연과의 교감이라는 문제는 월터 옹Walter. J. Ong이 제기한 구술 문화의 상황의존적인 성격[218]과 관련이 깊다.《질마재 신화》에서 보이는 추상적 관념의 사물화 또한 '추상적이라기보다는 상황의존적'이며, '인간의 생활 세계에 밀착된' 구술 문화의 성격과 다분히 관련되어 있는 것이다.

> 간통사건이 질마재 마을에 생기는 일은 물론 꿈에 떡 얻어먹기같이 드물었지만 이것이 어쩌다가 주마등 터지듯이 터지는 날은 먼저 하늘은 아파야만 하였읍니다. 한정없는 땡삐떼에 쏘이는 것처럼 하늘은 웨―하니 쏘여 몸써리가 나야만 했던 건 사실입니다.
>
> 「누구네 마누라허고 누구네 남정네허고 붙었다네!」 소문만 나는 날은 맨먼저 동네 나팔이란 나팔은 있는 대로 다 나와서 〈뚜왈랄랄 뚜왈랄랄〉 막 불어자치고, 꽹과리도, 징도, 소고도, 북도 모조리 그대로 가만 있진 못하고, 퉁기쳐 나와 법석을 떨고, 남녀노소, 심지어는 강아지 닭들까지 풍겨져 나와 외치고 달리고, 하늘도 아플 밖에는 별 수가 없었읍니다.

〈간통사건과 우물〉 부분

질서의 위반으로 볼 수 있는 간통 사건이 마을에 생겼을 때, 마을 사람들은 그것을 숨기기보다는 공개적으로 드러내어 그 사건을 공

---

218) 월터 옹, 이기우·임명진 역,《구술문화와 문자문화》, 문예출판사, 1995, 52~79쪽.

유한다. 여기에서 '하늘'이라는 자연 또는 인간의 이법理法을 주재하는 관념으로서 '하늘'의 인간화를 볼 수 있다. '하늘'은 마치 인간처럼 '몸써리'가 나고 아파한다. 지고至高한 하늘조차 인간적인 모습을 보이면서 인간의 육체가 병을 앓듯이 앓고 있다고 말하는 것이다.

'웨—하니', '뚜왈랄랄 뚜왈랄랄' 등의 의성어나 의태어, "꽹과리도, 징도, 소고도, 북도"에서 볼 수 있는 어구의 반복, '몸써리'와 같은 사투리의 구사, "누구네 마누라허고 누구네 남정네허고 붙었다네!"라는 직접적 담화 등은 이 텍스트에 현장성과 직접성을 준다. 이는 줄글로 된 기술 텍스트에 덧씌워진 구술적 성격의 하나로 볼 수 있는데, 구술성은 기술 텍스트가 갖고 있는 상징화의 경향 또는 의식의 재구조화[219]에 반하는 이질적인 요소이다. 이런 측면에서 《질마재 신화》 곳곳에서 보이는 구술적 요소는 추상화와 상징화를 거부하는 저항의 언어이다.

《질마재 신화》에 드러나는 구술문화적 성격은 기술 텍스트에 대화를 직접 넣거나, 어떤 요소들을 언어유희 차원에서 나열한다거나, 말하는 주체가 직접적으로 개입하는 등의 환유적 진술로 나타난다. 이는 《화사집》에서 《동천》에 이르는 부분 대상과의 은유적 동일화 양상과 차이를 보이는 것이며, 서정주 시에 나타나는 산문화 경향과 깊은 관련을 맺고 있다.

그렇지만 삿갓을 머윗잎처럼 쓰고 쏘내기의 번갯불 속에 나설 용기가 없는 아이들이나 어른들은 하나 둘 셋 넷에서 열까지 그들의

---

219) 월터 옹, 위의 책, 63~65쪽; 기술 텍스트는 인간의 의식을 재구조화한다. 《질마재 신화》에서도 문헌 전승이 하부 텍스트로 선택되었을 경우, 시인은 그 하부 텍스트를 해석한 뒤 텍스트를 만들어 낸다.

숨소리를 거듭 거듭 되풀이 해서 세며 쏘내기 속의 그 천둥이 멎도
록 房에 들어 있어야 합니다. 「하나, 둘, 셋, 넷, 다섯, 여섯, 일곱,
여덜, 아홉, 열」 그렇게 세는 것이 아니라 「한나, 만나, 청국, 대국,
얼기빗, 참빗, 胡좆, 말좆, 벙거지, 털렁」 그렇게 세야 하는 것인데,
이 셈법 이것은 이조 때 胡人놈들이 무지무지하게 처들어와서 막 직
딱거릴 때 생긴 거라고 해요. 「청국 대국놈 한나 만나서 호좆 말좆
에 얼기빗 참빗의 巾節이고 무어고 다 소용도 없이 되고, 치사한 권
력 벙거지만 털렁 털렁 지랄이구나」 아마 그쯤 되는 뜻이겠지요, 한
나, 만나, 청국, 대국, 얼기빗, 참빗, 호좆, 말좆, 벙거지, 털렁……
〈분질러 버린 불칼〉 부분

위에서 볼 수 있는 장황스런 말투, 그리고 직전에 말한 것을 되풀
이하는 것은 구술 문화의 사고와 말하기 특징이다. 그러한 말투는
빈틈없이 조리 정연한 것보다는 자연스런 사고와 말하기에 관련된
다.[220] 그리고 이러한 표현은 글이 갖고 있는 분석적이고 추론적인
성격보다는 화용론話用論적인 성격이 강하며 다분히 첨가적인 성격
을 갖고 있다. 구술적 텍스트가 갖고 있는 이러한 성격은 현대인의
감각과는 거리가 멀고 엉뚱하게 느껴지기도 한다. 옹에 따르면, 쓰
기의 구조는 통사론적인 것과 달리, 구술적 구조는 화자의 형편에
따라 조직된다는 점에서 다분히 화용론적이다.[221] 다시 말해서 쓰기
담론은 언어적 구조에 의지하는 정도가 커서 보통의 실생활 자체를
드러내는 충분한 콘텍스트가 빠져 있다.

이와 달리 구술적 구조는 진술 당시의 상황이나 콘텍스트와 직접

---

220) 월터 옹, 위의 책, 45쪽.
221) 월터 옹, 위의 책, 62쪽.

적으로 관련된다. 이런 측면에서 〈분지러 버린 불칼〉에서 드러난 구술적 구조는 기술 텍스트로서 《질마재 신화》의 성격을 느슨하게 만들면서 추상적이거나 분석적인 어떤 것보다는 상황 자체 또는 사건 자체를 생생하게 전달하는 기능을 갖는다.

세상에서도 제일로 싸디싼 아이가 세상에서도 제일로 천한 단골 무당네 집 꼬마둥이 머슴이 되었습니다. 단골 무당네 집 노란 똥개는 이 아이보단 그래도 값이 바싸서, 끼니마다 얻어먹는 물누렁지 찌끄레기도 개보단 먼저 차례도 오지는 안 했습니다. (중략) 「이 놈의 새끼야. 이 개만도 못한 놈의 새끼야. 네 놈 웃는 쌍판이 그리 재수가 없으니 이 달은 푸닥거리 하자는 데도 이리 줄어 들고 만 것이라……」 단골 무당네까지도 마침내는 이 아이의 웃음에 요렇게쯤 말려 들게 되었습니다.

그리하여 이 아이는 어느 사이 제가 이 마을의 그 교주가 되었다는 것을 알았는지 몰랐는지, 어언간에 그 쓴 말투가 홱딱 달라져 버렸습니다.

「……헤헤에이, 제밀헐 것! 괜스리는 씨월거려 쌌능구만 그리여. 가만히 그만 있지나 못허고……」 저의 집 主人—단골 무당 보고도 요렇게 어른 말씀을 하게 되었습니다.

〈단골 무당네 머슴 아이〉 부분

아마 외할머니는 그 남편의 바닷물이 자기집 마당에 몰려 들어오는 것을 보고 그렇게 말도 못 하고 얼굴만 붉어져 있었던 것이겠지요.

〈해일〉 부분

> 명경도 이만큼은 특별나고 기름져서 이승 저승에 두루 무성하던
> 그 노랫소리는 나온 것 아닐까요?

〈상가수의 소리〉 부분

《질마재 신화》의 기술적 성격을 느슨하게 하는 또 다른 방법은 기술 텍스트에 구술적인 대화를 직접적으로 집어넣는 것이다. 〈단골 무당네 머슴 아이〉에서 볼 수 있듯이, 과거에 대한 진술로 보이던 텍스트에 대화가 들어가며 현재화한다. 곧 '대화'는 텍스트의 현장성과 연행성을 부각시키는 기능, 그리고 진술되고 있는 대상과 감정을 공유하는 기능을 한다. 그리고 이러한 구술 문화의 감정이입적 성격은 그 텍스트의 내용을 말하고 있는 전달자까지도 구술 세계 속으로 끌어들여 동화시켜 버린다.[222] 다시 말해서 구술 문화의 감정이입적 특성은 말하는 주체도 텍스트 안으로 끌어들여 그 텍스트의 세계에 동화하도록 만드는 것이다.

〈해일〉의 마지막 부분에서 볼 수 있는 언표행위 주체는 텍스트에 나오는 인물인 외할머니의 마음을 이해하고 동조하고 있다. 〈상가수의 소리〉에서도 상가수의 무성하던 노래 소리의 힘이 똥오줌 거울(일면 자연의 표상인)로 염발질하는 행위에서 나온 것이라고 추측하면서, 이승과 저승에 걸친 상가수의 노래 소리에 공감하고 있다. 이렇게 〈해일〉과 〈상가수의 소리〉 마지막 부분에 나온 이 진술들은 구술 문화의 첨가적 성격을 반영하고 있다.

결론적으로 《질마재 신화》에서 보이는 환유적 진술을 통한 구술성의 전경화는 기술 텍스트로서 《질마재 신화》의 성격을 느슨하게

---

222) 월터 옹, 위의 책, 75쪽.

만들고 있다. 상황의존적이며, 현장중심적이며, 현재적이며, 첨가
적으로 만드는 것이다. 이는 기술 텍스트로서《질마재 신화》가 갖고
있는 추상화와 구심화의 경향에서 벗어나는 구체화와 원심화의 경
향이다. 서정주의 시에서 구심화의 힘은 수사적으로 볼 때 부분 대
상과의 동일화, 은유화의 경향으로 나타나며, 원심화의 힘은 상황
자체에 의존적인 대상의 환유적 나열로 나타난다. 그리고 이러한 지
배적인 환유화 양상은 상상 단계에서 자아의 오인과 상징계와의 동
일화라는 은유적 동일화의 고리를 끊고, 사물과 인간들이 그 차이성
을 견지한 상태에서 공존하는 세계를 그리는 원리가 된다.

3.
1차적 나르시시즘과 부권 강화의 전도

《질마재 신화》의 세계는 근원적이고 원초적으로 모든 것이 통합되어 있는 실재계이다. 언어로 표상되는 상징 질서는 실재계를 누르는 힘을 갖고 있지만, 실재계는 끊임없이 상징 질서의 빈틈에서 분출되면서 모든 것이 분절되고 잘 정립된 상징계를 위협한다. 다시 말해서 실재계는 너무나 명증해 보여 인간 주체들이 아무런 의심 없이 받아들이는 논리나 지식이 상징 질서 또는 지배 질서에 따라 구성된 것임을 폭로하는 기능을 갖고 있다. 예를 들어 조선시대 사대부들에 의해서 이념화한 자연은 자연 자체와는 다른 것이다. 구체적으로 문학 작품에서 불변적 속성을 지닌 자연, 정절의 표상으로서 자연, 지조의 등가물로서 자연 등은 자연 자체의 어떤 것이라기보다는 지배층들이 자신들의 이념이나 가치, 도덕 등을 덧씌운 결과로서 구성된 것이다.

이와 달리 자연 그 자체는 우리가 알 수 없는 어떤 것이다. 다만 인간은 끊임없이 인간을 둘러싼 자연을 의미화해 왔다. 자연은 어떤 때는 신의 형상으로, 어떤 때는 두려움의 근원으로, 어떤 때는 정복의 대상으로 여겨졌다. 그러나 그러한 의미들은 인간이 자연을 상징화해 만들어 낸 의미일 뿐이며, 자연 그 자체는 우리가 말할 수 있는 성질의 것이 아니다.

실재계에는 두 가지 차원이 있다. 상징적인 영역에 의해 의미화한 실재계The Real와 상징적인 영역, 의미화의 영역 외부에 있는 실재계the real가 바로 그것이다. 이를 달리 말한다면 상징화한 이후의 실재계post-symbolized real와 상징화하기 이전의 실재계pre-symbolized real로 구분하여 말할 수 있을 것이다. 상징적 질서, 곧 지배적인 약호의 힘은 확정 불가능하고 근원을 알 수 없는 실재계마저도 의미화할 만큼 강력한 것이다. 이런 측면에서 언어(상징 질서)는 우리의 존재를 구성하는 기표의 그물망이지만, 실재계의 존재는 "그것이 이 세상의 모든 것은 아니며, 그 그물망으로 포착되지 않는 나머지 것들이 어느 때고 우리의 존재를 비집고 들어온다"[223]는 것을 암시한다..

그러므로 실재계와 접촉한다는 것은 의미화, 상징화의 속임수에서 벗어나 사물 자체와 마주하는 것이다. 그 사물은 부화되기 전의 알, 자궁 속의 아이, 모든 것이 뒤섞여 있는 오믈렛에 비유할 수 있다. 이 세계는 어떤 분화, 분절, 의미화도 거부한다. 실재계와 만나는 것은 사물 자체와 조우하는 것이며, 《시인부락》이 추구했던 생명 자체로서 인간을 대면하는 것이다.

그렇지만 《질마재 신화》 자체가 이미 텍스트로 적혀 있기에 의미화의 세계와 전적으로 무관한 것은 아니다. 다만 《질마재 신화》에는 기술 텍스트가 갖고 있는 추상화와 분석화의 경향을 분쇄하는 언어적 특징들이 전경화하여 있다. 추상화나 분석의 세계와는 거리가 먼, 상황의존적이고 인간 생활에 밀접한 관계를 맺고 있는 세계가 그려지는 것이다. 이런 측면에서 《질마재 신화》는 월터 옹이 말한 구술성의 세계를 잘 보여 준다. 물론 《질마재 신화》는 텍스트로 기술되었다는 점에서 이미 기술성의 영역에 속하는 것이다. 그러나 그러한 기술성의 세계와 대조되는 구술성의 세계가 덧씌워져 있으며, 전경화하여 있다. 그러므로 《질마재 신화》에서 보이는 실재계의 성

---

223) 멜컴 보위, 이종인 역, 《라캉》, 시공사, 1999, 155쪽.

격은 다음과 같은 그림으로 설명될 수 있다.

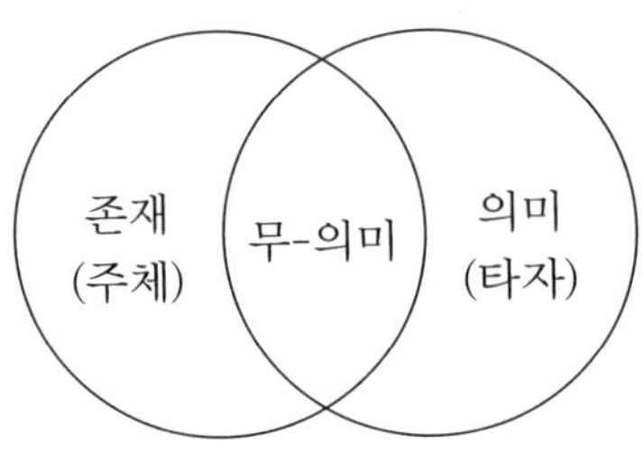

멜라드J. M. Mellard에 따르면, 실재계의 세계는 큰 타자the Other의 세계, 곧 상징화의 세계에서 벗어난 실재unsymbolized real이다. 이 세계는 주체가 정신이나 이성의 세계가 아닌 육체의 세계로 들어가는 입구[224]에 해당한다. 위 그림에서 상상계와 상징계가 겹쳐지는 부분이 바로 실재계이다. 겹쳐진다는 것은 상상계와 상징계 사이에 비슷한 측면을 갖고 있는 것이 아니라, 상상적 영역과 상징적 영역의 개입으로 말미암아 의미를 알 수 없게 된 부분이라는 것이다. 아니면 실재계는 상상적인 존재Being의 세계나 의미의 세계인 타자의 세계the Other 사이에 난 일종의 구멍과 같은 곳이다.

우리는 존재에서 의미로의 이행을 성장하는 것이나 자연에서 문화로의 발전 또는, 라캉의 용어를 빌어 표현하면, 실재계에서 상징계로의 발전으로 이해할 수도 있다.[225] 인간은 태어났을 때, 자신과 세계 사이의 어떠한 구분에도 영향을 받지 않는 "전적으로, 그리고 완전하게 인간 자신이었다. 다른 사람들을 소요하는 것을 나타내는 의미, 다시 말해 언어의 순환에 들어감으로써, 인간은 의미를 갖기

---

224) James M. Mellard, Using Lacan, *Reading Fiction*, Illinois UP, 1991, p.22

225) 앤터니 이스트호프, 이미선 역, 《무의식》, 한나래, 2000, 149쪽.

시작한다."[226] 이런 측면에서 《질마재 신화》의 세계는 나와 세계가 구분되지 않고 통합되어 있는 1차적 나르시시즘의 충동이 작용하는 세계이다.[227]

1차적 나르시시즘의 세계가 갖는 이데올로기적인 의미는 당대의 사회 상황과 문화 현상에 대한 검토에서 찾을 수 있다. 《질마재 신화》가 간행되었던 1970년대는, 정치제도적으로 지배 세력이 자신의 지배 체제를 공고히 하기 위해 유신체제를 확립하고, 경제제도적으로 산업화를 강력히 추진하기 위해 국가 계획 경제를 밀어붙이던 시기였다. 이때 권력의 공고화를 위해 추진되었던 유신체제는 부권 강화의 의미가 강하다. 강력한 경제개발을 추진하기 위해서는 강력한 국가 차원의 통제가 필요했다. 그러나 앞서 보았듯이, 식민지 경험과 전쟁으로 가정에서는 가장이 부재했고, 국가에서는 국민들을 이끌고 나갈 강력한 권력자나 리더가 부재했다. 이는 가부장제의 약

---

226) 앤터니 이스트호프, 위의 책, 149쪽.

227) 위 그림은 실재계의 다른 측면도 설명하고 있다. 그것은 실재계 또한 상징화의 영역인 상징계나 환상의 영역인 상상계와 관련되지 않고는 그 존재를 드러낼 수 없다는 점이다. 그것은 마치 선불교의 진리가 언어를 멀리하면서도 언어를 통하지 않고는 전달될 수 없다는 측면과도 비슷한 것이다. 크리스테바에게 의미화 실천은 페노텍스트phenotext의 체계를 통과하지 않고는 이루어지지 않는다.(신범순, 위의 논문, 31쪽)

그렇기 때문에 《질마재 신화》의 세계는, 모든 사물의 통합과 긍정이라는 측면에서, 중기시의 봉합과 비슷한 것처럼 보인다. 그러나 중기시의 봉합이 상상적인 동일화와 상징적인 동일화를 통해 구성된 것이라면, 《질마재 신화》의 통합은 상상의 세계가 상징계의 압박과 왜곡을 거치지 않고 곧바로 상징계를 통과하여 만들어진 세계이다.(멜컴 보위, 위의 책, 164쪽)

물론 《질마재 신화》에는 상징계의 압박의 흔적이 많이 남아 있지만, 그러한 상징계의 통제를 뚫고 나오는 요소들도 많이 존재한다. 이는 비록 《질마재 신화》라는 텍스트가 기술 문화의 소산이지만, 기술문화적 성격에 위배되는 구술성이 강하게 자신의 존재를 드러내고 있다는 측면과 병행적인 것이다.

화, 가부장적 권력의 약화를 뜻한다. 그렇기 때문에 지배 세력은 경제개발로 국가의 발전을 꾀할 수밖에 없었다. 급진적인 경제개발을 위해 더 강력하게 국민을 통제할 힘이 필요했고, 그 결과로 유신체제가 확립된 것이다. 유신체제의 확립은 강력한 가부장제의 확립이자 부권 강화의 제도화라고 할 수 있다.

이러한 유신체제와 국가 계획 경제의 추진은 국민들을 억압했으며, 농촌공동체의 붕괴를 가져왔다. 이때 대학가를 중심으로 지배 체제에 저항하는 문화가 형성되었다. 저항 문화의 핵심에는 판소리와 탈춤과 같은 전통에 깃든 저항 정신이 자리하고 있다. 다시 말해서 저항 문화를 주도했던 지식인들은 전통 예술에 깃들어 있는 지배 계급에 대한 저항 정신을 찾아, 그 담론으로 삼았던 것이다. 여기에서 우리는 저항 문화와 《질마재 신화》의 상관성을 엿볼 수 있다.

《질마재 신화》는 산업화로 붕괴되어 가던 전통 사회와 그 속에서 자기의 자리를 잃어가던 존재들, 곧 하위 주체들을 전경화하고 그것들에 긍정적인 의미를 준다. 이는 대학가를 중심으로 전개되었던, 전통의 재해석을 통한 전통의 새로운 가치 부여와 같은 면을 갖고 있다. 구체적으로 《질마재 신화》와 《떠돌이의 시》의 〈단골 무당네 머슴 아이〉나 〈단골 암무당의 밥과 얼굴〉에서 머슴아이와 단골무당의 관계는, 탈춤이나 판소리에서의 '취발이와 양반'이나 '방자와 이도령'의 관계와 구조적인 유사성을 갖는다. 더 나아가 이들의 상하 관계는 당대의 지배계급과 그들에게 억압받았던 민중들의 상관관계를 표상하기도 하는 것이다. 다시 말해서 멸시받고 천대받았던 무당 아이와 그 아이를 개보다도 더 천시했던 단골무당 사이의 위치 전도는, 탈춤에서 취발이와 양반 사이의 위치 전도, 판소리에서 방자와 이도령 사이의 위치 전도와 구조적 상동성을 갖는다. 그러므로 당대의 대학 문화가 지배계급에 대한 정치적인 측면에서 저항 문화의 성격을 갖는 것이라면, 〈질마재 신화〉는 크리스테바가 말하는 문학적 실천으로서 저항 문화의 성격을 갖는 것이라 할 수 있다. 다시 말해서 《질마재 신화》는 당대의 부권 강화에 대한 저항으로서 문학적 실천이라 할 수 있다.

아울러 서정주가 질마재의 인물형들을 언급하면서, 유자파를 거부 대상으로 삼았다는 것은 중요한 시사점이 아닐 수 없다. 앞서 간략하게 말했듯이, 유자파는 질마재를 통제하고 규율하는 지배 세력이라는 점에서, 당대의 지배계급과 상동성을 갖는다고 볼 수 있다. 그리고 유자파의 권위는 바로 한문으로 일컬어지는 '글'을 안다는 데에서 나오며, 이때 '글'은 일종의 권력 근원으로서 작용하게 되는 것이다. 따라서 서정주가 유자파를 거부하고 자연주의파와 심미파를 좋아했던 것은 통제와 억압을 통치의 원리로 삼았던 당대의 지배계급을 거부한 것이라고 볼 수 있다. 그러므로 《질마재 신화》는 판타지적 측면에서 원초적으로 통합되고 그 세계에 참여한 모든 것이 함께 존재하는 세계를 그린 것이며, 이데올로기적 측면에서 당대 부권 강화의 이데올로기를 거부하는 문학적 실천[228]이라는 의미를 갖는다고 하겠다.

---

228) 줄리아 크리스테바, 김인환 역, 《시적 언어의 혁명》, 동문선, 2000, 247쪽; 크리스테바에 따르면, 텍스트를 의미화의 실천으로 여기는 것은 '과정 중인 주체process-in-subject'에 대하여, 곧 항상 결여된 주체의 조정에 대하여 실천들이 지닌 의미화의 기능 작용을 검토한다는 것을 함축한다. 다시 말해서 텍스트는 자본주의 제도가 주체에게 요구하는 불투명하고, 무지하며, 아무것도 아닌 활동을 고발할 뿐만 아니라, 그 제도 자체가 예견하고, 사회적으로 활동적인 관계를 포기하는 자연스러운 정신착란까지도 고발한다는 측면에서 실천하는 것이다.

맺음말

이 글은 문학 작품 또한 역사의 산물이라는 문제의식에서 출발하였다. 그렇지만 문학은 일반적인 역사와는 다른 특수성을 갖고 있다고 생각하기에, 텍스트의 의미를 역사적 차원에 환원시켜 서술하려는 태도에 동의하기가 어려웠다. 아울러 문학 작품과 역사·사회의 연관성을 배제하고 텍스트의 언어적 특성이나 구조에 환원시켜 텍스트의 의미를 설명하는 언어학 중심주의(또는 형식주의)의 오류에 대해서도 함께 고민하지 않을 수 없었다. 또한 텍스트에 작가의 의식이 직접적으로 투영된 것은 아니지만, 담론화한 텍스트를 통해 그 작가의 개성을 가설적으로 추론해 볼 수 있을 것이라는 생각이 교차하기도 하였다.

이에 문학과 역사의 자율성을 각각 인정하면서, 그 시각을 드러낼 수 있는 방법론을 모색하였다. 그러다 이스트호프의 '사회적 판타지로서의 시'라는 개념을 공부하면서, 모순되어 보이는 두 가지를 함께 기술하는 것이 가능하겠다는 판단을 하게 되었다. 이런 측면에서 이 글은 텍스트를 개인의 무의식적 욕망과 사회적 이데올로기가 교차하는 장소로 보고자 하는, 다시 말해서 무의식적 차원과 역사적 차원을 동시에 기술해 보고자 하는 시론적試論的 성격을 띠고 있다.

《화사집》에 실린 〈자화상〉은 서정주 시의 전체 구도를 살피는 데에 매우 중요한 텍스트이다. 앞서 살폈듯이 〈자화상〉에서 시적 주체는 자신의 근원에 대해 묻는다. 그런데 자신의 근원을 부계 혈통과의 동일성에서 찾는 것이 아니라 모계 혈통과의 유사성에서 찾는다는 점에서, 상징적인 아버지의 죽음을 엿볼 수 있었다. 이와 같이 한편에서 아버지와의 동일성을 부정하면서도 다른 한편에서 '피'로 표상되는 아버지와의 유사성을 확인한다. 이는 가부장적 아버지를 거부하는 동시에 긍정할 수밖에 없는, 시적 주체의 분열을 보여 준다. 또한 자신을 규정하려는 타자의 목소리를 부정하면서 '이슬'로 표상되는 예술의 세계 사이에서 갈등하는 모습도 이를 보여 주는 대목이라 할 수 있다. 이는 다시 예술과 현실 사이의 갈등으로 드러난다.

아울러 자신에게서 어떤 모습을 읽어 내는 타자의 목소리는 바로 타자의 시선에 의해서, 타자에 의해서 규정된 자아의 또 다른 모습이다. 이런 측면에서도 자기가 이상적으로 생각하는 자신에 대한 이미지와 타자에 의해 읽혀진 이미지 사이에는 불일치가 발생한다. 이러한 불일치는 〈자화상〉의 시적 주체로 하여금 타자의 시선이 미치지 않는 거울 단계 이전으로 돌아가려는 욕망을 갖게 한다. 이러한 행동은 타자에 의해 규정되기 이전의 자기 모습을 발견하려는 욕망에서 말미암은 것이다.

거울 단계 이전의 세계에서 자아는 자신의 몸이 분열되고 파편화하여 있다고 느끼는데, 우리는 이러한 세계를 《화사집》에서 살펴볼 수 있다. 《화사집》에 드러난 대상들은 완전한 육체가 아닌 '폐', '발톱', '코피' 등과 같이 파편화하여 나타난다. 더욱이 '코피'와 같이 육체의 파열을 보여 주는 기표는 성적 욕망과 결합하면서 야수성을 가진 인간의 본연적인 모습을 드러낸다. 거울 단계 이전의 세계에서 육체가 파편화하여 있다고 느끼는 환상은 자아로 하여금 파멸에 이를 수 있다는 인식에 다다르게 하면서 죽음의 공포에 직면하게 한다. 자아는 그 파멸의 공포에서 벗어나기 위해 다른 대상과 결합하여 자신의 생명을 이어가려는 욕망을 보이는데, 그 결과로 발생한 것이 성적 판타지이다.

이러한 주체의 분열과 성적 판타지는 당대의 이데올로기와 만나면서 또 다른 의미를 지니게 된다. 바로 〈자화상〉에서 볼 수 있는 가부장적 아버지의 부재, 〈화사〉에서 볼 수 있는 신의 부재, 〈문〉 등에서 볼 수 있는 유교적 이데올로기 또는 이 세계가 서로 연결되어 있고 통합되어 있다고 역설하는 관계의 이데올로기와 같은 초월적 에고를 회피하는 의미이다. 다시 말해서 초월적 에고의 존재를 받아들이지 않는 것은 당대의 지배적인 이데올로기로 작용하던 유교적 이데올로기, 성서적 이데올로기, 가족 이데올로기 등이 규정한 인간의 모습을 거부하고, 이러한 공적 담론에 의해 규정되기 이전의 야수성과 악마성을 지닌 인간 본연의 모습을 탐구하는 것이 된다.

서정주는 중기시에서, 《화사집》에서 볼 수 있었던 분열과 파편화의 세계에서 오는 긴장과 불쾌감을 해소하기 위해, 세계와 자아 사이의 봉합을 시도한다. 그 봉합은 조선·일본·중국이 서로 다른 타자로 존재하면서 발생하는 현실의 갈등을 봉합하기 위해, 3국이 하나로 통합되어 있다는 상상 속에서 진행된다. 그 상상은 당시의 일본 지식인들이 유포한 '대동아공영 담론'과 함께한다. 서정주가 상상한 동양은 일본 지식인들이 서양과의 전쟁에 필요한 이데올로기적인 단합을 위해 구축한 '대동아공영 담론'을 의미 있는 것으로 인식하면서, 그 이데올로기에 적합한 텍스트들을 생산해 낸 측면이 강하다고 볼 수 있다.

또한 신라의 세계, 구체적으로 '신라 정신', '풍류도', '한국의 미'

등은 서정주가 주도적으로 참여하여 발견하였지만, 사실 그에 의해 만들어진 성격이 강하다. '신라 정신', '한국적인 것'의 발견으로 요약되는 논의들이 1950년대와 1960년대에 걸쳐 《사상계》를 중심으로 담론화하였다는 사실은 '한국적인 것'이 상상적으로 구축된 것임을 반증한다. 더욱이 범부 김정설 등에 의해 시도된 '신라 정신', '화랑정신' 등은 분단 상황이나 분열된 국론을 통일시키는 통합 이데올로기로서 기능하였다. 또 실제로 군이나 단체에서 그 조직원들을 한데 묶는 지도 원리로 기능했다는 사실도 서정주의 상상적 구축과 당대 지배 이데올로기와의 상관성을 잘 보여 준다.

서정주가 자신 앞에 놓인 세계를 통합된 것으로 상상하고자 했던 욕망의 바탕에는 전쟁으로 피폐된 국토와 남북으로 갈라진 분단 상황이 자리 잡고 있었다. 서정주는 모든 것이 필연적으로 이어져 있다는 불교적 사유 방식을 텍스트에 도입함으로써 세계의 모든 것을 통합한다. 이러한 상상적 통합의 인식은 갈라진 조국뿐만 아니라 《화사집》에서 거부했던 서구마저도 자신(동양)의 시각 안에서 통합해 버리는 모습으로 나타난다.

이는 세계를 분리 분열되거나 갈등하는 것으로 파악하는 것이 아니라, 총체되고 단일한 것으로 인식한다. 다시 말해서 타자(서구의 세계)와 자신(동양의 세계)을 다른 것으로 보지 않음으로써, 다시 말해 타자를 자신 안에 융합시킴으로써 타자와의 관계에서 발생하는 갈등과 긴장을 없애는 것이다. 그러므로 서정주는 2차적 나르시시즘을 통해 분열되고 파편화한 세계를 통합된 세계로 오인한다. 그 오인은 세계가 통합되어 있다고 주장하는, 또는 세계는 통합되어야 한다고 주장하는 당대 봉합 이데올로기의 추인을 받으면서 실재적인 것으로 인식되었다. 이러한 상상적 통합은, 연기 사상을 원리로 한 텍스트에서 볼 수 있듯이, 전쟁으로 파괴되어 버린 존재의 절대적인 죽음을 회피하면서 모든 존재가 영원불멸하는 생명을 지닌 것으로 상상된다. 또한 해체되어 가던 부권 상실의 상황마저 그 생명성을 유지하게 된다.

파괴되어 버린 부권 상실의 회복을 통해 분리된 국토와 국민들을 통합하려는 지배계급에게 이러한 분리와 단절을 치유할 봉합 이데올로기가 절대적으로 필요했다. 서정주는 범부와 같은 당대의 지식인과 더불어, 신라에서 공적인 분리를 통합할 수 있는 원리인 '신라 담론'을 찾아내어 이를 적극적으로 구축하였다. 동시에 문학적으로도 많은 텍스트를 발표함으로써 이를 실천하게 된다. 이데올로기적인 차원에서 볼 때, 이러한 행위들은 일종의 부권 상실의 회피라는 의미를 갖는다.

그러나 원초적인 세계(타자)와의 상상적 통합은 애초부터 어떠한 분리도 일어나지 않은, 원초적 상태인 실재계로 돌아가는 것이다. 이것이 1차적 나르시시즘의 세계이다. 1차적 나르시시즘의 세계에서 자아와 타자는 원초적으로 통합되어 있으므로, 어떠한 갈등도 존재하지 않는다. 《질마재 신화》와 그 뒤의 몇몇 시편들은 이러한 세계를 잘 보여 준다. 이 세계에서 육체는 통합된 것으로 나타나고, '남과 여', '성과 속', '생과 사' 등은 어떤 차이도 갖지 않고 통합적으로 존재한다.

인간의 발달단계에서 자아와 세계가 분리되지 않고 통합되어 있다고 인식하는 때는 바로 유년이다. 서정주는 세계가 통합되어 있다고 느끼는 유년의 원초적 체험을 다시금 떠올리기 위해 촉각, 미각, 후각 등 원초적 감각에 집중하게 된다. 원초적 감각은 사물을 분할하고 분절하는 시각과 달리 사물과 직접적으로 접촉할 때 발생하는 감각이다. 이 감각들은 자아가 세계에 직접적으로 접촉하여 자아와 세계가 통합되어 있다고 느끼게 한다. 아울러 청각도 이러한 기능을 한다. 〈내리는 눈발 속에서〉에서 볼 수 있듯이, 인간이든 자연이든 모든 존재들이 깃드는 둥지이며 우주 자체가 된다. 또한 〈상가수의 소리〉에서도 청각은 '생과 사', '성과 속'을 연결하며 통합하는 원리가 된다. 이런 측면에서 근접 감각과 청각은 이성과 문화가 배양해 온 시각중심주의를 해체하는 원리이다. 서정주는 근접 감각과 청각을 통해 상실된 유년을 상상적으로 봉합하는데, 이는 자기애의 극단적 표현이라고 할 수 있다.

세계가 원초적으로 통합되어 있다는 인식은 문자의 세계에서 벗어나 구술성이 지배하는 세계에서도 볼 수 있다. 서정주는 어린 시절의 질마재를 회고한다. 이때 질마재라는 마을은 문자의 영향에서 거의 벗어나 있는 구술성의 세계이다. 서정주가 자서전에서 밝혔듯이, 질마재의 인물들은 추상적이고 분할하고 규정짓는 문자의 세계에서 벗어나, 자연과의 유대 속에서 자신의 심정을 자연스럽게 발산하면서 살아가는 인물들이다. 이들에게 세계는 분열되어 있는 것이 아니라 하나로 이어져 있으며 인간은 그 세계의 일부분일 뿐이다.

이렇게 서정주가 구술성의 세계를 전면화한 것은 바로 문자가 표상하는 이성적이고 합리적인 사고에 대한 반명제이자 원초적 통합의 세계를 제시하여 자아와 세계의 원초적 통합을 보여 주기 위한 것이었다. 주술적 세계와 속신의 세계를 텍스트에 도입한 것도 동일한 이유라고 볼 수 있다. 서정주는 모방주술적 세계를 통해 신라인들의 정신이 일제시대(질마재 마을)까지 끊어지지 않고 이어지고 있음을, 속신의 세계를 통해 산 자와 죽은 자가 단절되지 않고 서로 대화하고 있음을 보여 주었다. 이는 일종의 정신적 감응으로 이 세계의 모든 것은 정신적으로 이어져 있으며 통합되어 있음을 역설하는 것이다.

아울러 이러한 1차적 나르시시즘의 세계는 모든 분리의 이분법을 거부하고 모든 것이 통합되어 있다고 인식한다는 점에서, 분리 이데올로기를 해체하는 양상을 보여 준다. 그렇지만 모든 분리 이데올로기를 해체한다는 것이 이데올로기의 소멸을 뜻하는 것은 아니다. 오히려 그 자체가 또 다른 이데올로기로 작용한다는 점에서 일종의 메타 이데올로기라고 할 수 있다. 예를 들어, 서정주가 《질마재 신화》의 세계를 합리성이 지배하면서 자연과의 단절 상태에 있는 현대의 대안 양식으로 제시한다는 측면에서 그 근거를 찾을 수 있다.

그리고 이러한 《질마재 신화》가 보여 주는 원초적 통합의 세계는, 시대 상황과 맞물리면서, 부권 강화를 통해 경제 발전을 꾀하고 자신들의 정치권력을 공고히 하려는 당대의 지배 체제에 대한 거부로 작용하게 된다. 《질마재 신화》가 당대의 부권 강화의 이데올로기에 대한 저항 이데올로기로서 의미를 만들어 냈다는 사실은 서정주의 본래 의도와는 관계가 없다.

《질마재 신화》의 세계는 1970년대 유신정부가 주도했던 경제개발로 파괴되어 버린 전통과 농촌공동체의 회복과 가치 부여와 관련된다. 대학가를 중심으로 널리 퍼진 판소리나 탈춤 등의 전통 예술에 대한 현대적 해석에서 당시의 지식인 계급들이 전통 예술에서 지배 체제의 공고화에 맞서는 저항 담론을 찾았다는 사실과 일종의 상동 관계에 있다. 대학의 지식인들이 전통 예술에서 위반과 저항의 담론을 찾아내어 당시의 부권 강화에 저항했듯이, 서정주는 《질마재 신화》의 창작 행위를 통해 사라져 가는 전통문화와 그 전통문화에 깃들어 있는 지배 질서를 전도시키고 위반시키는 요소들을 찾아내었다. 그러면서 산업화의 결과물인 물질문명과 비교하여 전통문화의 우월성과 가치를 주장함으로써 당대의 물질문명을 비판하고 거부했던 것이다.

지금까지 이 글은 서정주의 시를 사회적 판타지의 측면에서 살펴보았다. 이는 텍스트의 의미가 역사나 무의식적 차원의 어느 한 방향에서 결정되는 것이 아니라, 두 차원의 동시적인 참여에 의해 중층적으로 결정된다는 것을 뜻한다. 이런 측면에서 판타지적 층위(무의식적 차원)와 이데올로기적 층위(의식적인 차원)는 양립하면서도 서로에게 영향을 미치는 보충대리supplement의 관계에 있다고 할 수 있다. 이는 무의식과 이데올로기의 자율성을 모두 인정하는 시각에 바탕을 두고 있다. 두 층위는 서로 관련되지만 어느 하나가 다른 하나를 포섭하거나 융합하는 것이 아니라 동시적이고 상대적으로 공존할 뿐이다.

이렇게 문학과 역사의 상대적 자율성을 인정하는 이 글의 논의는, 작가의 개인적인 개성 규명에 초점을 맞추거나 아니면 개인적인 차원을 배제하고 역사나 사회적인 측면에서 텍스트를 규정하려는 제한된 시각을 넘어서, 텍스트의 의미를 총체적으로 연구하고자 하는 의도에서 비롯된 것이다. 이런 측면에서 이 글이 갖는 의의는 다음과 같다.

첫째, 서정주의 텍스트를 무의식적 차원과 당대의 이데올로기적 차원과 연관시켜 설명함으로써 문학적인 문제와 역사적인 문제를 동시에 기술하려고 했다는 점이다. 그 결과 서정주의 텍스트는 단지 개인의 욕망이 투사되어 국한된 것이 아니라 당대 이데올로기들과의 관계 속에서 또 다른 의미를 얻게 된다.

《화사집》을 중심으로 한 서정주의 초기 텍스트들은 판타지적 층위에서 주체의 분열과 성적 판타지라는 의미를 가지며, 이데올로기적 층위에서 가부장제와 깊은 관련을 맺고 있는 초월적 에고의 회피라는 의미를 갖는다. 그리고 《귀촉도》에서 《동천》까지 나온 텍스트들과 이 텍스트들과 비슷한 성향을 보이는 후기의 몇몇 텍스트들은 판타지적 층위에서 분열과 분리가 상상적으로 통합된 판타지, 다시 말해 2차적 나르시시즘으로 규정할 수 있는 통합의 환상을 보여 준다. 이데올로기적 층위에서는 분리와 부권 상실을 회피하려는 경향을 보이고 있다. 마지막으로 《질마재 신화》와 그 뒤의 시편들은 판타지적 층위에서 세계가 원초적으로 통합되어 있다는 환상을 보여 주며, 이데올로기적 층위에서 점점 공고해져 가던 당대의 부권 강화에 대한 전도로서 의미를 갖는다.

그러므로 초기시에서 볼 수 있었던 분열에 대한 인식(이데올로기의 거부)과 중기시에서 볼 수 있었던 분열의 상상적 회피(이데올로기의 수용) 사이의 갈등은 원초적으로 통합되어 있는 '질마재'의 세계를 상상하게 만든다. 《질마재 신화》의 세계는 한편에서 분열의 회피를, 다른 한편에서 부권 강화의 이데올로기를 전도시키고 있다. 이점에서 서정주의 텍스트를 관통해 온 이데올로기의 거부인가, 수락인가 하는 양자택일의 갈등에서 벗어나 있다고 할 수 있다. 《질마재 신화》는 이데올로기를 전도하고 있다는 점에서 《화사집》과 닮아 있으며, 통합된 세계라는 점에서 중기의 시들과 닮아 있다. 이것이 기존 논의에서 《질마재 신화》를 초기의 세계와 동일한 세계를 보여 주는 것으로 파악하거나, 아니면 중기시의 연속으로 보는 관점이 나오게 된 원인이다. 《질마재 신화》는 이전 시들과 공유점들이 있는 것은 분명하지만, 다른 측면에서 차이점도 갖고 있는 독특한 시세계를 보여 준다.

둘째, 서정주의 시에 대한 중립적인 평가의 단초를 제시했다는 점이다. 그동안 서정주에 대한 평가는 그의 친일 행적이나 해방 이후 권력층과의 관계를 문제 삼아 역사적 인식을 결여했다는 부정적인 평가와, 그의 문학적 능력을 높이 사면서 그 누구도 범접할 수 없는 경지에 이르렀다는 긍정적인 평가가 평행선을 그으면서 진행되어 왔다. 문학 작품이 작가의 삶을 떠나서는 올바르게 평가될 수 없다는 시각과 문학 작품이 작가의 삶과 관계없는 인공적 구축물이라는 시각은 모두 나름대로의 논리를 갖고 있다. 그러므로 문학의 자율성과 이데올로기의 자율성 모두를 인정하는 이 글의 시각은 서로 분리 기술되어 온 문학과 이데올로기의 문제를 동시에 바라볼 수 있기에, 서정주의 텍스트에 대한 정당한 평가를 내릴 수 있을 것이라 생각한다.

이렇게 볼 때, 서정주의 텍스트는 개인의 욕망과 당대의 이데올로기들이 교차하고 투쟁하는 장소이다. 어찌 보면, 당대의 이데올로기들에 대한 반응이자 그 반응의 소산이다. 어떤 측면에서는 당대의 이데올로기를 거부하는 경향을 보이지만, 다른 측면에서는 당대의 이데올로기를 받아들이는 경향도 보인다.[229] 그러므로 서정주를 역사를 망각하고 영원성을 노래한 관념주의자로 보거나 무조건적으로 현실의 논리에 수긍한 현실주의자로 보는 것은 올바른 시각이 아니다.

아울러 서정주의 텍스트를 그가 보여 주었던 미학적 특성만을 평가하여 그 텍스트와 연관된 역사의 문제를 무시하는 태도 또한 올바른 시각이라고 볼 수 없다. 왜냐하면 작품의 완성도를 떠나 유교적

---

229) 분열된 세계에 대한 인식과 분열된 세계의 회피 사이에서 갈등하는 것은 〈자화상〉에서 그 단서를 살펴볼 수 있으며, 갈등은 서정주의 텍스트 전체에 걸쳐 있다.

이데올로기, 성서적 이데올로기, 부권 강화의 이데올로기 등을 거부한 것과 '신라 담론' 등을 수용하거나 구축한 것은 모두 역사적 현실을 망각했던 것이 아니라 역사적 현실에 대한 반응들이기 때문이다. 이런 측면에서 서정주는 그 누구보다도 당대의 역사적 현실과 이데올로기에 민감하게 반응했던 시인이라고 평가할 수 있겠다.

참고문헌

1. 대상 텍스트

시집

화사집(남만문고, 1939)　　　귀촉도(선문사, 1948)

서정주시선(정음사, 1956)　　　신라초(정음사, 1961)

동천(민중서관, 1968)　　　질마재 신화(일지사, 1975)

떠돌이의 시(민음사, 1976)　　　서으로 가는 달처럼(문학사상사, 1980)

학이 울고간 날들의 시(소설문학사, 1982)

안 잊히는 일들(현대문학사, 1983)

노래(정음문화사, 1984)　　　팔할이 바람(혜원출판사, 1988)

산시(민음사, 1991)　　　늙은 떠돌이의 시(민음사, 1993)

80소년 떠돌이의 시(시와 시학사, 1997)

전집

서정주문학전집(전5권, 일지사, 1972)

미당 서정주시전집(민음사, 1983)

미당 시전집(전2권, 민음사, 1991)

미당 시전집(전3권, 민음사, 1994)

선시집

현대조선명시선(온문사, 1950)

작고명시선(정음사, 1950)

서정주시선(민음사, 1974)

안 끝나는 노래(정음사, 1980)

서정주육필시선(문학사상사, 1975)

국화옆에서(혜원출판사, 1985)

서정주 문학앨범(웅진출판사, 1993)

질마재로 돌아가다(미래문화사, 2001)

미당 서정주 시선집(시와 시학사, 2001)

시론서

시창작법(공저, 선문사, 1954)

시창작교실(인간사, 1956)

시문학개론(정음사, 1959)

한국의 현대시(일지사, 1969)

시문학원론(정음사, 1969)

산문집과 기타

미당수상록(민음사, 1976)

내 영원은 물빛 라일락(갑인출판사, 1977)

떠돌며 머흘며 무엇을 보려느뇨(전2권, 동화출판사, 1980)

문학을 공부하는 젊은 친구들에게(민음사, 1993)

미당 자서전(전2권, 민음사, 1993)

시인과 국화(갑인출판사, 1987)

〈시의 이야기—주로 국민시가에 대하여〉, 《매일신보》 1942년 7월 13~17일자.

〈한국의 미〉(연재1) '토함산 석굴암찬', 《현대문학》 1969년 3월호.

〈한국의 미〉(연재2) '신라여인의 미와 화장', 《현대문학》 1969년 4월호.

〈한국의 미〉(연재3) '한국어의 미학', 《현대문학》 1969년 5월호.

〈한국의 미〉(연재4) '옷과 육체'《현대문학》1969년 6월호.

2. 국내 논저

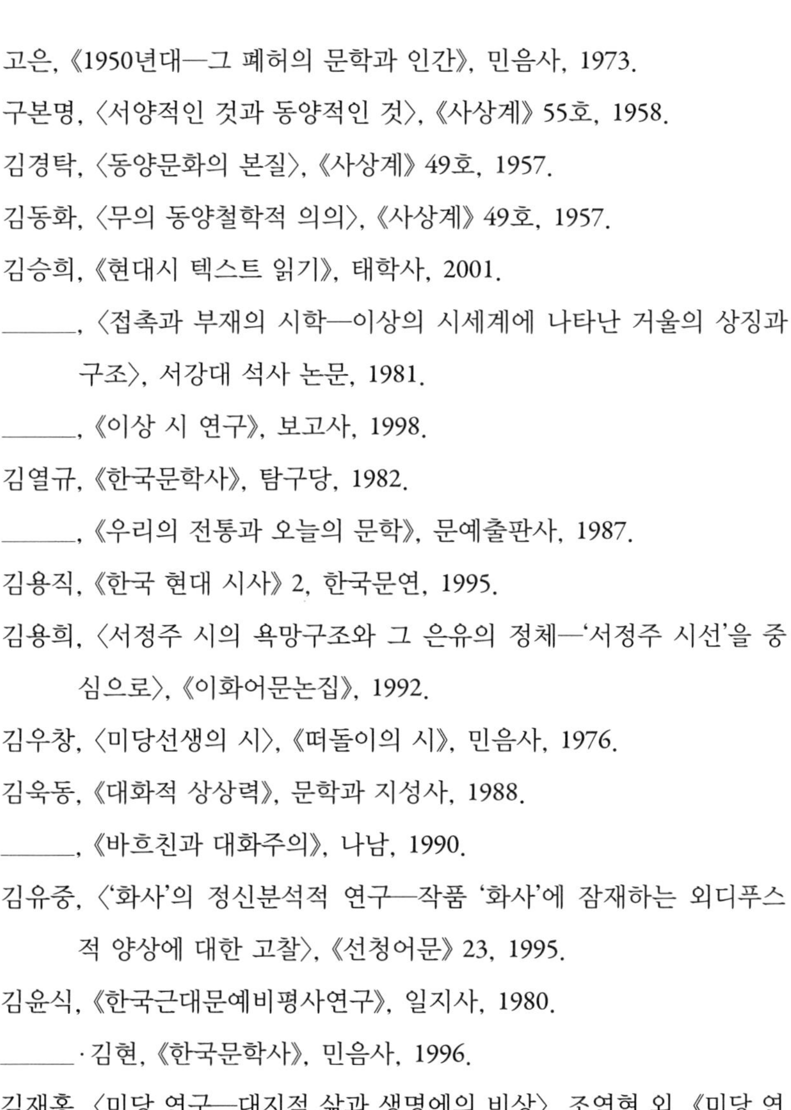

고은,《1950년대―그 폐허의 문학과 인간》, 민음사, 1973.

구본명,〈서양적인 것과 동양적인 것〉,《사상계》55호, 1958.

김경탁,〈동양문화의 본질〉,《사상계》49호, 1957.

김동화,〈무의 동양철학적 의의〉,《사상계》49호, 1957.

김승희,《현대시 텍스트 읽기》, 태학사, 2001.

______,〈접촉과 부재의 시학―이상의 시세계에 나타난 거울의 상징과
　　　구조〉, 서강대 석사 논문, 1981.

______,《이상 시 연구》, 보고사, 1998.

김열규,《한국문학사》, 탐구당, 1982.

______,《우리의 전통과 오늘의 문학》, 문예출판사, 1987.

김용직,《한국 현대 시사》2, 한국문연, 1995.

김용희,〈서정주 시의 욕망구조와 그 은유의 정체―'서정주 시선'을 중
　　　심으로〉,《이화어문논집》, 1992.

김우창,〈미당선생의 시〉,《떠돌이의 시》, 민음사, 1976.

김욱동,《대화적 상상력》, 문학과 지성사, 1988.

______,《바흐친과 대화주의》, 나남, 1990.

김유중,〈'화사'의 정신분석적 연구―작품 '화사'에 잠재하는 외디푸스
　　　적 양상에 대한 고찰〉,《선청어문》23, 1995.

김윤식,《한국근대문예비평사연구》, 일지사, 1980.

______·김현,《한국문학사》, 민음사, 1996.

김재홍,〈미당 연구―대지적 삶과 생명에의 비상〉, 조연현 외,《미당 연

구》, 동화출판공사, 1975.

김정설, 〈화랑〉, 《풍류정신》, 정음사, 1987.

김준오, 《시론》, 삼지원, 1993.

김지하, 《김지하전집》 3, 실천문학사, 2002.

김태옥, 〈현대시의 언어·기호학적 고찰〉, 《언어연구》 16권 1호, 2000.

김학동, 〈서정주의 시에 미친 보들레르의 영향―'원수'와 '국화옆에서'를 중심으로〉, 박철희 편, 《서정주》, 서강대 출판부, 1995.

김현자, 〈서정주 시의 은유와 환유〉, 《은유와 환유》, 문학과 지성사, 1999.

김형효, 《데리다의 해체철학》, 민음사, 1993.

______, 《하이데거와 화엄의 사유》, 청계, 1999.

______, 《노장사상의 해체적 독법》, 청계, 1999.

김화영, 〈미당 서정주 시에 대하여〉, 박철희 편, 《서정주》, 서강대 출판부, 1995.

박철희, 《한국시사연구》, 일조각, 1995.

______ 편, 《서정주》, 서강대 출판부, 1995.

______, 〈현대 한국시와 그 '서구적' 잔상〉(下), 《예술논문집》, 1971.

______, 〈續, ·질마재神話〉攷, 《현대문학》 1972년 4월호.

______·김시태 편, 《문예비평론》, 문학과 비평사, 1988.

______, 〈現代詩人論(其十)―서정주의 시를 중심으로〉(上), 《東洋文化》 5, 대구대학 동양문화연구소, 1996.

서지영, 〈한국 현대시의 산문성 연구〉, 서강대 박사 논문, 1998.

______, 〈서정주 시의 산문성과 근대성〉, 《시학과 언어학》 7호, 2004.

소흥렬, 〈불교와 의식의 과학〉, 《空과 緣起의 현대적 조명》, 고려대장경 연구소, 1999.

손진은, 〈서정주 시의 시간성 연구〉, 경북대 박사 논문, 1995.

송효섭, 《삼국유사와 한국문학》, 학연사, 1985.

______, 〈갈등·해소의 해석과 시학—박두진 시를 중심으로 한 기호학적 접근〉, 서강대 석사 논문, 1980.

______, 〈텍스트의 대화성—그 기호학적 소묘〉, 시학과 언어학회 발표 논문, 2003.

신범순, 〈해방기 시의 리얼리즘 연구—시적 주체의 이데올로기와 현실성에 대한 기호적 접근〉, 서울대 박사 논문, 1990.

유종호, 〈소리지향과 산문지향〉, 박철희 편, 《서정주》, 서강대 출판부, 1995.

______, 〈한국적이라는 것—그것을 어떻게 규정할 것인가?〉, 《사상계》, 1962.

______, 〈서라벌과 질마재 사이〉, 《현대문학》 2001년 2월호.

유혜숙, 〈방향 이미지의 변이양상에 나타난 초월성〉, 《서정주 시의 이미지 연구》, 시문학사, 1996.

윤재웅, 〈미당 연구사 개관〉, 《시와 시학》 1996년 가을.

윤지영, 〈1950~1960년대 시적 주체 연구〉, 서강대 박사 논문, 2002.

윤천근, 《역사속의 한국사상 1—신라정신》, 온누리, 1985.

이민호, 〈현대시의 담화론적 연구〉, 서강대 박사 논문, 2000.

이병도, 〈신라의 협동정신과 통일의 지도이념〉, 《사상계》 창간호, 1952.

이어령, 〈피의 해체와 변형 과정〉, 《시 다시 읽기》, 문학과 사상사, 1995.

이재선, 《한국문학주제론》, 서강대 출판부, 1990.

임문혁, 〈한국 현대시의 전통 연구〉, 교원대 박사 논문, 1992.

정금철, 〈원형의 현상학과 시적 심상〉, 《강원대 인문학 연구》, 강원대학교, 1983.

정봉래, 《시인 미당 서정주—그 문학과 생애》, 좋은 글, 1993.

정재각, 〈동양의 역사적 현실〉, 《사상계》 49호, 1957.

정효구, 〈서정주 시의 거울 이미지 고찰〉, 《인문학지》, 충북대 인문과학연구소, 1994.

______, 〈우주공동체와 문학〉, 《현대시학》 1994년 1~2월호.

천이두, 〈지옥과 열반〉, 박철희 편, 《서정주》, 서강대 출판부, 1995.

최두석, 〈서정주론〉, 《미당연구》, 동화출판공사, 1975.

최길성, 《한국무속의 이해》, 예전사, 1994.

최진원, 《한국사상대계》 1, 성균관대 대동문화연구원, 1973.

최현식, 《서정주 시의 근대와 반근대》, 소명출판, 2003.

한수영, 〈근대문학에서의 '전통' 인식〉, 《소설과 일상성》, 소명출판, 2000.

______, 〈동양미술의 특질—불교미술과 관련하여〉, 《사상계》 49호, 1957.

황인학, 〈서정주 시의 기호학적 연구〉, 중앙대 석사 논문, 2000.

황종연, 〈한국문학의 근대와 반근대〉, 동국대 박사 논문, 1992.

허인섭, 〈連續과 不連續〉, 《空과 緣起의 현대적 조명》, 고려대장경연구소, 1999.

동국대학교 한국문학연구소, 《한국문학과 근대의식》, 이회, 2001.

한국문학연구회, 《다시 읽는 역사문학》, 평민사, 1995.

2. 국외 논저

가라타니 고진, 송태욱 역, 《일본 정신의 기원》, 이매진, 2003.

──────, ── 역, 《현대일본의 비평》, 소명출판, 2002.

강상중, 이경덕·임성모 역, 《오리엔탈리즘을 넘어서》, 이산, 2004.

니시카와 나가오, 윤대석 역, 《국민이라는 괴물》, 소명출판, 2002.

노스롭 프라이, 김병욱 외 역, 《문학과 신화》, 도서출판 대현, 1981.

──────, 김상일 역, 《신화문학론》, 을유문고, 1969.

레비 스트로스, 왕빈 역, 《신화학 입문》, 금란출판사, 1980.

로만 야콥슨, 신문수 편역, 《문학속의 언어학》, 문학과 지성사, 1989.

──────, 권재일 역, 《일반언어학이론》, 민음사, 1989.

루이 알튀세르, 김동수 역, 《아미엥에서의 주장》, 솔, 1991.

마타이 칼리니스쿠, 이영욱 외 역, 《모더니티의 다섯 얼굴》, 시각과 언
　　　어, 1998.

맬컴 보위, 이종인 역, 《라캉》, 시공사, 1999.

미르체아 엘리아데, 이동하 역, 《성과 속 종교의 본질》, 학민사, 1996.

──────, 이은봉 역, 《신화와 현실》, 성균관대 출판부, 1985.

──────, ── 역, 《종교형태론》, 한길사, 1996.

베르트랑 오질비, 김석 역, 《라캉 주체 개념의 형성》, 동문선, 1987.

사빈 멜쉬오르 보네, 윤진 역, 《거울의 역사》, 에코리브르, 1994.

앤터니 이스트호프, 이미선 역, 《무의식》, 한나래, 2000.

월터 옹, 이기우·임명진 역, 《구술문화와 문자문화》, 문예출판사,
　　　1995.

유리 로트만, 유재천 역, 《시텍스트의 구조 분석》, 가나, 1987.

제임스 조지 프레이저, 김상일 역, 《황금가지》, 을유문화사, 1975.

줄리아 크리스테바, 김인환 역, 《시적 언어의 혁명》, 동문선, 2000.
지그문트 프로이트, 박찬부 외 역, 《프로이트 전집》 1~15, 열린책들, 1998.
카를 구스타프 융, 이윤기 역, 《인간과 상징》, 열린책들, 1996.
캐롤 샌더스, 김현권 역, 《소쉬르의 일반언어학 강의》, 어문학사, 1996.
피터 베리, 한만수 외 역, 《현대문학이론 입문》, 시유시, 2001.
피터 브룩스, 한애경 역, 《육체와 예술》, 문학과 지성사, 2000.
필립 윌라이트, 김태옥 역, 《은유와 실재》, 문학과 지성사, 1993.

Althusser Luis, *For Marx*, The Thetford Press Ltd, 1979.

Daelemans and Maranhao, *The interpretation of Dialogue*, Chicago UP, 1990.

Doty William, *Mythography*, Alabama UP, 1972.

Easthope Antony, *Poetry and Phantasy*, Cambrige UP, 1989.

_______________, *Poetry as discourse*, London : Methuen, 1983.

Elliott Anthony, *Psycoanalytic Theory*, Blackwell, 1994.

Feldstein Richard, *Reading Seminars I and II*, State University of New York Press, 1996.

Graham Allen, *Intertextuality*, New York : Manchester UP, 1990.

Johansen, *Dialogic Semiosis*, Indiana UP, 1993.

Kerby Anthony Paul, *Narrative and the self*, Indiana UP, 1991.

Kristeva Julia, *Desire in languge*, New York : Columbia UP, 1980.

Leech, Geoffrey N., *A linguistic guide to English poetry*, London : Longman, 1980.

Lodge David, *The Modes of Modern Writing*, E. Arnold, 1983.

Maranhao, *The interpretation of dialogue*, Chicago UP, 1990.

Mead Gerald, *The Surrealist Image*, Peter Lang, 1978.

Mellard James M., *Using Lacan, Reading Fiction*, Illinois UP, 1991.

Perce Lynne, *Reading Dialogue*, Edward Arnold, 1994.

Petrov Krinka Vidakovic, *Memory*, Butler, Basil Blackwell Ltd, 1989.

Plette, Heinrich F. ed., *Intertextuality*, New York: de Gruyter, 1991.

Riffaterre Michael, *Semiotics of poetry*, London: Metheun, 1978.

__________________, *Text Production*, New York: Columbia U.P, 1983.

Rogers Robert, *Metaphor: A Psychoanalytic Vie w*, California UP, 1978.

Schactel Ernest, *Metamorphosis*, New York, 1959.

Scheifer Gerald, *Rhetoric and Death*, University of Illinois Press, 1990.

Todorov, Tzvetan, *Fantastic*, New York: Cornell U.P, 1975.

Whilden Anthony ed., *The Language of the self*, Baltimore: Jons Hopkins press, 1968.

찾아보기

ㄱ

가라타니 고진 173, 174

가족 이데올로기 32, 96, 242

거울 단계 5, 32, 40, 53, 54, 57, 60,
    63, 75, 76, 100, 107, 122, 194,
    241

결정론 21, 23, 25

고은 102, 132, 133

공적 담론 32, 33, 77, 79, 80, 96,
    99, 100, 242

구술성 41, 223, 229, 232, 235,
    237, 245

구심적 32

구조주의 18, 29

근접 감각 41, 61, 217, 223, 245

기호학 18, 19, 23, 24, 28

김승희 24, 37, 55, 57, 67, 81, 97,
    134, 161, 162, 166

김열규 211

김용직 37

김윤식 182

김재홍 16

김정설 169, 189, 192, 243

김지하 196

김학동 7, 14, 98, 99

김현자 7, 19

김형효 148

꽉찬 무 75

ㄴ

내투introjection 34

노다 마사아키 103, 104

니시카와 나가오 175, 176

ㄷ

담론 6, 25, 26, 31, 32, 34, 41, 42,
    46~48, 77, 96, 97, 99, 134,
    159, 160, 168

(대)동아공영권 127, 160, 169~
    172, 174~177, 180

동양적인 것 34, 102, 127, 133,
    158, 166, 168~170, 173~175,
    180~185, 216, 217

ㄹ

라캉J. Lacan 24, 34, 39, 42, 53, 62,
　　63, 71, 72, 106, 107, 159, 160,
　　235, 236
르네 웰렉 22

ㅁ

만성적인 스트레스 장애 104
만주 73, 74, 75
말하는 주체 24, 40, 229, 232
메타 이데올로기 49, 210, 246
멜라드J. M. Mellard 236
문명 60, 97, 99, 147, 162, 166,
　　175, 176, 206, 216, 217, 247
문자의 소거 과정 223
문학적 실천 71, 197, 239
문화 18, 52, 55, 57, 61, 93, 102,
　　123, 129, 170, 172, 175, 176,
　　180, 182~185, 196, 197,
　　201, 206, 207, 217, 218, 223,
　　228~230, 232, 236~239, 245,
　　246

ㅂ

바흐친M. Bakhtin 31, 44, 200, 201,
　　208
박철희 7, 31
반대의 일치 203
방향은유 17
병행구문parallelism 58, 59

병행텍스트paratext 178, 179
보들레르C. P. Baudelaire 33, 52, 80,
　　97~99
봉합 이데올로기 6, 34, 106, 123,
　　127, 168, 189, 191, 194, 243,
　　244
부권 상실 6, 71, 188, 244, 248
부분 대상 41, 42, 55, 57, 60,
　　106~108, 110~112, 116, 122,
　　123, 159, 160, 175, 188, 190,
　　194, 199, 229, 233
부재원인 72
불교적 상상계 127, 134, 184, 188
불멸의 상상계 132, 134, 138
불안스런 이질감 68
비늘구조imbrication 47, 48

ㅅ

사회적 판타지 27, 30, 35, 42, 44,
　　46, 48, 49, 240, 247
《삼국유사》 18, 125, 146, 158, 186,
　　189, 192, 200
상상적 동일화 40, 111, 122
상징적 동일화 33, 123
생명 본능 53, 54, 84, 86, 88, 89,
　　91~94, 104, 105
성적 충동 80, 218
성적 판타지 5, 32, 77~80, 84, 85,
　　88, 89, 91, 93, 95, 96, 104,
　　105, 242, 248

소외　34, 63, 102, 195, 196, 205, 206

송효섭　7, 18, 23, 203

시각중심주의　217, 223, 245

시학　25

신라 담론　6, 122~124, 126, 127, 182, 189, 244, 250

심미파　38, 39, 83, 224, 226~228, 239

ㅇ

알튀세르　34

애니미즘　148, 149, 151, 154

야콥슨R. Jakobson　58, 59

언술 은유　19

언표내용의 주체　28, 29, 48, 67, 79

언표행위의 주체　28, 29, 30, 42, 48, 227

엘리아데　203, 215

역사주의　13, 14, 17, 20, 22

연기　135, 137~148, 150, 154, 155, 158, 162, 164, 166, 167, 189~191, 243

연기緣起　134

오믈렛　41, 107, 235

오인　31, 34, 35, 40, 41, 62, 63, 71, 106, 107, 122, 170, 188, 189, 194, 233, 243

외상trauma　86, 103

욕망　5, 19, 20, 25~27, 29~32, 35~37, 40~44, 52~55, 57, 60~62, 66, 69~72, 75, 77~80, 84~87, 89~91, 93~96, 106, 110~112, 116, 119, 120, 122, 126, 133, 138, 159, 160, 162, 165, 166, 190, 191, 194, 198, 199, 227, 240~243, 247, 249

원심적　32

원전비평　25

월터 옹Walter. J. Ong　228~230, 232, 235

유교적 이데올로기　32, 52, 60, 96, 242, 249

유자儒者(파)　38, 39, 83, 224~239

유종호　15, 16, 123, 196

유혜숙　16, 17

육체의 전경화　199

윤재웅　12, 13, 15, 16

윤회　134, 135, 166

이데올로기적 기의　27, 30, 42, 46, 47

이마고imago　62, 63, 148

이상적인 자아　34, 62, 69

이스트호프A. Easthope　42, 43, 45~47, 87, 95, 236, 237, 240

2차적 나르시시즘　33, 34, 105, 106, 167, 188, 191, 194, 209, 210, 243, 248

인과론　20~22, 27

1차적 나르시시즘　6, 33~35, 41,

105, 167, 191, 194, 195, 197,
198, 209, 210, 234, 237, 244,
246

ㅈ

자아의 이상 34, 62
자연주의(파) 38, 39, 184, 225,
226, 228, 239
작은 타자 40, 41, 42
전前오이디푸스 197, 198, 199
정신분석 17, 20, 26, 28, 30, 42,
44, 62
정신적 외상 후 스트레스 장애PTSD
103, 104
주술적 세계관 210
주체 24, 28, 30~35, 39~42, 45,
52, 54, 57, 61~69, 71, 72, 74,
75, 83~86, 91, 93, 95, 96, 105,
108, 110, 112, 118~122, 126,
129, 131, 134, 148, 152, 158,
159, 164, 172, 178, 190, 191,
194, 196, 198, 201, 206, 207,
209, 216, 219, 221, 236, 238,
239, 241, 242, 248

ㅋ

큰 타자 40~42, 161, 166, 175, 198,
236